海风文学丛书



# 吾乡吾土

叶艳莉 著

浙江工商大学出版社
ZHEJIANG GONGSHANG UNIVERSITY PRESS

**图书在版编目(CIP)数据**

吾乡吾土 / 叶艳莉著. —杭州: 浙江工商大学出版社，2016.1

(海风文学丛书 / 李东飞主编)

ISBN 978-7-5178-1345-3

Ⅰ. ①吾… Ⅱ. ①叶… Ⅲ. ①散文集—中国—当代Ⅳ. ①I267

中国版本图书馆 CIP 数据核字(2015)第 256313 号

**吾乡吾土**

叶艳莉 著

---

**出 品 人** 鲍观明
**策划编辑** 郑 建
**责任编辑** 庞铁博 胡亚娟
**封面设计** 林朦朦
**责任印制** 包建辉
**出版发行** 浙江工商大学出版社
(杭州市教工路 198 号 邮政编码 310012)
(E-mail:zjgsupress@163.com)
(网址:http://www.zjgsupress.com)
电话:0571-88904980,88831806(传真)
**排 版** 杭州朝曦图文设计有限公司
**印 刷** 杭州五象印务有限公司
**开 本** 880mm×1230mm 1/32
**印 张** 7.25
**字 数** 188 千
**版 印 次** 2016 年 1 月第 1 版 2016 年 1 月第 1 次印刷
**书 号** ISBN 978-7-5178-1345-3
**定 价** 23.00 元

---



浙江工商大学出版社营销部邮购电话 0571-88904970

# 海风文学丛书

## 编 委 会

# 总　序

1995 年的春天，东海之滨的美丽小城温岭，吹来了一股清新的文学之风，一本名叫《海风》的文学杂志自此诞生。

风从东海来，带着春的暖意、海的气息、梦的诗情，在温岭文坛激起了一阵又一阵涟漪，留下了一个又一个故事。不知不觉中，《海风》已坚实地走过了 21 个年头，成为温岭创办时间最长、容量最大、影响最广的群众文化杂志，成为展示温岭文学创作成果、折射温岭文化建设成就的窗口。

摭彼芳草，显我英华。温岭的文学创作者们会聚在这片集结文学创作力量的精神高地上，一起咏志抒怀，交织出了温岭文学绚烂多姿的多元化天空，澎湃出了如野草般蓬勃的创作激流。从题材而言，他们或叩问历史，或沉醉自然，或寻找生活里被遮蔽的诗意，或解读社会中人生的底蕴……可谓百花齐放，各有风姿。从风格而言，他们或清新飘逸，或典雅庄重，或委婉顿挫，或慷慨旷达……亦是春兰秋菊，各擅胜场。而从整个历史文化的大背景来观照，他们的作品则往往呈现出一种难得的地域镜像和文化印记，自有一股山水灵气荡漾其中。

日月经天，江河行地，《海风》一路吹来，播下了一颗又一颗文学的种子，在温岭大地上生根、发芽、开花、结果，摇曳成一片又一片婀娜多姿的文化风景。21 岁对于人生来说，正值朝气蓬勃的青春年华，21 岁的《海风》亦是朝气蓬勃，充满活力。愿已过弱冠之年的《海风》随岁月的延伸更加展现风华，更加追求高远，为传播社会正能量、提升市民文化素质、滋养温岭独特的文化生态做出积极的贡献。

是为序。

温岭市委常委、宣传部长

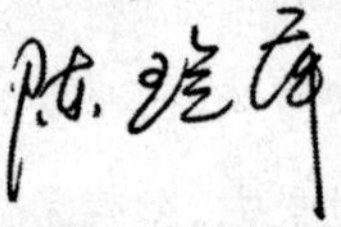

# 目　录

## 村镇遗韵



## 建筑之魅

## 桥梁集萃



## 石刻流晖

## 文物雅赏



## 风土掠影

## 名人寻踪

# 村镇遗韵

## 温峤：千年烟云温岭街

温岭街在哪里？在温岭市区呗！如果以常理来推想，那你就错了。温岭街并不在温岭市区，而是在市区西北的温峤镇。

这事是否有些奇怪？说怪也不怪。温岭市原名太平县，民国三年（1914），因与山西、四川、安徽等省太平县同名，乃改为温岭县，县名就取自境西温峤岭之别称“温岭”。

晋时，温峤岭为永嘉、临海两郡之界，其后又是温台两州交通要道，地理位置十分重要。宋代，此地已成为商船交会、人烟稠密的集镇，曾设“关”“驿”，称峤岭镇。明清时进一步繁荣，据《嘉靖太平县志》载：“温岭街，在十八都峤岭。南通江下水路入海，西陆路通乐清、温州，北水路通路桥官河，东陆路通本县、黄岩。贾舶交会，人烟辏集，实一大市镇云。”

往事越千年，置身古老的温岭街，仿佛时光倒流。一条小溪自南而北，把老街分为前后两条街。河街相邻，水陆平行，铺排了整整 1.5 公里，长龙般静静地卧着。街很长，人们把它分成了上街、中街、下街三段。上街地处南段，长度最长，宽度也最宽，长约 500 米，宽约 4.5 米；下街地处北段，稍短稍窄；中街夹在上街、下街之间。前街、后街为主轴，如同鱼脊梁；旁生小巷小弄，则如同鱼骨般，密集地排列着。前街多为两层楼的木结构双面街，后街多为两层楼的木结构单面街，整体面貌和谐统一。老街最惹人注目的是其多彩多姿的撑拱。偶尔冒出一座西式建筑，也不觉得突兀，反倒平添了几分风情。山花、柱列、券窗、番草，诉说着中西文化的碰撞。

沿街侧墙上，斑驳的"隆兴煤油绸缎布庄""茶食店""参药号"等招牌字迹昭示着昔日的繁华。温岭街因其水陆交通枢纽地位，向来贸易兴盛。旧时街有市，每月农历一、六日为大市，三、八日为小市，赶集者来自全市各地及乐清、玉环、黄岩等邻近地区。明朝成化年间温岭才立县，此时，温岭街已是一派繁荣，其盛况一直延续到20世纪50年代。

往事悠悠，起起落落，看着这一切的是街上那些沉默不语的老井。古井甘泉就在老街的中间。长满青苔的井沿上，从左至右刻着"公元一八四八年，大清道光戊申年荷月吉旦，青石桥古井甘泉，众议重建，公元一九九六年大修"。大清道光戊申年，即1848年。荷月，即六月。160多年前，一个荷花盛开的日子里，修起的这口老井，冬暖夏凉，水质甘美，不倦地哺育着老街人家。人们忘不了它的深情，于是，"古井甘泉"也就成了旧日的"温峤八景"之一。前行不远，又有一口井，形制甚是奇特。井沿是八边形，井口上盖着一个巨石凿成的八边形井盖，盖上挖有四个圆孔，一次就可以供四个人同时打水。井盖中间竖着一根方石柱，柱子四面皆有字，刻着"水质优美味新鲜"等语，充满着对井的赞美。这口井，就是有名的三宝井。

一座座小石桥像伸开的臂膀，一头搭着前街，一头搭着后街。小石桥多为简易石板桥，无名无款，仿佛乡野村夫般朴实无华。最精致的是鼎升大桥，东西向跨溪而建。桥为单孔石平桥，长14.29米，宽2.69米。桥台是温岭传统的石伸臂梁式结构，用仿拱形的条石叠涩悬挑而出以承桥面，条石上雕有流畅生动的卷草龙。桥之一侧刻有桥名"鼎升大桥"，另一侧刻有年款"大清道光二十七年建"。温岭街上带有纪年的石桥，鼎升大桥是唯一的一座。

一座又一座小四合院则如一方又一方的砚台沿着街道两边铺开。

院落大多以姓取名:“戴家里”“谢家里”“江家里”“朱家里”“王家里”……如藤蔓般延伸。这些院落多为一进,由台门、天井、正厅和两侧厢房组成,正厅与厢房以回廊贯通。有些院落为前店后院式,临街一面开设店铺,内为宅院。天井开敞,用石板或卵石铺地。殷实的人家雕梁画栋,颇为讲究。花样百出的斗拱,或如盛开的花,或如舒展的云,或如可爱的象鼻,各有千秋。花板上更雕刻着种类繁多的装饰图案,卷草、团寿、花鸟、走兽、人物故事等,各有各的说头,内涵丰富。华美的槅扇门上,亦是花团锦簇,以木为纸,雕着杂宝、花卉、山水人物等,展开一幅幅优美的图画。

这些苍老的古宅,凝聚着多少历史,又隐藏着多少故事呢?走进戴家里,庭院已经残损黯淡,唯有两端高高翘起的灰塑屋脊,以及精雕细刻的柱础,还依稀有着往日的光华。这里的旧主是鼎鼎大名的戴氏一族。其先祖是温岭人最引以为傲的南宋江湖派诗人戴复古。戴氏原居新河,明朝时迁居温峤,再度在温岭历史上大放异彩。明代中叶,戴通、戴镛、戴驳、戴豪、戴颙父子叔侄两代连中科举,捷报频传,可说是风光无限。当年,桂香坊、攀桂坊、进士坊、解元坊、内翰坊、巍科坊,戴氏一门六牌坊,巍然屹立,荣耀显赫,一时无二。如今,牌坊早已不存,只有温岭街旁的一条支路,还叫“解元路”,留着戴家的线索。

还有谢家里,身世也是不凡。它的旧主,据说是谢铎的后裔。谢铎(1435—1510),因曾任国子监祭酒的官职,温岭民间俗称“谢祭酒”,是明成化、弘治年间代表诗派“茶陵诗派”的重要作家。徜徉在谢家里,一字排开的八扇槅扇门,槅心雕着玲珑雅致的风车纹,气派十足。花板、挑梁、斗拱,雕镂讲究,富丽堂皇。板壁上,还贴着年代久远的文章,虽已岁久剥蚀,但“人性义利之分”等字还清晰可见,那书香之家的气息,呼之欲出。

那些人,那些事,那些物,还有那些时光,就那么在温岭街上款款走过,走出一路的沧桑,一路的故事,一路的丰厚。

# 南鉴：新河前世话沧桑

“有南鉴的时候，还没有新河呢！”南鉴人总爱自豪地这么说。这话，是有来历的。新河始有建制，是在明初。而南鉴，早在宋代，就已经开始兴盛了。新河的老底子，的的确确是在南鉴。

南鉴之兴，其因在盐。南鉴一带濒海，夙为海盐出产之地。南鉴古名迂浦，宋初，在此设置了迂浦监盐场，派遣监官管理，属黄岩县。是时，临海杜渎亦有盐场，杜渎在北，迂浦在南，因此有“北监”“南监”之称。“监”与“鉴”通，于是，迂浦就被称呼为“南鉴”了。

带着盐的味道，南鉴一路发展下来，千年而不衰。元初改称“黄岩场监”。元大德三年(1299)立场，开设团、灶煎盐，场官称“司令”，下置司丞、管勾等吏员。明初改“场”为“盐课司”，置大使、副使、百夫长、工脚等。明成化五年(1469)太平县(温岭旧称)从黄岩析出，南鉴改属太平，但盐课司仍沿黄岩旧称，以后亦未更改。清沿明制，嗣改盐课司为场，场官自大使以下仍袭旧称，并增皂隶、门子、马夫等吏役。民国时，黄岩场进一步发展。抗日战争爆发后，省内岱山、余姚等盐场先后沦陷，黄岩场偏安浙东，遂成大场，进入建制以来的全盛时期。

黄岩场公署，署址即在南鉴街。南鉴街，也就借势繁荣起来。走进南鉴街，虽然新建筑把老街切割成了破碎的片断，然而，往昔之繁华，依然有着许许多多的端倪。“德生”号屋檐下的板壁上，一个又一个圆形框里，题写着诸如“南北杂货”“香烟纸烛”的大红楷书，昭示着往日的货品繁多、生意兴隆。残存的精巧的建筑装饰则彰显着旧日主人的艺术品位和财力。撑拱、雀替、花板、槅扇等，都有可圈可点之处。撑拱或做“S”形斜木状，或如上大下小的直角三角形，雕刻着卷草、回纹、如意云、花卉、动物、人物等纹样，如一双双亮丽的眼睛，让檐口顿时明媚起来。雀替则通常雕刻成花果样，带着枝叶，仿佛刚刚从枝头摘下。花板构思之独特，雕镂之精美，让人赞叹。其中一组花板，先置一坐斗，斗面上雕刻如意云纹与“卐”字纹，坐斗上再做一桃形开光，开光内填以人物风景，开光外侧以图案化的手法雕刻出两片桃叶，周围衬以回旋婉转的卷草纹。以寓意长寿的桃子勾勒图案框架，结合代表如意的如意云以及意为吉祥之所集的“卐”字纹等，长寿延年、吉祥如意的美好心愿，就这么匠心独运地被定格了。槅扇也不逊色，槅心由木条拼接成各种锦纹，空灵通透，上下绦环板上，花鸟、人物、山水等，或透雕，或浮雕，表现手法与中国书画艺术一脉相承，充满诗情画意。

建筑从形成之始，就是人类活动与自然环境相互作用的结果。温岭是著名的石板之乡，尤其是南鉴附近的长屿，千百年来，一钎一锤，凿击出数不清的石材，行销四方。石板，也就成了南鉴地域建筑文化中极富个性的表达。墙体用石板围合，门槛用石条打造，天井、阶沿及檐廊地面用石板和条石铺墁，柱础用石头制作，点点滴滴，都是石的气息。最精彩的，是一方方雕刻着团寿、花瓶、钱纹等民间喜闻乐见图案的石窗。当清风送凉，在石窗上舞动闲云春影，或者月光流淌，藻荇交横，一片空明，那番光景，怎一个美字了得。圆圆的石柱础上，也常常装饰华丽，姿媚横生。

最让南鉴街人津津乐道的，还是五凤楼。关于五凤楼，民间有一个传说。话得从明朝时一位在朝廷做大官的温岭人说起。此人名叫谢铎，当他辞官离京的那一天，皇帝也来送他出京。谢铎走一步回一下头，皇帝觉得非常奇怪，当他表明留恋的是五凤楼时，皇帝慨然允诺，特许谢铎回乡后建造五凤楼。谢铎回家后，建起了五凤楼，一派皇家风范，不同凡响。漂亮的五凤楼令本县和周边地区的人十分羡慕，纷纷模仿造起了五凤楼。

五凤楼曾经风靡一时，但留存至今的，已经不多了。南鉴街上，倒还残留了一座。五凤楼建筑考究，为穿斗与抬梁式相混合的楼房结构，屋顶为重檐歇山顶，屋脊端部雕成“凤首”状，做飞翔之势。从高处往下俯视，屋脊连绵，檐牙高啄，如一只只凤凰展翅翩跹，真不愧于“五凤楼”这么美丽的名字。

前陶德顺、后陶德顺都曾是当地的大宅院，如今，却在似水流年里颓败了。前陶德顺原先堂皇的台门，部分已倒塌改建，只有台门上“秀挹南山”的石匾额，还有两侧题写着“地接清河波萦甲第，门环陆壤瑞霭□[1]阶”的对联，暗示着当年的气象。入内，东厢房已毁，西厢房和正房也有所改建，不复旧时模样。但是，尚存的精美雕饰向人们表明，这宅子也曾有着灿如锦绣的好时光。后陶德顺更是破败，只留下损坏得厉害的台门和一侧厢房。倒是门前那一泓开阔的池塘，夕阳残照般投射出昔日的光辉。

风流总被雨打风吹去。不过，石头的坚硬刚强倒是部分抵挡了岁月风雨的侵蚀。在南鉴，至今还有一座珍贵的宋代遗构，那就是被列入第六批全国重点文物保护单位的麻糍闸了。麻糍闸坐落在一片绿色的田野之中，石伸臂梁式结构的桥墩，用仿拱形的条石分二级叠涩悬挑而出，稳稳地托起了桥梁。桥墩部位隐出柱础、立柱、栌斗、升及重拱，极具特色的结构，有着早期宋元建筑的风格特征，散发出古朴的芬芳。

行走在南鉴大地上，黄岩场、南鉴街、五凤楼、麻糍闸……犹如一个个熠熠发光的“金钉子”，钉在了南鉴历史的版图上。而南鉴这个名字，也因此被牢牢地钉在了温岭文明发展的版图上。

---

① 编者注：因年代久远，有些字迹已无法辨认，故用“□”表示。后文出现亦同理。

# 城南：所城脚下的悠悠往事

总是要有城，才会有城南之名。温岭市新河镇城南村既然名字里带个“城”字，隐约里也就透露出身世的不凡了。

那么，这个“城”是个什么“城”呢？走在今日的新河，已经毫无城池之感。然而，600 多年前，这里是另一种景象。当时，明朝的开国皇帝朱元璋刚统一了天下，新政权甫定，沿海就燃起了烽火，据谷应泰《明史纪事本末》载：“张士诚、方国珍余党导倭出没海上，焚民居，掠货财，北自辽海、山东，南抵闽、浙、东粤，滨海之区，无岁不被其害。”在这种形势下，洪武年间在沿海大量设置卫所，进行了大规模的造城运动。新河，就是这次造城运动的产物。

那时候，新河被称为“新河守御千户所”，新河城即为新河所城。所谓的“所”，是明代军队的一种编制。卫所制是明代的基本军事制度，卫所则是军队的编制单位，大抵每卫辖前、后、中、左、右五千户所，大率以五千六百人为一卫，一千一百二十人为一千户所，一百一十二人为一百户所。

洪武十九年(1386) 十二月，设置了新河千户所。明开国功臣信国公汤和嘱咐广洋卫指挥方鸣谦建造了新河所城。新河原有金(锦鸡山)鼓(鼓篓山，又名花园山、瓜篓山)旗 (旗山，又名龙山、五龙山)牛(伏牛山)四山，于是依山筑城，高二丈三尺，周围五里六十八步。一座巍巍新城，屹立在了东海之滨，于是，有了城南。

城南，地理位置的确是得天独厚。这里毗邻金清港，而金清港，则是一条黄金水道。它素为温岭、黄岩内河主要排涝河道，又是温岭市重要海运吞吐口。金清港船只往来频繁，通本市太平、泽国、大溪、箬横、松门以及台州市椒江、路桥等地。随着交通商贸的需要，俗称为寺前桥的金清大桥应运而生。而在大桥两端，也自然而然地伸展出商业街道寺前桥街。依傍着这个台州六县水运的中心枢纽，城南想不发展都难。

徜徉在距今已有两百多年的金清大桥上，长 64 米的桥身曲曲折折，如一条玉带，漂在碧波上。桥在两岸各绾了一个结，那就是桥亭了。桥连着亭，灵秀而端庄。而那由石阶和平台相间铺砌的桥面，起伏有致，独具匠心，坚硬厚重的石头仿佛也变得柔软轻盈，可以如丝绸般舞动。桥栏板及望柱上各种精致的雕刻，栩栩如生，给大桥增色不少。

穿桥而过，就是寺前桥街。古街的繁华已随岁月逝去。街两边的店铺，曾经开门揖客，人流如龙，人声鼎沸，如今多已大门紧闭，萧条冷落，沉默不语了。只有那褪去颜色的店招“保泰川广道地药材”等透露出往日的繁华信息。石板铺砌的街面斑斑驳驳，尽是岁月的沧桑。街道两侧多为两层楼的木结构石板建筑，底层略内缩，用斜撑撑起上层的楼房。斜撑是老街重点装饰的部位。修长的撑木宛如天鹅的脖颈，曲线流转，不雕饰也自有一份优美，更何况常常雕饰各色图案，更添韵致了。

街畔的码头曾是台州最大的内河码头之一。当年，这一带集贸市场非常繁荣，开往周边乡镇及县市的客货船只繁多。候船棚里，人头攒动。如今，码头已废弃，候船棚已拆，独留长长的石砌埠头纪念往日的辉煌。

西方庵和瓜篓井是城南人最熟识的，前者在精神层面给予村民们慰藉，后者在物质层面提供村民们生活所需。西方庵坐北朝南，是一个由进门、正厅、左右厢房组成的四合院式寺庙，从建筑形制看，大约构筑于清末至民国年间。进门及厢房皆做两层重檐楼屋，正厅则做一层单檐，空间轩敞，以便供奉菩萨。供奉的菩萨为西方三圣，即西方极乐世界的三位尊神，主尊阿弥陀佛与其两位胁侍观世音菩萨、大势至菩萨。西方庵亦由此得名。出西方庵不远，一口形状特别的大水井映入眼帘，就是瓜篓井了。瓜篓井呈圆弧形，前宽后窄，形如剖开的瓜篓，故名。井由块石砌筑，较窄的一端设有台阶，直通水面。井水清澈甘美，四里八乡都知道它的美名。瓜篓井的历史很久了，久得没有人知道它确切的建造年代，只有井壁的青苔和小草诉说那一份悠远。

当然，既在所城脚下，那悠悠往事里少不了带有所城的烙印。那证据，就在披云山上。山上，有一座戚公祠。戚公，即抗倭名将戚继光。嘉靖四十一年(1562)，时任太平(温岭旧名)知县的徐钺在新河建戚武毅公祠，以纪念戚继光，并撰《南塘戚公奏捷实记》立碑于祠内。原祠今已毁，1989 年，村民集资在披云山重建戚公祠，并将《南塘戚公奏捷实记》碑搬迁至此。碑由 3 方白石组成。高 2.18 米，宽共 3.09 米。碑文 62 行，每行 42 字，楷书。碑文如今已经风化，字迹模糊难辨。但戚继光新河抗倭的英雄事迹却没有在时间的长河中风化，在新河百姓的心中依然鲜明。

所以所城也就少不了军事设施。至今在山上，还有当年的烽堠遗址。据明代《嘉靖太平县志·地舆》记载：披云山，“在县东三十里，每云冒则雨，居民以为候。山形如趺坐。又名跸踝山，俗称为净应山，有净应寺。国初，置烽堠于上”。遗址是块石砌成的梯状方台，高 3 米，底每边长 9 米，顶每边长 7 米。现在，遗址上草木葳蕤，若不是那一方竖立的市级文物保护标志碑，倒让人以为是个土包了。遗址东面左侧两米处，有石旗杆夹一副，高 1.3 米，宽 0.25 米，厚 0.12 米，开有凹槽，上下则各开一圆孔。这旗杆夹相传为宋时朱熹在披云山顶观潮扬旗发令所置。

一桩又一桩的往事，在岁月里酿成了一杯又一杯的陈酿，那香气，闻着就已醉人。如果有心，细细去品，那一番滋味，当更销魂了。

# 里箬：面朝大海，春暖花开

“我有一所房子，面朝大海，春暖花开”，每当想起海子的这句诗，脑子里浮现的，就是一个叫里箬的村子。

里箬村原属温岭市箬山镇，后箬山镇并入石塘镇，里箬也就属于石塘了。里箬东西北三面悬海，以地处箬山内侧，并相对其南之外箬而言里箬，又名内箬。“有山焉，层层包裹，故曰箬。又分内外两层，故曰外箬里箬”，里箬于是成了山海之间的一方乐土。

三百年前，来自福建的陈氏一族发现了这方乐土，渔捞生产，渐渐扎下了根。随着陈氏一族的繁衍生息，一座又一座石头房子在里箬生长起来，渐渐将山覆盖。“风景依然满眼新，别成世界别成春。层层房屋鱼鳞叠，半依山腰半海滨。”里箬，俨然已是一个生机勃勃、充满魅力的渔村了。

里箬村的石屋至今还相当密集地保存着。石屋与石屋之间由一条叫金涯尾路的主道贯通，石阶从村口铺到村尾，沿途巷弄纵横交错，相互连通，有一种山重水复疑无路，柳暗花明又一村的风情。往往就在转角处，与一座古老的石屋不期而遇。

石屋规模小一点的，呈一字形排列；规模大点的，形成合院式院落。讲究的合院，还有台门。外箬路10号东侧的一座民居是这里典型的合院样式。民居坐东南朝西北，由进门、正房、左右厢房及围墙围合而成，占地面积约176平方米。进门有两道，一道开在东北角，一道开在西北侧，门宽1.42米。正房两层，五开间，用厚实的规则石块砌筑。左右厢房两层，一开间，围墙用不规则块石叠砌，厚约 0.5 米。

民居的风格总体上是朴素的，但是也不失情趣。厚厚的墙体，让人感觉有些沉重，于是在墙头装饰砖砌漏窗，以绿釉花砖间隔，使墙面产生长短、横竖、虚实、色调的变化，以打破空间的闭塞感，增强空间的层次感。又或者，在墙体上开一个小小的石花窗，如同一幅立体画，顿时给平直的墙面增添了生气和变幻感。居处人家的阳台上，还摆着一盆盆鲜花，红红白白黄黄，芳香沁人心脾。院子里，也不忘砌一个花台，或者因陋就简，就在一个个泡沫箱里，栽上花花草草，一片盎然的绿意，让人愉悦。

当然，里箬村最著名的建筑，要数陈和隆旧宅。2011 年 1 月，此宅以“石塘陈宅”之名被列为省级文物保护单位。这是一座规模宏大的宅院，建造精美，极具渔区特色。宅院位于金涯尾路 39 号西侧，坐北朝南，为木石结构建筑群。主入口大门设于东面，入大门，中间为石板路，建筑群由石板路分为前后两部分。

主入口大门用方整的块石砌成，门两侧装饰有“旧德溯东湖俭勤世守，新支衍箬岙义礼家传”的青石对联，气派不凡。

前面部分由东往西依次由花园、炮台、前楼组成。花园规模旧时有数十步，花则近百种，今仅存一角，当年百花争艳的景象，早已不见，只余一株百年紫藤让人遥想当年。花园墙上，嵌有一块《陈氏小园记》石碑，记建园始末。炮台石砌，高五层。前楼共六开间，西面三间四层，东面三间三层，底层为地下仓库，面海开有水门，涨潮时船可直接泊到屋内卸货。楼前有近百平方米的观海凉台。前楼门框、凉台石柱、栏板上有雕刻，精美别致，尤其是雕刻的一些海生动物，极富生活情趣与海洋气息。凉台的三块青石栏板上分别镌刻“小瑯嬛”（右款署“戊辰新秋”，左款署“风道人潜题”）、“忠厚开基”、“和平养福”题书，饱满凝重。

后面部分共建楼房七间，由东往西依次为振声庐、楼梯过廊、生活用房。振声庐共三间，为三层楼房，三楼前有凉台，凉台的围栏中间镶嵌青石匾额，题写楼名“振声庐”，旁有“壬午冬月”纪年落款。中间一间是楼梯过廊。西边三间为生活用房，是一小四合院。前楼与后楼间有飞桥相通。

此宅系清末民国时期箬山大渔行主陈和隆的旧宅。陈和隆祖先从福建东部迁徙而来，及至陈和隆的祖父，“始置渔船”，到陈和隆时，“三世经营航运得宜而告富有”，富甲一方。陈和隆发家后，在景色秀美的海边“第层楼、建杰阁”，造起了这座冠绝其时其地的宅第。陈和隆当年在此，既可“远望渔船风帆沙鸟，无不毕陈于前，洵足乐也”，又有小花园“设施得宜，遂觉草有忘忧之意，花含解语之容，鱼多情而听琴，鸟识趣而逐酒。瘐信之赋小园，尚无此乐境也”，这样的生活，可不就是“面朝大海，春暖花开”！

如今，这座旧宅的前楼已被辟为“温岭市海洋民俗博物馆”，用反映石塘自然风光、建筑特色、民俗风情、渔业生产等的图片及实物，系统展示石塘海洋民俗文化。底层地下仓库以场景形式展示和陈列了渔村景观缩微模型、渔家生产生活用具等展品，如渔船模型、渔网、桅头旗、舵、锚、桅灯、缸灶、锅托等。一层以图片形式展示石塘风情与石塘人物，并布置有小人节彩亭、元宵台阁、五果六菜台、糖龟印等实物，二楼则布置有温岭海角版画展等。

除了陈和隆旧宅，里箬最闻名遐迩的，就是民间舞蹈大奏鼓了。大奏鼓作为石塘渔民一种古老的庆丰收祭神舞蹈，随着福建惠安渔民的迁徙，从闽南传来。如今，大奏鼓已成为整个箬山半岛庆贺一年之始的必备节目。每年元宵节，火馒、台阁、大奏鼓巡游成为当地渔民一年中最狂热的记忆。大奏鼓在异乡石塘扎下了根，变成了石塘的土产，并被列入国家级非物质文化遗产名录，却在故乡福建销声匿迹。那样的一种前世今生，让人不由迷离恍惚起来。

让人迷离恍惚的，还有大奏鼓的表演者。那些脸搽白粉，腮涂胭脂，耳挂金耳环，手戴金手镯，脚套金脚镯，脑后扎羊角般上翘发髻，媒婆模样的人，居然是男的。“男扮女装”成了大奏鼓最基本的特征。角色关系的倒置，天然就有一种夸张的诙谐气氛。加上表演者夸张的动作与表情，扭腰、打胯、耸肩、碰撞、铲肩、挤眉、弄眼……令人捧腹。宝蓝滚金色鱼纹边的短褂，金色的短裤，用大海和阳光的明媚色调，伴随着铙钹锣鼓，旋转出一片喜庆。

喜庆的节日，风一般地过去了，但那一种乐观的、诗意的精神却沉潜在里箬人的日子深处，从路旁小店的歌声里、从村民柔和的笑脸里透射出一派温润的光泽。

## 东山：石屋民俗两相宜

从温岭市区，乘坐前往箬山的车辆，约一个小时即至箬山车站。从车站坐一辆黄包车，穿过东海隧道，登上隧道口边的石阶，没几分钟，东山村就到了。

眼前的东山山坳如一个巨大的喇叭，喇叭口就是大海。两边是葱茏的山坡。此际，渔港波澜不惊，渔船点点，千帆竞立，海水共长天一色，一派安详美景。但是，大海并不总是这么风平浪静，大海的狂暴，东山村民也习以为常了。在大海的风口浪尖上讨生活，必须要有镇得住风浪的东西才行。石头，成了天然的守护神。拾级而上，一幢幢石屋沿着山坡矗立。石墙夹着石巷，石巷连着石屋，石屋傍着石阶，构成一个石的世界。

石屋层数较少，以两层为多，层高也尽量压低，以减少风压。石墙墙体厚达半米左右，其自重可有效地防止强台风带来的墙体坍塌，宛如一道屏障，把大海的狂暴阻挡在外。外墙窗户较小，深深地嵌进墙壁之中，即使大风大雨，雨水也不至于飘进室内。在入口大门处，通常设置一石质门槛，防止雨水进入室内。连屋顶的瓦片上都压着一块块石头，青瓦白石，如钢琴的琴键一般，弹奏出凝重粗犷的乐章。如此这般，就算外面雨骤风狂，里面也是岿然不动，是一个让人放心的安乐窝。石屋的隔热效果也很不错，冬暖夏凉，颇为宜人。巷弄之间形成穿堂风，透心地凉爽。人们三三两两地坐着聊天，有时剥剥虾，做做鱼面，享受着这天然的空调。

山坡上的平地有限而金贵，民居的规模一般都不大，并常常结合地形变化的特点，分台筑室，房前屋后伸展出一级级石阶，左右顾盼，上下承接。旁枝斜出、纵横交错的石阶石巷将各家各户互相勾连。看似如迷魂阵般杂乱，实则自有章法，沿着等高线平行布局，成长条形状蜿蜒开来，中间形成东山村中路、东山村南路等主干道。在路上走着，有时候一转一折，就会与一口石井邂逅，或方形，或六角形，或八角形，水波如鉴，倒映着天光云影，衬着井沿缝隙里长出的青草，分明有一种岁月安好的气息。

村中规模最大的石屋是位于天王庙一侧的东山村中路 51—52 号民居。该民居建于晚清民国年间，有两个院落，通长 19 米，通宽 12.8 米，面积约 244 平方米。院落布局比较特别，不像通常那样纵向分布，而是水平展开，左右毗邻。这是根据当地平地窄少的特点而做的变通。因地制宜的智慧，是百姓们的生存之道。东侧院落为主院落，西侧院落为附房。主院落由台门、左右厢房及正房组成，两层单檐式，中为天井，用石板铺地。两个院落间由夹厢沟通，既相对独立，又相连相融，构成了有机的整体。两个天井都很窄小，抬头仰望，四周的屋檐围合成一个“口”字，框出一方蓝天白云，真正是窄井里观小天，“天井”的味道可说是体现得淋漓尽致。

天王庙、庙前广场、戏台构成了村落最大的公共空间。天王庙规模很小，面阔不过三开间，大约 10 米，进深也不过 7 米。但是，开阔的庙前广场，还有高高的台基，使它显出了不同于民居的威严气势。广场前方为戏台，与庙殿两两相望。天王庙奉祀的主神有两位，一位是天王，一位是黄王。每年两次的神诞日，即九月十一的天王诞、六月廿六的黄王诞，根据民俗要演戏庆贺。此际，俎豆馨香，吹拉弹唱，人头攒动，好不热闹，不仅是神在过节，人也在过节，一片喜气洋洋。娱神，最终成了娱人。

一路行来，隔几步就有人家门前摆放着一张供桌，桌上放着五色斑斓的彩亭，一番节日的气象。这是为何？原来走进东山村的日子，是一个特别的日子——农历七月初七。这一天，是牛郎织女相会的日子，在别的地方，被当作中国的情人节来过。而在东山一带，却成了孩子们的盛典——“小人节”。

在闽南一带，七娘妈，或称七娘夫人、七仙女，被奉为小孩的保护神。传说七夕是七娘妈生日，因此，七夕又称为“七娘妈生”。此际，许多家庭都要祭拜她，祈愿孩子健康顺利地成长，拥有美好的前程。东山居民多为闽南移民后裔。先民们从闽南迁入之时，这一习俗也随之带入。七月七这天，人们照例为十六岁以下的孩子过“小人节”，定制彩亭，供奉祭祀，热闹非凡。经久不衰的“小人节”，成为传统节日演变的活化石，成为荏苒时光中最多情、最温暖的记忆。如今，“小人节”以其独特的内涵与魅力，被列入国家级非物质文化遗产名录。

彩亭是用五彩纸、金箔纸和细竹篾糊成的两三层楼阁，彩色纸绢扎成各色精致的戏曲故事人物、场景点缀其间，或《八仙过海》，或《西游记》，或《白蛇传》，不一而足。人物举手投足，皆栩栩如生。彩亭底层内部，贴有七娘妈画像，有些还写着“七娘夫人”的名号。左右贴着诸如“求才才如山，望子子成龙”的对联，把爱子的心意，切切地表达出来。彩亭前，点上香烛，摆上酒水，陈上供品，琳琅满目。年满十六周岁的男孩，习俗以为即将转为大人，是最后一次享受“小人节”仪式，格外讲究。一般孩子用两层彩亭，他们用的则是三层的“满金亭”，更加精致华美。在彩亭顶上，还插了两支金钗，表示高中状元。整个彩亭金碧辉煌，称之为“金亭”一点也不过分。供品也是格外丰富。汤圆、桃形包等甜点，桂圆、荔枝、红枣、香菇、黄花菜、香蕉、苹果等果蔬，糖龟（龟状糕）、米线、粽子等食品，五花八门，排得满满当当。

在“小人节”的欢快氛围里，一路周旋，感受着东山石屋与民俗的魅力，古老而迷人的生活方式和文化信息充满了诱惑。时光像被施了魔法，在这里凝固成一幅古朴的图画，深深地，印在了心里。

## 前红：千年曙光眷恋的地方

走进前红，看人家的门牌号，“曙光”两字赫然入目。一思量，不由会心一笑，这是对千年曙光的铭记与定格啊！2000年1月1日6时46分，中国大陆千禧之年的第一缕阳光在温岭石塘洒下。千年一刻，眷恋了这座东南沿海的小镇，使之一夜之间名动天下。

从千年曙光园下行约200米，就到了前红村。前红村由两个自然村组成，一为前山，一为后山。前山在南，后山在北。村子多林姓，据百姓所言，林姓先祖是闽南人，清朝经常航海于福建和浙江之间，夏秋季碰到大风，时不时地停靠在这里避风，后遂定居于此。

村子位于石塘镇东南部的山地间，四周山峦环抱，西南面向石塘渔港，斜对梅花屿，像一张巨大的太师椅坐落在海湾边上。“山崖突出海中，环抱了海，海又环抱了山崖，石头山、石头屋、石头村镇、石头城。老屋，参差错落，墙面选石因陋就简，忽大忽小，方圆曲直变化多端，很美。新屋，虽有高低大小之分，基本整齐划一，都属几个几何形组合，墙面巨石安置得井井有条，表面磨得光光的，接缝平直精确”，著名画家吴冠中当年对石塘的描摹，用在前红身上，真是再确切不过了。

前红的石屋，最早可追溯至清朝，多为三合院。到民国时期，除了三合院外，还出现了防御用的碉楼。新中国成立后至20世纪80年代，由于人口增多、土地稀缺等原因，新建的住宅极少出现合院式布局，多以两三层的独立楼房为主，并仍旧沿用石材，造型上则趋向简洁。不管老屋、新屋，多是石头屋。站在村落的制高点，视野顿感开阔，层叠的石建筑生长在苍翠的山坡上，浑然一色，极具视觉冲击力。远处海湾宁静，似将山、村一起拥入怀中，让人心旌为之一荡。

曙光北路085号林宅是村中最古老的一所宅院。院子坐西北朝东南，木石结构，三合院式建筑，由围墙、进门、正屋及左右厢房组成。围墙用不规则的块石垒砌，墙头镶嵌一长溜绿色琉璃花砖。每一块花砖镂空出四瓣花朵的形状，一块一块相接成连续纹样，仿佛一条绿色的花边，提亮了整个墙面。进门开于西侧，门框、门槛、门楣全是石制，安着对开的木门。门楣上一方青石匾额，题写着“福曜临垣”四个大字。正屋及左右厢房都是两层楼房，木构件腐朽、倾颓，已经破败了。只有那些梁枋上的雕花还依稀留着往日的荣光。山墙自然是石砌的，坚实厚重。山墙山尖上有灰塑，做如意的样子。中间一个大如意，两侧数个大大小小的如意错落有致地拱卫着。无论是“福曜临垣”的文字，还是如意的纹饰，满满的，都是对幸福生活的祈盼。屋脊高高翘起，如鸟斯革，如翚斯飞，脊上有各种灰塑装饰。屋面小青瓦盖顶，上压一排排的石块、砖块，瓦缝间的杂草诉说着岁月沧桑。

村中最显眼的建筑是一座高高的碉楼。据当地百姓所言，碉楼为民国时期当地村民林昌瑞为防匪而建。这座碉楼可说是村中一个战略的制高点，可以非常方便地观察敌情，打击入侵的敌人。楼坐北朝南，木石结构，共四层。长4.8米，宽4.5米。墙面开方形、券形、椭圆形等窗，并开有外窄内宽的长条形枪眼。这些枪眼从外面看，几乎是一条缝，不细看还真难以发现。枪眼外窄，使楼外的攻击者难以射到楼里的人。枪眼内宽，使楼内守卫者能有更宽的观察和射击角度。一个小小的枪眼，也是有讲究的。一道窄窄的木楼梯从底层一直通往顶层。碉楼楼顶做歇山式，用小青瓦盖顶。

既然先祖是闽南人，村子里也就处处透露出闽南信息。一片片、一块块红砖砌起了浓浓的乡愁。红砖是闽南民居建筑特有的元素。在闽南地区，盛产红色的土壤。当地人用质优价廉的红壤制砖，在焙烧过程中，黏土里所含的铁元素被充分氧化，呈现出鲜亮的红色。那一抹明媚的红，让人想起了女子所用的胭脂。因此，这些红砖，还有一个好听的名字：胭脂砖。中国人历来将红色视为喜庆吉祥的颜色，对红色有特殊的喜好。在自然与文化的双重作用下，闽南地区形成了独特的红砖文化。这份闽南风情，也随着人的迁徙，落籍在温岭的这个小渔村。

走在村中，一方方红砖镶嵌在白色花岗岩墙上，煞是夺目。红砖白石，红白相间，在明度与色彩上形成既和谐又对比的效果，有着强烈的视觉张力，在阳光的照射下，有着一种微妙的韵律，加上绿荫的掩映，构成一种迷人的互动关系，变幻出种种景象，又响亮又调和，如同一首明快悠扬的小调。坚硬冰冷的石头，仿佛也有了柔软温暖的生命。讲究的人家，还用红砖铺设地面，通常做成菱形的样子，另有一番华美热烈。

舌尖上的味道也是乡土文化里最难以忘却的记忆。从闽南传来的糖龟就一直在前红人的生活中芬芳着。糖龟的龟读音为“jiu”。糖龟一般为长方形，呈棕黄色，油光发亮。一块糖龟差不多有一块砖那么大，拿在手里沉甸甸的。它是由糯米、旱米按一定比例浸泡后打成米粉，和上红糖拌匀，放在蒸笼上炊熟，再放到石臼里捣，使之更有韧性。经过上述步骤，就可以上糖龟印印制成品了。糖龟印每家都不一样，但占据印模中心的主体多是一只变形的龟，寓意长寿。印模上雕刻着金鱼、喜鹊、蝙蝠、鱼虾、花卉、福禄寿喜等吉祥图案和文字，质朴生动。糖龟软糯香甜，具有食品、祭品、礼品等多重身份，深受当地人的喜爱。

在阳光的眷恋下，用闽南文化打底，用石建筑造型，前红出落得风姿绰约。在“温岭十景”的评选中，“后山石屋”入围。经过岁月的洗礼，前红越来越散发出独特的光芒。

# 流水坑：海角魅力村庄

2006 年 10 月，台州市首届十大“魅力村庄”评选揭晓，温岭市石塘镇流水坑村在台州 9 个县(市、区)推荐的 28 个村庄中脱颖而出，顺利入选。紧接着，又顺利入围“首届浙江魅力新农村”。

流水坑村，到底有什么魅力?

走进村子，一片古朴。这片古朴与“石”息息相关。百年的石屋、石街、石巷、石阶散发着古老的气息，随地势升降，错落有致。石头山下石头屋，石头屋前石头路，屋咬山，山抱屋，构成了一组宏大的海角石雕群，动人心魄。难怪著名艺术大师沈柔坚也曾被这儿“石”的丰姿所陶醉，推崇石塘为“东方巴黎圣母院”。

石屋倚山而建，每一座都要在充分利用山坡上有限平地的前提下砌筑，因此坐落比较随意，朝向也并不一致。看上去各自为政，却又被石阶石巷巧妙地贯通起来，构成有机的整体。高高低低的石巷有时依山就势，就从石屋顶旁穿过，于是，屋顶就真真地落到了脚下，一砖一瓦都触手可及。这里的屋顶别具一格，虽然也是用小青瓦盖顶，但屋顶上却密密地铺着石块，石块大小不一，形状各异，信手拈来，从高处望下去，一排排，一列列，煞是壮观。这是渔民们生存智慧的总结。此处海风大，又时有台风登陆，只有石头的重量才能抵抗风的肆虐。以石为瓦，正合适。

这里最具有艺术气息的，当属那一面一面的石墙。那些墙，或者用石块直接垒砌，或者用石块垒砌后再用蛎灰或水泥在墙面勾缝成虎皮墙。每一面墙都各不相同，有的法度严谨、秩序井然，有的随意叠架、浑然天成，有的介于两者之间，千姿百态。那美丽的纹片，倒让人想起宋代著名的哥窑，或密匝或疏落的开片，如冰裂，如蟹爪，如鱼子，变化多端，交织成金丝铁线的独特美感，千年以来，犹让人追慕不已。而这渔村的石墙，不正与哥窑心曲相通吗？对于天然之美的追寻欣赏，无论在哪一个时代、哪一个领域，都是一样的。而墙头的青藤、墙隙的小草、墙边的绿树、墙角的红花，让墙的表情更加生动了。有时候，一个黄黄的烟囱嘴从墙里伸出来，像是耸起的鼻子，俏皮极了。

在一片粗犷凝重的石屋中，黄家碉楼，是最引人注目的。碉楼位于流水坑村一区 142 号，坐东朝西，木石结构，共四层。长 6.34 米，宽 4.15 米，高约 8.5 米。墙体用不规则块石砌筑，敦实坚固，厚达半米以上。墙面开方形、券形等各式窗户，并开有长条形枪眼。有木楼梯从底层通往顶层。四坡顶，小青瓦盖顶，上压以石块。走进碉楼，迎面而来的，是一位老太太温煦的笑脸。老太太姓孙，年约八旬，是碉楼的女主人。男主人黄老先生已经去世，孩子们都搬走了，孙老太太故居难离，独自居住在此。碉楼底层砌了灶台做厨房，楼上做卧室，有四邻的照应和孩子们的看望，老太太过得开心满足。问起碉楼的建造，老太太双眼闪亮，笑说黄家建碉楼的时候，她的丈夫才十几岁呢，许是想起丈夫风华正茂的时光吧。时逢民国，国内社会动荡，恶霸土匪横行，黄家为了严防土匪，特意建造了这座碉楼。

在大海的波涛里讨生活，接受了大海的慷慨馈赠，也同时面临着大海的无情和灾难。渔民们祈求着大海的仁慈，渴望神明护佑舟泰人安和满载而归。于是，对海上女神妈祖的信仰成了渔民们心灵的寄托与慰藉。流水坑村的村口，一座妈祖庙巍然屹立。妈祖林默娘静坐在缭绕的香火中，信众们用层层叠叠的瓜果糕点还有各色花卉表达着礼敬。

从妈祖庙下行，可至游人码头。近观，惊涛拍岸，卷起千堆雪。远眺，烟波浩渺，海岛隐约，渔船如叶，令人心旷神怡。靠山吃山，靠海吃海，聪明的流水坑村人，把村庄整治建设和生态旅游开发紧密结合起来，大力开发“渔家乐”项目。一个石文化、渔文化相结合的山地型和滨海型休闲村落吸引着游客纷至沓来。住渔家、干渔活、观日出、览海景、玩海水、游海岛、尝海鲜……不亦乐乎！

在这里，饕餮海味自然是不可少的。最地道的做法是清蒸，能保持海鲜的原汁原味。刚出水的鱼、虾、蟹被蒸熟时所散发出来的缕缕鲜香，让人食指大动。鱼面、鱼丸是这里的特色美食。把多肉的鱼去刺，蘸些淀粉，用木槌敲打成一张薄饼，放在铁锅上用小火烘烤，待烘出鱼香味后，卷成筒状切丝，密封保存，可经年不坏。做菜下汤放一把鱼面，既有鱼香又有韧劲，风味独特。鱼丸则是将薯粉和鱼肉搅拌均匀蒸熟后，再用刀切成菱形块，做菜时再加佐料即可。鱼丸也有圆的，当地人称之为漂丸，与菱形鱼丸制作相仿，但要求更高。鱼丸汤讲究一个“清”字，姜丝条条，米醋点点，一盆上桌，嫩滑爽利，鲜美开胃，满室飘香。

在石屋的阳台上，凭海临风，喝着热酒，吃着海鲜，品着美食，看船只往来，赏海光山色，直至夕阳在海面铺上一层绮丽的霞光，华灯渐渐点亮，星星在天幕撒上一把又一把钻石。在古老的石屋里，做一个散发着鱼香的美梦。

# 大黄坭：那撩人的渔家风情

大黄坭，又写作大黄泥。村落的命名，与宗姓和地理有关。大黄坭村紧挨着小黄坭村，原与小黄坭合称为黄泥坎，后分为大、小黄坭。据传其地多黄泥，古有黄姓兄弟从闽地迁居于此，兄居其北，称大黄坭；弟居其南，称小黄坭。

黄姓一族聚集而居，渐渐形成村落。村落选址于温岭市石塘镇石苍岙北的山岙间，东负山，西濒箬苍滩，这确是一个聪明的选择。作为一个濒海的渔村，海风常常并不温柔。而这里又地处台风带，是台风经常光顾的地方。于是，狂暴的风成为村民们必须面对的挑战。把村子建在山岙里，山岙两侧的山体，可减缓风力，村子相对来说就更安全。而相对风平浪静的山岙，也更适合渔港的建设，渔民们以渔业为生，安家于此，可得地利之便。此外，山岙的地势也相对平坦，方便造房。更何况，山岙两侧常有山泉汇入，而水源可说是一个村落的命脉。安全、方便与水源，山岙都占全了，自然而然地，也就成了慧眼识珠的渔民们安身立命的首选之地。

沿着蜿蜒的石阶，慢慢地走进村落。最先引起注意的，是村口的一眼大石井。这眼井，颇有些特别之处。平日所见的井，多为圆形的，它却是八角形的，井沿的砌筑方式也与其他地方有所不同。八块开出榫头的大石板互相插合，围成井沿，石板相当厚实，每一块厚度都在 10 厘米以上。井壁则呈圆形，用块石垒砌。

这口井的历史，被记录在井沿上，井名及造井的相关情况历历在目。最上一排横刻的，是村名“大黄坭”，中间竖刻的，是井名“甘泉井”，左右有落款。右款刻着井的生日——“民国三十六年”，并依稀可见“天旱”等字；左款刻捐助造井人等，有“井基黄显青助”等字样。民国三十六年(1947)入夏，温岭大旱，这口甘泉井多少给村民带来了一丝希望。

往村落深处走去，一座座石屋迤逦展开。传统的石屋是木石结构，但是木头的柱、梁、枋、椽等都掩藏在墙体和屋顶里面，连门框和窗棂都习惯用石料制作。石头是房子的“外衣”，木头是房子的“内衣”。从外面看上去，就是纯粹的石头房子。一幢幢石屋手拉着手，肩挨着肩，厚实凝重，层层叠叠，与山海相融，宛如一幅古朴苍劲的图画。

石屋大多没有雕饰，简单而朴素。石墙在岁月与风雨的洗礼下，泛出微黄的色泽，有着一股特殊的味道，温暖里带着点苍凉。更何况，不规则的墙面俨然是一幅天然的抽象画，无须装饰，也自有一种风韵。

有钱人家则多了几分装扮。大黄坭村 597 号附近，一处约有百岁的院落，当地人呼之为石板道地的，算是当年村中最亮眼的建筑了。石砌外墙上，装饰着四四方方的绿釉花砖。花砖中心，是如意纹组成的通透的四瓣花朵，砖的四角，亦各饰一如意，无声地述说着主人祈祷万事如意的心愿。小小的绿釉花砖，与白色的石墙构成形、色、质的对比，画龙点睛般，一下子就提亮了墙面。正房的二楼有雕花的栏杆，雕出团寿、铜钱、蝙蝠等花样，房子就更美观了。院中的地，铺的是考究厚重的石板，没有一定的财力，还真的置办不起。这份财力，给了当地人深刻的印象，就以“石板道地”称呼院落了。院落的一侧，还建有高高的石碉楼，护卫着家园。

民居院落里充满了生活气息。走进大黄坭村 580 号附近的一处合院，迎面就是敞开的天井，依着石墙，种着各色花草树木。充满生机的绿色，让古老的院落也焕发出新鲜的活力。人们喜欢在木柱间拴上绳子，晾晒衣物。水桶、碗罐、锅盆、斗笠在院子里随意散落着。渔家人的生活，宁静而淳朴。青壮年们为着生活外出奔波去了，留下的多是老弱妇孺。推开一扇门，看到的往往是一个妇人清爽娟秀的脸庞，露出温煦和善的笑容。见人进来，不惊不乍，笑问客从何处来。蓝布上衣，黑布裤子，一双黑色布鞋，一身过往岁月里的装束，告诉人们，现世红尘的种种，已经不能再诱惑惊扰她们。时尚不是她们的语言，她们固守着自己的传统，脑后盘得溜光滚圆的发髻上，插着簪子，缠着彩线，这可是从福建老祖宗那里传下来的呢。遇上喜庆日子，她们还会在发髻上插上鲜花。这样的老妇人，谁说不是一幅画！

屋檐下、廊柱上、石墙间，一个个白色的大海螺煞是引人注目。它们仿佛是大海的耳朵，聆听着海潮涌动的声音。海螺里，密密匝匝地插着香。那一份虔诚的祈愿，安置在这最天然、最原生态的"香炉"里，别致极了，也妥帖极了。也许海螺做炉，只是渔民们的即兴发挥。但是，就是那么的巧，海螺也是佛教里的八种吉祥器物之一。佛经上讲，释迦牟尼说法时声音洪亮，犹如大海螺之声响彻四方，使闻声者可以驱魔，灭诸罪障。渔家的日常就这么与佛家贴合在一起，算不算一种佛缘呢？

渔家的风情里，少不了鱼的一笔。家家户户，房前屋后，常常晒着各种各样的鱼。海鲜不易久存，但大海的馈赠可不能白白浪费。于是，渔民们便将鱼从腹部对半剖开，挖去内脏，剩下一具带肉的骨架，撒上盐水或香料，铺到竹网架上晒。竹网架当地人称之为"竹帘"。"竹帘"的放置要有一定的倾斜度，以利于滴水、朝阳、迎风。于是，"竹帘"常常一头放在地上，一头架在竹架或板凳上。一排又一排的"竹帘"上晒着金黄的鱼鲞，蔚为壮观，成为渔村一道亮丽的风景。

在弥漫着渔家特有咸腥味的温暖海风中穿行，那撩人的渔家风情让人沉醉。渔村那凡俗烟火却又云卷云舒的生活，散发着岁月深处的诗情画意，定格成一幅幅图画，美美地，留在了记忆里。

# 白壁：石头垒砌出的山村人家

“海风拂面波作镜，青山绕宅翠为屏。”这样的诗句，读起来，就让人心生向往。诗句里描绘的那个村庄，会是怎样的风貌？

诗中描绘的村庄位于温岭市坞根镇西部，名叫白璧，很美的名字。这么美的名字，应该有一番来历吧？翻开《嘉庆太平县志》，有这样一条记录：“白璧山，其山崖壁峭立，坻塄嶙峋，一片璧色，或说尝掘得白璧于此。”无论是“一片璧色”，还是“尝掘得白璧于此”，都让人对这个山村充满了美好的想象。

抵达山村，在村中漫行，一片盎然的绿意里，一座座小石屋挤挤簇簇，沿着山坡次第散开，那么自然，那么宁静，那么质朴，陶渊明的那句“采菊东篱下，悠然见南山”，油然从心口涌出。

每一座小石屋都让人注目流连。石屋通常为两层的硬山式建筑。墙体用天然石块随意地垒砌，石块之间填泥土或灰浆黏接，厚实坚固。石块或大或小，形状各异，粗、拙、野、乱，有一种不受约束的美。整齐、精致的东西看得多了，这种粗头乱服的率真之气倒让人心生欢喜。尊重自然、亲近自然、顺势而为，本就是中国传统文化的精妙之笔。用当地随手拈来的石材，以简单适用的技术建造石屋，让它们像一棵树一样在村子里天然生长，既经济，又和谐，人与自然以这样的姿态相处，最好不过了。殷实些的人家，会在门楣、窗楣上做些装饰。简单点的，只做出几道弧形的线脚；复杂些的，做成门套、窗套的样子，用图案略加点缀，屋子的立面就更加生动丰富了。

让人欢喜的，还有一个个充满乡土气息的庭院。院前常常砌一堵矮矮的石墙，随意而粗犷，小草乘隙生长，藤蔓蔓延，几乎将整堵石墙都给包裹住，宛如一道绿色的屏风。有时候，墙头蹿上一只鸡，雄赳赳，气昂昂，不可一世，人一经过，却慌里慌张地扑扇着翅膀逃开了，让人忍俊不禁。院子里，栽着各种植物，橘树枝繁叶茂，一架丝瓜，花儿黄黄的，开得正艳。门前屋后，是一畦畦的菜园。山乡的人们，日子过得青翠鲜嫩，恬淡丰盈。茂林修竹，屋舍俨然，鸡犬相闻，一派桃源情致，真可入诗入画。

在曲里拐弯的村道上一路前行，不期然地，就与一座荒废的大宅院相遇，宅院建于民国时期，宅主徐松年曾兴办过肥皂厂，家资丰厚。如今，台门只剩下了两根柱子，藤萝攀缘。从门洞里望进去，杂草丛生。然而，宅院当年的风采依然难以掩饰。这是一幢仿欧式的建筑。没有想到，民国之际，西方建筑思潮冲击中华大地，居然无远不届，在这偏僻的山村里留下了它的踪迹。建筑的墙面，大体沿袭了当地传统的做法，用原生石块垒砌，然而，立面上的券门、券窗，曲线型的山花，或圆或方的罗马柱，还有各色西式装饰，却荡漾着西洋的风情。不过，房子毕竟是在中国的大地上，形制是西方的，内容却还是深深地打着中国的烙印。东西方建筑风格的融合，耐人寻味。原意是想采用罗马科林斯柱式，当地的匠人却根据自己的理解，把柱头上的西式毛茛叶变成了中式的莲花瓣，花瓣上方还加了一圈传统的“卐”字吉祥纹带。券门上方两侧，是中式浮雕花卉，二层方柱柱面上，开出方框，框内浮雕兰花，山花上，则是松竹梅岁寒三友缠绕组成变形的“福”字，中国的元素比比皆是。券门、券窗、山花优美的圆弧形有韵律地跳跃着，与中式的装饰图案相映成趣，一种独属于那个时代的特质与审美情趣，跃然而出。

在一片低矮的石头屋中耸峙而出的，要属那一座座的碉楼了。民国时期，温岭股匪甚盛，兴则立寨于内陆，败则隐匿于海岛，居民深受其害。白璧村位于山海之间，旧多匪患，多建有碉楼以防匪。至今，村中还留存有三座碉楼。其中的一座位于村口，高三层，底长 5.8 米，宽 5 米，下部略宽，上部微敛，显得敦实厚重。外墙为块石砌筑，一、二层墙体外侧为蛎灰勾缝，三层则为蛎灰抹面。底层朝向村子的内侧，开有一扇小门。二、三层开有券形或方形窗，内开枪眼。双坡顶，用小青瓦盖顶。建造碉楼所费不赀，一般人家无法承担，就集中大家的力量合资建造。这座碉楼，就是由村民们集资建成的。前行不远，又有一座碉楼鹤立鸡群般地高耸着。碉楼高四层，底长 5.5 米，宽 4.4 米，从底层往上收敛，显得修长挺拔。砌筑方法跟村口的碉楼一样，外墙由块石砌筑，墙体自地面至屋顶向内收敛。四面开有圆形或方形窗。屋顶甚是别致，攒尖顶，顶上还放了一个葫芦。

最特别的是村落最高处的那个碉楼。碉楼掩映在浓荫深处，一身雪白，醒目而清秀。碉楼坐南朝北，高三层，下宽上敛。底长 8.4 米，宽 5.64 米，高约 9.5 米。墙体用块石砌筑，厚达 0.74 至 1.12 米，非常坚实。墙面开方形及券形窗，装饰精美的窗套，并开有长条形枪眼。双坡顶，小青瓦盖顶。与众不同的是，碉楼北侧从中间砌出一道围墙，墙头呈波浪形，起伏有致。墙中间，还开有仿欧式的券门。无论从哪个角度、哪个方位看，都是各有姿态。加上这么一道围墙，自然大大提高了防御功能。但是，对形式美的大力追求，也使它在某种程度上超出了防御的功能要求，成为炫耀财富的方式。那么，是谁，在炫耀着财富呢？这碉楼的建造者是民国时期当地的乡绅林雨楼。这位林雨楼，曾拥有良田数百亩，富甲一方。

乡土的前世今生，一点一滴地凝固在这些建筑上，无声地诉说着。风云散去，石头垒砌出的山村人家，不惊不乍地过着自己的日子，朴实而从容。

# 三池窟：石板屋的代表作品

三池窟村，这个名字听上去有些怪异的村子，位于温岭市大溪镇。村庄东邻前瓦屿村，西连高田村，南与河头村、麻车屿村相望，距镇政府驻地 3000 米，大石一级公路就从村旁穿过，交通非常便捷。

村落的名称往往是村落历史的活化石。三池窟这个名称，又有什么渊源？原来，这名字里有着一幅优美的地形地貌图：村落地处水网平原地带，旧时，村内池塘密布，头池、中池、饭箩头池三个大水池如翡翠般镶嵌着，村后还有一窟。三池加上一窟，村名也就打上一方水土的烙印，成了三池窟。

岁月悠悠，沧海桑田，如今，池与窟多已被填，村庄不复旧时风貌。村庄风貌变动最大的时期是 20 世纪 70 年代。20 世纪 60 年代，三池窟村干部去华西村参观，考察学习。回来后，准备向华西村学习，把原来散乱的村庄统一在一起。村里经过十几次的讨论，达成了建造三池窟大寨屋的想法。20 世纪 70 年代后，村民开始平整 100 多亩杂地，填平 11 口池塘，在村中心开挖人工河。1976 年，三池窟村开始仿大寨建一字形楼，在以后的几年间陆续营建，遂有了 34 幢的庞大规模，也形成了现在村庄的基本面貌。

三池窟虽然填了不少池塘，然而，毕竟是水乡，水是村民血液里流淌的东西，是须臾也不能少的。于是，就干脆在村子中心开一条长约 350 米的人工河，与村南那条俗称老河的河流十字相交。村子，依然还是水灵灵的。34 幢整齐划一的大寨屋建在人工河两侧，屋沿河建，河跟屋走，呈“非”字形展开。屋群坐北朝南，屋舍俨然，规模宏大，有序地坐落在人工河的两旁。沿河栽种着两排水杉，高高耸立，如列队的士兵，让村庄更显精神。河上弯弯的小桥，月牙般架在两岸，又给村庄平添了几分风韵。老河南侧，是一片青青的田园。再远处，世界地质公园方山在望，含黛起伏。近水远山皆有情，让人难忘。

每幢大寨屋的布局皆呈一字形，两层楼，每户一楼一底。面宽基本上为九开间，偶有七开间、十开间、十一开间的。每幢总长约32米，宽约10米，高为6.5米。底层有廊，廊深1.5米，廊柱石制。楼前空地称为道地，主要用作日常活动场所和晾晒场。每幢大寨屋后原建有猪圈、厨房等，现在统一用围墙围起，使村庄显得整齐美观。

大寨屋，因其建筑材料大量采用了当地出产的石板，民间多称之为石板屋，其底层立面基本统一，两面山墙及隔断墙皆用石板建造。二层则根据当时材料供应情况及居民喜好，选用砖或石材建造。建房的材料都是就地就近取材，砖是当地土烧的，石材则选用温岭长屿、湖雾岭头等地的。温岭的长屿等地是著名的石乡，开采石材历史悠久。长屿采石后留下为数众多的石硐，硐套硐，硐硐相连，硐硐串通。虽是人凿，宛若天成的长屿硐天，如今已是世界地质公园、国家级风景名胜区、国家4A级旅游区了。由于拥有丰富的石矿，温岭民居历来喜用石材。在三池窟大寨屋群里，石材也得到了充分的运用。石墙、石隔断、石梁枋、石柱、石柱础、石柱头、石斗拱、石板铺地、石板楼面，一切皆石，成了三池窟大寨屋最大的特色。

石板屋群整体上简洁朴素，但百姓对艺术总是有着不懈的追求，总想着尽可能地把自己的家园装扮得更靓、更出色。在石板屋的时代，经济条件并不好，但大家依然不忘在石梁枋、石斗拱上雕刻各色纹饰，寄托对生活的美好心愿。雕刻的纹饰题材与传统木结构民居基本相同，但雕琢上略显简易，反倒呈现一种拙朴的味道。无论是飞奔的马，还是戏球的狮子，都是温和的姿态，与人相亲。梅兰竹菊“四君子”的高洁精神是最为国人所推崇的，其图案最是经久不衰，自然地也延续在石板屋上。简单一点的，则雕出各式杂宝，如卷轴书画、盘肠、笔、锭等等，祈求吉祥。更直白些的，就干脆刻一个双喜，让主人的心意一目了然。廊柱上的横梁头，亦继承温岭传统木结构民居的血脉，多做成漂亮的象鼻状，象鼻向内卷曲，眼睛凸出，眉目楚楚，煞是可爱。艺术的脉动就这样潜伏在民间，如此强悍。对美的追求，生生不息。

石板屋一度流行于浙江温岭等地，是温岭等地民居一个时代的代表性建筑，体现了当时温岭等地民居的地方特色和时代特征。石板屋主要从 20 世纪 70 年代开始兴建。到 20 世纪 90 年代，经济快速发展，开始陆续拆掉石板屋，翻建 4－6 层高屋。目前，浙江省集中连片的石板屋已是不多。像三池窟这样统一规划、规模宏大，且保存良好的，更是省内罕见。2011 年，三池窟大寨屋被列入浙江省第六批省级文物保护单位。

一个时代已渐行渐远，一个村庄还保留着一个时代的记忆。三池窟大寨屋群，曾经是普遍的、日常的，却因着时光的流逝，而获得了独特的价值。

# 建筑之魅

## 海边那座桂岙天后宫

浩浩东海在浙江温岭石塘桂岙打了个弯，掉头而去。在岙的口部，在海的唇边，有一座庙，庙里供奉着渔民们最为崇敬的保护神——天后，或称妈祖。

有人的地方才有神，庙是随着人的到来而到来的。明正统二年(1437)，闽南籍渔民来到了这里。其后居民渐渐地多了起来，就为心中的信仰建了一个家。这个家开始时很小，后来慢慢地扩大。屡次重修重建后，就成了今天的规模、今天的样式。天后宫坐北朝南，占地面积200多平方米，整体布局呈轴对称分布。在中轴线上，依次立山门、戏台、正殿，其东西两侧建有厢房。

山门为天后宫的主入口，建筑颇富特色。山门立面别具匠心，凝重而不失活泼。墙面大部分为条石砌筑，上面一小截则用砖叠砌。条石是冷色的灰白，砖是暖色的橘红；条石是粗大厚实的，砖则显得细巧轻盈。条石与砖形成了动人的对唱。墙面开有三门，中门比两侧门高大些，突出了中门的地位，并在视觉上形成高低起伏的错落感及大小的对比。中门的正上方，有一块青石竖匾，上题“天后宫”三个金色大字。中门的两侧上方则各有一八角形漏窗，窗内用黄红色砖片叠套出海棠花图案。八角形漏窗上方各有一块青石匾，左写“河清”，右写“海晏”。两匾旁边，极别致地塑出一条鱼，黄尾红首，鱼头跳出墙面，张开大嘴，恍若要从墙面游出。

戏台与山门紧密相连。戏台最突出的是彩画装饰。方形藻井中心为圆形开光，开光内绘青龙喷水。开光外四角及周围板壁皆绘有图案，或者是花花草草，或者是民间故事，如《三国演义》《封神演义》《七侠五义》等等，题材丰富，构图多变，画工细腻，着色鲜艳，有着浓浓的民间情趣。

距戏台五六米之遥，建有正殿。正殿为三开间，通面宽约 10.8 米，进深约 9.2 米。大殿板壁及两侧墙壁上绘有彩画，或人物，或花草，或虫兽，栩栩如生、富丽堂皇。梁枋亦装饰华美，头部做龙首形，身部雕绘扇面、禽兽、卷云等。石柱础或八方，或圆鼓，雕刻花草禽兽、海生动物、回纹等纹样。屋脊彩塑，塑出双龙戏珠等图案，给屋子戴上了一顶明艳的冠冕。

天后宫寄托着渔民对生命与生活的种种祈愿，天后就在渔民生活的呼吸之中。旧时，凡渔船初出海时，都要在海滩上祭祀；起汛后首次撒放渔具捕鱼，也要先行奉祀；到了除夕，还要在海口举行隆重的祭仪，鞭炮不息，纸烛烟袅。渔船中一般都供奉有天后神位，每天早晚都要焚香祝祷。若遇风浪危急，则对着神位连连祷告，请求庇佑。渔船避风或随鱼汛驶进岙口，也都要到天后宫备礼致祭。

一海风声涛声的重量，都在天后宫里轻轻放下，张皇的心安歇了。像大力神一触及大地母亲便重新获得力量，渔民一到这里，心就沉静了，艰难险阻不再留碍，下一次出发时，又是豪情满怀。天后宫是一把筛子，把风尘烦恼筛去了，把勇敢还给渔民，把对生活的追求还给渔民。

在大海的边上，有那么一座天后宫。海很大，天后宫很小；海无定，天后宫却很“定”。这份“定”，又传给了渔民。在这份“定”里，渔民心中的风浪渐渐止息，身外的风浪也就不足惧。在这份“定”里，大海的狂暴已变成对力的歌颂，对渔民的礼赞。

# 流庆寺随笔

中国佛寺又称为丛林，且不说丛林之名的缘起，中国佛寺选址多在山清水秀、林木围绕之处，这已是不争的事实了。台州净土宗大寺之一——流庆寺，就是这样一个名副其实的"丛林"。

流庆寺位于大溪镇潘郎管理区流庆村五峰山南麓，坐北朝南，寺周群山环抱，溪水潺潺，茂林修竹，环境极为清幽静谧。清朝诗人金承芬曾有诗曰："高岫摩清霄，攀缘不识路。忽闻梵呗声，松风引之去。迤逦见寺门，岚光飞处处。羡彼山中人，登临月几度。"如今，以流庆寺为核心，包括茅岙山、五峰山、茅岙溪等，形成了面积 229 公顷的流庆寺风景名胜区。

流庆寺建寺已有一千多年，据《嘉庆太平县志》载："流庆教寺，在十五都茅岙。晋天福二年建，名塔院，宋大中祥符九年改额。"如此，则寺始建于后晋天福二年(937)，宋大中祥符九年(1016)改称"流庆教寺"。清嘉庆十四年(1809)，流庆寺重修，后历经重建、整修，规模不断扩大。流庆寺鼎盛时有殿堂僧舍 60 多间，僧众 100 多人。然而，佛教视世间为不断迁流变化的世界，流庆寺也逃不过这种流变。"文化大革命"期间，殿宇大多遭毁，僧众被遣，大片林木被砍，劫后一片凄凉。1979 年以后，落实宗教政策，归还全部寺产。寺院进行了重修、重建，焕然一新。1989 年经台州行署批准，流庆寺为温岭对外开放的大寺之一，一度为县佛教协会会址所在，并被列为市级文物保护单位。

一进山门，映入眼帘的是一片绿意盎然的樟树，枝叶繁茂，遮天蔽日，挂着古树名木的蓝色标牌。其中数株已近千年之龄，可说是镇寺之宝了。古樟历千年风云，目睹了流庆寺的兴衰荣辱，一派老成持重、肃穆安详之态，为古刹添上了一抹浓浓的韵味。

往前行，迎面而来的是一个月洞门，门额题为“不二法门”。门两侧嵌刻一副对联，上联为“无事渡径桥洗钵归来云满袖”，下联为“有缘修佛界谈经妙处雪飞花”。对联由全国书法家协会会员张直生老先生所书，笔舞龙蛇，洒脱流丽，书妙联妙，引人驻足。

入法门后，殿宇林立，前为金刚殿，中为大雄宝殿，后为西方殿，东为斋堂，西为地藏殿。大雄宝殿为新建的仿古建筑，西方殿与地藏殿为“文革”孑遗，现已修葺一新。寺内文物和佛经收藏居全市寺院之首，可惜多数于“十年动乱”中散佚，仅留李鸿章、陆润庠、何绍基和喻长霖等人的楹联墨迹。藏经楼近年收藏《大藏经》一部百册，为台湾所赠。

参观完寺院，回到前庭，古樟风吹，心中生凉，俗虑顿消，回首正对那副对联“无事渡径桥洗钵归来云满袖，有缘修佛界谈经妙处雪飞花”，不觉会心而笑。

# 乡间的路廊

大学毕业刚工作时，去看市里的文物保护单位桂岙天后宫，需要翻过一座小山，山顶上有一座路廊。

每次爬山，总累得气喘吁吁。累的时候，便抬头仰望，路廊就在前方殷勤招呼："快到了，快到了，再走几步就到这里了，可以歇歇再走了。"想着便精神一振，加紧向前赶去。

曾有多少人有过我这样的心情呢？旅途劳苦漫长，需要分成一个一个的阶段，每个阶段有每个阶段可达成的目标，才有前行的信心。路廊就是这么一个分隔符，它把似乎遥不可及的旅程分解成了可以预期、容易抵达的一个个段落。每个段落，都有达成目标的喜悦、休憩的甜美来鼓励。而如果人生是一场逆旅，不正需要路廊这样的停歇来调节节奏吗？这就像画面的留白，像音乐的休止。

乡人对此有极深的体悟。桂岙路廊两端门口各有一匾，一刻"暂堪容膝"，一刻"聊可息肩"。它们仿佛在说：天下长途不易走啊，虽然路廊矮小简陋，但是容膝易安，也不妨歇脚息肩，坐一会儿再走吧。话说得很亲切，让人心中温暖，然而亲切温暖里也有一份理智与清醒。歇息有"暂"与"聊"的限定，它说，你不能老是耽于休憩的安逸，休憩过后，还是要继续赶路的。路廊可以暂时依托，但不能久留。这种态度里表现出的通透的人生智慧，让人久久回味。我不知道是谁题写了这样的匾额，但我每次经过，都觉会心，并对乡间智慧充满了敬意。

路廊是智慧的，也是历史的。桂岙路廊的墙壁上，镶嵌着三块题记，一块写着“水仙花岙　郭启福喜助树木工料　施天头喜助墙石工料　郭再发喜助砖瓦工料　宣统二年四月中浣吉旦”，一块写着“汾阳福泉惠邑白崎浦商民郭长兴　协胜　协源同重建　民国十三年四月吉旦”，还有一块是1984年重修路廊的题记。三块题记，凝聚了一路风雨，百年沧桑，也表达了路廊修建的精神与方式。修建路廊，是人生苦旅中相濡以沫的关心，是对他人难能可贵的“助”。助人为乐，所以是开开心心的“喜助”。喜助的人中，还有来自福建的兄弟。桂岙是个渔村，祖先本自福建迁来，与福建一直往来频繁，至今仍讲闽南话。桂岙路廊，也正见证了浙闽之间的交流史。

路廊是众心的善举，这一点在岭脚路廊上更是明显。岭脚路廊位于温岭市大溪镇的盘山古道上。盘山古道是旧时往来台（州）温（州）的交通要道，徐霞客往来天台、雁荡之间，都走这条路。在木石结构的三间路廊里，矗立着十六根石柱，每根石柱上，都密密麻麻地镌刻着出资人的名单，有男的、有女的，有乡绅、有百姓，有当地人、有外地人。每一根石柱，都是善的纪念碑。善的，还有这里烧茶免费供应路人的旧日乡人。路廊就是这么一个充满人情味的庇护所。它让荷薪负重的樵子农夫落脚，放下一身的疲惫；它让满面风尘的行人旅者落脚，整理漂泊的心情；它让肩挑手提的贩夫商客落脚，盘算买卖的盈亏；它让南腔北调的戏班艺人落脚，计划今后的前程……

这样的路廊曾经遍布温岭乡间，至1949年尚有近五十处基本完好。但至第三次全国文物普查时，除上述的桂岙路廊、岭脚路廊，以及石塘镇小沙头村的路廊等零星几个保存尚好外，其他的多或拆或倒，已乏消息。

林花谢了春红，太匆匆……

# 温岭的文运之塔

明清之时，风水学说盛行。为了振兴文风，祈求当地多出人才，多中科举，全国各地大量建造了一种风水塔。这种塔别名甚多，大多带一"文"字，如文笔塔、文峰塔、文英塔、文成塔、文光塔、文星塔、文风塔、文通塔、兴文塔、崇文塔、起元塔、三元塔、聚星塔等，不一而足，一般则以文峰塔为其总名。温岭市现存的两座塔：新河镇新河中学校园内锦鸡山上的文笔塔及松门镇幸福村翠屏山上的文峰塔，皆在此列。

文峰塔的选址，与风水学说紧密相关。据《相宅经纂》卷二《文笔高塔方位》云："凡都、省、府、州、县、乡、村，文人不利、不发科甲者，可于甲、巽、丙、丁四方位上择其吉地，立一文笔尖峰，只要高过别山，即发科甲。或于山上立文笔，或于平地建高塔，皆为文笔峰。"所以，文峰塔的建造方位常在城市或村镇的东偏北、东南、南偏东、南偏西，亦即甲、巽、丙、丁 4 个方位上。而建最多文峰塔的，还是巽位，即东南方向。之所以选择巽位，是因为堪舆家认为巽位是最吉利的方位，宜文笔（宜造文笔峰），主文运。《易传》云："巽为风"，"风既相随，无物不顺"。而且巽位处于东方震位与南方离位之间，即雷与火之间，自然寓意着兴旺之意。新河文笔塔即建在巽位。据《嘉庆太平县志》锦鸡山条载："……山上塔，明张都督东瀛创筑，胡五峰等董成之。龙山书院向之，俨文笔卓于巽维矣。"太平瓦屿山原有兴文塔，塔之建，亦因其地当巽位，被认为"建塔其上，利士子科名"。

文峰塔的兴废是事关地方文风的大事，必然引起地方官员与士绅的关注和重视。塔的兴建,往往由地方官员士绅发起和完成。如上述之新河文笔塔,就是由当地的抗倭名将张元勋所建。张元勋(1533—1590),字世臣,号东瀛,新河人。《明史》有传。元勋自小习武,体魄健壮。父聚众抗倭,壮烈阵亡。元勋誓死杀敌报仇,有勇有谋,为戚继光等所重。据《明史·张元勋传》记载:"元勋起小校,大小百十战,威名镇岭南。"晋升都督后,深虑官场倾轧,以疾乞归。元勋虽是武将,但颇有儒将风范,雅好读书,15岁中秀才,致仕后种竹养鱼,自号逍遥道人,于万历年间创建此塔。文笔塔如今位于新河中学校园内,在学子的琅琅书声中追古思今,令人感慨。而县官、知府作为一县一州之父母,通显一邦、彰扬一邑,是其必不可少的职责。修建培风脉、纪地灵、壮人文、正风俗的文峰塔,自然也被看作为民办事、为地方造福的德政。文峰塔的修建,就往往由县官、知府促成,如太平瓦屿山原有的兴文塔,就是由明嘉靖间知县曾才汉、县丞卢潮、主簿高举等动议兴建。

新河文笔塔及松门文峰塔皆为砖塔。因中国古代建筑有强烈的仿木情结,砖材操作方便、运用灵活,可随意砌出梁、柱、斗拱、门窗等各种仿木部件,还可做出各种花饰,且价格便宜,坚固耐久,而明代制砖业又达到历史的高峰,因此从明代开始发展起来的文峰塔多为砖塔。基座则以石为之,因南方潮湿多雨,做石台基可防雨水侵入塔身。

两塔的平面形式皆为六角形。塔的层数取单数,新河文笔塔五层,松门文峰塔七层。塔身宽度则由下而上逐层递减,轮廓秀美,飒爽玲珑。新河文笔塔高约12.5米,底层塔径约1.5米。台基与底层塔身之间开塔门,塔门拱形,高1.37米,宽0.55米。其他各层每层每面开券门一扇,第五层北向有匾额一方,题"天开文运"四字,楷书,黄底黑字。塔顶六角攒尖,飞檐翘角,如凤翥龙翔。覆筒瓦,以葫芦覆钵结顶。塔的装饰基本上模仿木建筑,非常逼真,装饰花纹也特别多。除底层外,塔的每一层都做出额枋、倚柱。额枋下饰精细的挂落;倚柱柱头施斗拱,圆栌斗上出纤瘦花哨的象鼻昂做装饰。松门文峰塔高约16米,最有特色的是其石雕和塔窗装饰。其石雕或浅浮雕，或高浮雕，或圆雕，层次分明。装饰金钱、花草、祥云、鱼跃龙门等等，精美细致。门龛之内，雕有人像。塔窗的形象多姿多彩，或方或弧，或如花瓣，或如宝瓶，使塔的立面更加美观，富于变化。

文峰塔、文笔塔之类的塔，作为当时当地社会一项重要的建筑活动，是当时当地历史的见证、文化的载体，其渊源故事，今日读来，却也颇有意味。回顾过往，拥抱现在，可矣！

# 温岭民间戏台

戏曲是中国民间喜闻乐见的一种艺术形式。看戏，是群众文化生活中重要的组成部分。锣鼓一响，远近乡村的群众闻声而至，甚至呼朋唤友，不辞路途遥远而来。大家群集在一方戏台之下，看才子佳人、英雄烈士、奸臣小人演绎着人间一幕幕悲欢离合的故事，或笑或哭或骂或叹。戏台成为民间文化、民间情感的一个缩影。

中国古代戏台，从建筑性质来讲，可以分为搭棚类的临时性戏台和砖、木、石结构的永久性戏台；从建筑场所来讲，可以分为庙台类、私人庭院类、市井营业类等。搭棚类的临时性戏台因其便利在温岭民间广为流传，温岭人俗称戏台为“戏棚”，或者由此而来。演出前，选一方宽敞的空地，即可搭棚，演出后则拆卸掉，不留一点痕迹，非常灵活机动。一场热闹，平地而起，又骤然而歇，春梦了无痕，令人浮想联翩。

温岭的永久性戏台，原有联树夹屿庙戏台、大溪冠城中岙张戏台、大溪下村戏台等，基本上台高 1.3 米左右，宽 4.5 至 5 米，进深约 4.5 米。可惜现在或毁坏或重建，都失去了原有的风貌。温岭现存比较完整的古戏台有位于市级文物保护单位东海天后宫及桂岙天后宫内的戏台，以及市级文物保护点三甲庙戏台、石屏庙旧戏台等。

这些戏台属庙台一类。中国古代最早的戏台可能滥觞于寺庙。最迟在唐代就于庙中辟戏场，绚丽的敦煌壁画中就有它的身影。在各类戏台中，以庙台历史最久、影响最大。一则旧时人们多信神佛，建戏台则可“娱神”；二则建戏台花费不少，借敬神积德之名，便于筹集资金。

东海天后宫与桂岙天后宫戏台的结构基本相似。东海天后宫，位于石塘镇东海村南海湾上，始建于光绪二十四年（1898），民国六年（1917）重修。桂岙天后宫，位于石塘镇桂岙村麒麟山东南麓，始建于明，清光绪时重修。两戏台差不多是同时期的产物。戏台建筑与整座庙宇建筑连为一个整体，戏台位置在天后宫门首处，面对主殿。戏曲不但娱人，且有酬神功能，神要看得见，听得见，故庙台多与主殿相对。戏台两侧与东西看楼连接，观众可以在看楼内看戏，而无日晒雨淋之苦。观众由露天观剧变为在室内看戏，可说是一大进步。戏台为单檐歇山顶建筑，翼角起翘，造型优美。戏台三面开敞，台面用木板铺成。四根台柱挺立四角，将屋檐稳稳撑起。台柱柱头施斗拱，其中栌斗为石质，余皆木质。

戏台最精彩的部分是彩画，触目所及，比比皆是。梁枋、板壁、藻井等各部位皆绘有各种彩画，其中藻井绘海水龙纹，藻井外绘《西游记》《封神演义》《三国演义》《七侠五义》等神话传说、人物故事和战争场面，配以花草动物等，布局精美，构图巧妙，栩栩如生。用色上大量使用绿、黄、红等，整个格调鲜艳热烈，富有强烈的民俗色彩，渗透着民间的审美习惯。

歇山顶屋面则是另一道亮丽的风景。正脊两端塑飞龙，龙首朝内，张口吞脊，龙身做“S”形飞舞状，龙尾上翘，直刺青天。龙吻间正脊则堆塑各色花卉瑞兽等。桂岙天后宫戏台于正脊中间还塑一宝珠，与脊端双龙呼应，构成双龙戏珠。东海天后宫戏台则别出心裁地在脊正中塑一红色楼阁，阁中还塑一黄衣人，似远眺，似聆听。左右垂脊亦是五色斑斓的精美灰塑，或人或物，大小不过数寸，却都一丝不苟，形态逼真。尤妙的是垂脊脊端竟各用一只飞凤来做一结束。飞凤做回首状，展翅、张翼，轻灵曼妙，直欲凌空飞去。正脊之龙与垂脊之凤恰好上演了一出龙飞凤舞、龙凤呈祥。

三甲庙戏台则位于城南镇堂前村三甲庙前，光绪年间修建社庙时修筑了戏台。戏台歇山顶，正脊上塑双龙戏珠。离地 1.3 米。四角用四柱，柱圆形，石质。四柱间构成 4.9 平方米的空间。戏台台面原铺木板，现用水泥重新浇筑过，砌成水泥台，而四根石柱的柱脚也被包进去了一部分。石柱柱头施斗拱，柱侧出撑拱，枋上则施异形斗拱。戏台梁架上当时匠人“左前今柱”“左后今柱”之类的墨书题记还依稀可见，隐约透露出旧日民间营造的信息。戏台结构大体保持原状，整体形象小巧秀美。

石屏庙旧戏台位于新河镇屏上村石屏庙内。石屏庙以前叫戴公庙，为纪念出生在当地的宋代知名诗人戴复古而建。由于戴复古号石屏，也就称之为石屏庙了。据当地百姓所言，石屏庙旧戏台建于民国。庙内其余建筑皆为现代重建，独旧戏台还保持民国间的建造风貌。戏台坐东朝西，离地约 1.75 米。四角用四柱，柱方形，石质，柱础雕刻仰覆莲。四柱间构成约 5 平方米的空间。

好的戏台不能没有好的戏联，戏台柱上的对联是戏台的点睛之笔，要经得起品，要细细去品，觉戏里戏外都有一番滋味。东海天后宫戏联“节届三春玉帐数番齐献颂，歌传深夜凤池一部自悠扬”，对仗工整，一番敬神心意盈盈然；桂岙天后宫戏联“布武修文宛然经济，嬉笑怒骂尽是文章”，笔触爽快，顿挫有致，一呈戏中百态；三甲庙戏联“新声歌里太古衣冠，假笑啼中本来面目”，又令人生起“人生如戏，戏如人生”的感慨；石屏庙旧戏台前檐柱上所刻对联，则为当时温岭有名的文人毛济美所书。联云：“枌榗樂承庥比戾同聲謌福曜，蕡羞勤侑饗迎神疋曲奏薰凬”，联中所书多为异体字，倒要考校人的学问了。毛济美（1871—1930），字震伯，号尺园，箬横镇晋岙人，清宣统元年（1909）拔贡生，1914年任松门高等小学校长。工诗文，擅书法，草、篆、隶、魏碑无不见功力，得颜、欧神韵，出入二王间。毛济美名播浙南，有“浙南才子”之称。遗稿有《尺园诗草》《秋树根庐词草》《尺园文集》《病足纪谈》《豆棚闲话录》等。毛济美学问渊博，曾著有《古字备查》，石屏庙旧戏台上的这副对联，可说是其渊博学问的反映了。

戏台虽小，奥妙却多。它使文化艺术、民俗民情、宗教信仰等得到奇妙的融合，亦是中国传统建筑宝库中的精彩组成部分，值得我们好好珍惜。

# 解读神童门贞节坊

神童门贞节坊位于温岭市城西街道神童门街，是温岭市现存的唯一牌坊。关于它的记载目前最详细的是《温岭文物简志》中的一段文字："贞节坊：清。在渭川乡神童门街。四柱门楼式，高约 4.5 米，总宽为 8.5 米，每根柱约 0.5 米见方。两边石柱间距约 2 米。中间坊柱有'乃冰其清，乃玉其洁。如松斯古，如兰斯馨'联，并饰以麒麟、狮子等浮雕。牌坊反面有青石石刻'义方训子，勤俭持躬'和花卉浮雕。"

这段文字对神童门贞节坊的介绍仍嫌简略，而且有所错漏，也没有交代该坊较为明确的建造年代及主人。神童门贞节坊全由石构，其构件在"文革"中有所散失。原有楼，今失。原有抱鼓石，今亦失。原有一块圣旨牌匾，亦无存。牌坊四柱三间，明间有枋两层，两次间有枋三层。明间上枋雕神仙人物，其背面雕菊花图；下枋雕双狮，其背面雕荷花图。右次间上枋雕神仙人物，其背面雕菊石图；中枋刻官员名，其背面刻"义方训子"四个大字；下枋雕麒麟，其背面雕兰石图。左次间上枋雕神仙人物，其背面雕竹石图；中枋刻官员名，其背面刻"俭德持躬"四个大字；下枋雕麒麟，其背面雕梅石图。

坊上并没有载刻时间，从史籍与口碑上追寻亦皆无果。牌坊的建造年代，似乎成了一个谜。但次间中枋所刻官员名，为我们提供了不可忽略的线索。牌坊所记官员有"授太平县知县加三级纪录十二次张梦兰""儒学教谕周炳勋""儒学训导陈庆儒""授台丽府知府加三级纪录四次张英伟""分巡宁绍台兼管水利海防兵备道驻扎宁波府加三级麟桂"

“兵部侍郎兼都察院右副都御史巡抚浙江等处地方加三级梁宝常”“兵部尚书兼都察院右都御史总督闽浙等处地方提督军务兼理粮饷加三级刘韵珂”等。

查《光绪太平续志》,太平县知县张梦兰,“号循陔。由进士任,山东人。性爱士,文教赖以振兴”。在任时间为道光二十七年(1847)至道光三十年(1850)。儒学教谕周炳勋,“号筑岩,杭州仁和人。由副贡任。浑厚和平,士林矜式”,道光二十三年(1843)到任,某年十一月十九日卒于任,年份不明。儒学训导陈庆儒,县志失载。

查《台州地方志》,张英伟道光二十九年(1849)任台州知府;其上任为王绍燕,道光二十六、七年任;其下任为德泰,咸丰初任。

宁绍台道麟桂,1848 年接任上海道,并于十一月与英国驻沪领事阿礼国签订扩大英租界协定。

查《清史稿》,道光二十三年(1843)以刘韵珂为闽浙总督。道光三十年(1850),刘韵珂免,以裕泰为闽浙总督。此外,道光二十三年(1843)至道光二十八年(1848),梁宝常在浙江巡抚任上。

综上察之,唯道光二十八年(1848)与各人任职情况皆能相符。至于张英伟道光二十九年(1849)任台州知府事,恐记载有误。刚好张英伟与其上任王绍燕之间有一年的空缺,即道光二十八年(1848),恐张英伟于道光二十八年(1848)在任台州知府比较合适。至此,我们基本可以确定神童门贞节坊的建造年代应为道光二十八年(1848)。

但神童门贞节坊究竟为谁而建呢?据“义方训子,俭德持躬”的题字,可知应是为丈夫死后,含辛茹苦抚养孩子长大成人的妇人所建。查《光绪太平续志》,可知建造于神童门的贞节牌坊有两座:一座称“贞节坊”,为金经茂聘妻郑氏立;一座称“双节坊”,为李永兰妻陈氏、李永济继室金氏立。

查《光绪太平续志·列女志》,知“贞节坊”主人金经茂聘妻郑氏,“虞岙庄人。婚有期而经茂溺水死,女闻讣呼天号恸,誓殉以身,仰药垂毙，母救活之，遂绝食饮，竟饿死。距茂死仅十余日耳。孱然一女子，足与首阳争烈矣。学使陈以'不二天也'奖。光绪十九年旌，坊建神童门"。郑氏为光绪十九年旌，且为殉夫而死，年代与事迹皆不符，可以排除。

关于"双节坊"主人情况，据《光绪太平续志·列女志》称："李永兰妻陈氏，莘塘庄人。结缡五月而永兰死。视含殓毕，潜投于河，遇救得生。舅姑多方劝慰，乃强进饘粥，寝柩侧者三年。与娣永济继妻金氏妯娌甚睦，同居共织，彼此相依，并青年寡鹄，养亲抚子，备极艰辛。知县刘以'双节流徽'奖。咸丰间旌，建坊神童门街东。"两人事迹还算吻合，然于咸丰间旌，年代又不合。对贞节坊主人的追查又陷入了迷雾。据附近的居民说，这座贞节坊是为邻村李某的上代立的，然具体情况，亦是鸿飞渺渺，难以追寻了。

往事已矣，探究起来总是煞费功夫，不但神童门贞节坊如此，其他文物亦如此，需要我们好好解读。有些东西似乎无从查起，但只要变换一下角度，也不是全然无法可施。即使不能给出一个"是"什么的结论，也多少能给出些"不是"什么的答案。这，也是在求索的道路上迈出的可喜一步。

# 古道悠悠

鲁迅先生说:其实世上本没有路,走的人多了,也便成了路。不知道从什么时候起,浙江省温岭市大溪镇盘山上走的人开始多起来,开始有了路。只知道宋代的温州状元王十朋有一首描写盘山的诗:“一岭迢迢十里赊,行人终日踏烟霞。青山遮莫盘千匝,归梦何曾不到家。”盘山路极难走,《嘉庆太平县志》上说:“盘山……山势自雁荡东北太安山(原注:俗名太湖山,乐清界)奔腾起伏至绣岭(原注:黄岩界),南纡北指,曲折盘旋,周围数十里,故名曰‘盘’。瓯人语‘盘山盘半年’,极以状其险远。”山路如此险远,人们却还是要走,自有其不得不走的理由。

盘山岭是温岭、乐清、黄岩的交界地,是古代台州、温州之间的门户。要想登门入户,就不能不走。尤其是宋室南渡以后,政治、经济、文化南移,台温两州地位上升,作为南北交通的要道,盘山岭上自然行人不绝了。也无怪乎宋代以后,对盘山的记载渐渐增多。直到明清时期,盘山依然繁荣。明代大旅行家徐霞客三游雁荡,在游记中曾提到路过盘山岭。其万历四十一年(1613)四月十一日日记云:“二十里,登盘山岭,望雁山诸峰,芙蓉插天,片片扑人眉宇。又二十里,饭大荆驿。”到了清朝,还由南来北往的行人及当地民众集资,在岭脚建了一座路廊,遮风挡雨,供人休憩。古道的衰落始于新中国成立后,特别是改革开放以后,随着公路交通网的兴建,走的人渐渐少了,盘山古道亦渐渐被遗忘。

在我走进盘山的时候,除了一个挑担的农夫,三两洗衣的村妇,再不见他人。温暖的阳光照在水田上,泛着银光。一条小水蛇从我的脚边溜过，吓了我一大跳。溪水潺潺，修竹茂林，溪光山色间，一条青草浸阶的古道逶迤盘旋，转入深山更深处，如神龙见首不见尾。空气清新宜人，好像可以滴出水来。久违的图画，久违的感觉，仿佛走进了古人的溪山行旅图。但在盘山这幅行旅图中，还有长宽不一、低矮古拙的石碇，像一串省略号落在鸣金漱玉的溪泉中；还有藤蔓缠绕的石桥，像一弯新月跨在山谷上；还有古色古香、木石结构的路廊，像一顶斗笠，扣在起伏稍缓的山背上。石碇、石桥、路廊都像从山中自然生长出来的，简单、朴实，没有雕琢，没有藻饰，素面朝天。石碇似方非方，似圆非圆，就这么随形随意地散落着；石桥拱券用乱石叠成，乱而有致，不失秀美；路廊的梁架，因陋就简，不避曲木。一切以满足功能、简便实用为宗旨，但一切也古朴大方、入画入诗。它们与九曲回肠的石阶一起，构成古道的完整形态。它们调节着古道的节奏，使古道抑扬顿挫、摇曳多姿。

路廊木石结构，面宽三间，共用柱十六根，在石柱间贯穿木条以为凳，供人小坐歇息。每根石柱上，都密密麻麻地镌刻着出资人的名单。柱上字迹已被岁月侵蚀得模糊不清，但细细观去，依然可知其中有男的、有女的、有乡绅、有百姓、有当地人、也有外地人。那善的精神，那人间的一抹暖意，穿越了似水流年，让人心生欢喜。

古道悠悠，一派繁华落尽后的清凉。它尊严地沉默着，看花开花落、云卷云舒。

## 温岭老井

水，是人类生存须臾不可离的东西。水井出现之前，人类逐水而居。有了水井，人类脱离了水的束缚，从我为水所制变成水为我所制，活动空间扩大。水井，也就成为人类文明最伟大的发明之一。井，传说为黄帝所凿，古籍中有“黄帝穿井”的记载。但据考古发现，浙江余姚的河姆渡遗址已有水井。这是中国已发现的最早的水井，距今约 5700 年，比黄帝时代早了大约千年，可见黄帝穿井乃附会之说。这是一口方形木结构井，井深 1.35 米，边长为 2 米，结构已相当精巧，由此推断，原始形态的井，还要早得多。

正因为井与人类生活息息相关，人言乡井乡井，有乡之处必有井，井也就成为故乡的象征。由此，人们自古就将离乡赴远叫作“背井离乡”。老井代代相传，成为一个地方最深的记忆，构成一道道历史文化风景线。无论乡村还是城市，也许在山脚，也许在田间，也许在一个古老的院落，也许在一条寻常的巷陌，也许在一座静默的古刹，常常有一口古井，牵引着你的目光。

温岭的老井主要有两种，一种是公井，主要建于小巷街坊。一种是私井，建于住宅内部。从形状上讲，则以圆形为多，其他有方形、六角形、八角形等。从材质上讲，则多以石制。

位于温峤镇温岭街的甘泉古井，还有太平街道当街井巷的当街井，都属公井。温峤镇历史悠久，温岭街在明清时已非常繁荣，据《嘉靖太平县志・地舆志下》记载：“温岭街在十八都峤岭。南通江下水路入海，西陆路通乐清、温州，北水路通路桥、官河，东陆路通本县、黄岩。贾舶交会，人烟辏集，实一大市镇云。宋时为峤岭镇，有驿，有关，后省罢。今五日一为市。”温岭古街南北走向，总长约1500米，古井甘泉就在街中间。“古井甘泉”，属旧“温峤八景”之一，冬暖夏凉，水质甘美，名闻遐迩，老少皆知。古井井沿从左至右分别刻着“公元一八四八年/大清道光/戊申年荷月吉旦/青石桥古井甘泉/众议重建/公元一九九六年大修”。大清道光戊申年，即公元一八四八年。荷月，即六月，因六月荷花盛开，故名。此井建于1848年6月，算来也有160多年了，这也是温岭有明确纪年的最早的井了。全街上千户人家洗衣、洗菜、洗澡、饮用，凡事不离此井。甘泉井，可说是温岭街的母亲之井了。

当街井在老市府，也就是古代县衙边上的小巷里。巷以井名，称为当街井巷。当街井占了县治的地利，也就出名得很。井为圆形，井壁由块石垒砌而成。圆形石井沿外直径75厘米，内直径52厘米，高38厘米。井沿上用楷书写着落款：“光绪二年九月立”。

温岭的私井多建于较大的宅院里。因挖井所费不少，没有一定财富的人家也无力拥有，而大宅拥有者多为富户。私井多较小，因用水的人少，小一点也够用。从材质上说，多为石质，也不太考究。当然，这也不能一概而论，私井也有精致的。如太平街道花园里林家的私井，井沿就用上好的石材做成八角形，井沿下面有基沿，井沿外壁雕刻有精美的吉祥图案。

每一口井，都有自己的故事，诉说着那些远去的历史。这些历史，有些已在岁月中慢慢褪色，只有老井还依稀透露出些微消息。石塘镇大黄坭村的甘泉井就有些意思。甘泉井井沿为不规则八角形，外口沿宽1.65米，内口沿宽1.31米。井沿砌筑方式与温岭其他地方有所不同，比较特别，用八块开出榫头的大石板互相插合而成，并用三合土弥缝。石板厚0.11至0.13米不等。井壁则呈圆形，用块石垒砌。其中一块井沿有题刻，刻井名及造井相关情况。由于井沿风化比较厉害，字已有些模糊，但大致可辨。最上一排横刻村名“大黄坭”，中间竖刻井名“甘泉井”，左右落款。右款刻年款“民国三十六年”，并刻造井原因“天旱”等；左款刻捐助造井人等，有“井基黄显青助”等字样。民国三十六年为1947年。史载此年入夏温岭大旱。温岭属亚热带季风气候，受季风气候不稳定性的影响，雨量年际变化大，时空分布不均匀，灾害天气比较频繁，主要灾害性天气有台风、暴雨、干旱等。重干旱多发生在7—9月份。此时受副热带高压控制，盛行下行气流，天气以晴热、少雨、强光照为主。1947年，温岭入夏久旱不雨，23个乡（镇）22.6万亩晚禾受灾减产五成以上。甘泉井，就在此背景下诞生。从一口井里可见一方乡土。大黄坭村的气候、地理、技术、历史、人物、事件等等，都在甘泉井里面了。

井，也是有情的。坞根镇街头村的红军井，就是一口情义之井。街头人民也有情，特在井边立了牌，叙述了事情始末：“1930年，红二师驻军街头，因人数多，加上天旱，饮水困难，红二师领导人组织战士将街头大井头的古井挖深、拓宽，引取潜水，解决了军民饮水。后人饮水思源，称此井为‘红军井’。”

一口口老井，就像一只只历史的眼睛，看着岁月的变迁，承载着温岭大地的一段段历史和文化。历史，是不该被忘记的。老井，也是。

# 石塘建筑与闽南红砖文化

温岭市东南濒海处，有一个被誉为“画中镇”的渔村小镇，那就是石塘了。石塘如今以千年曙光首照地而闻名，然其最初的出名，却是因了其独特的石头建筑。石屋、石街、石巷、石阶，依山就势，错落有致，“层层房屋鱼鳞叠，半依山腰半海滨”，别成世界，宛如“东方巴黎圣母院”，美名远播。

石塘是闽南移民聚居之地。闽南文化的基因如此强大，使得石塘在六百余年的风雨辗转后，依然在语言、饮食、服饰、宗教、节日等方面保留着独特的闽南风情。自然，作为石头史书的建筑，也不可避免地透露出闽南文化的根源。一块块明艳的红砖，时不时地在石头镇闪现，昭示着自己闽南文化的胎记。

闽南建筑面貌的一个特别之处，在于其房屋大多采用当地特产的红砖建造，人称“红砖文化”。“红砖文化”的形成，是充分利用当地地理条件和材料特性的结果。以泉州为代表的闽南地区，因为所含黏土中有极高的三氧化二铁，因此即使采用青砖的烧制方法，其成品也是颜色发黄，而且黄得很难看。可将它烧制成红砖，则色彩鲜艳，十分纯正，质地极佳，历经百年的风吹雨打可以不褪色、不老化。而在中国传统观念中，红色又是喜庆、吉祥、辟邪的颜色，深受喜爱，于是当地人干脆就用红砖建房。红砖赤墙，体现了闽南传统民居独特的美感与文化性格，俏丽而明亮。

石塘是闽南的游子，没有游子不思乡，乡思何以解？记忆里绚丽的红砖就如心口的朱砂痣，挥之不去。那就让故乡的红砖来慰藉乡愁吧。于是，红砖的翩翩身影，出入于石塘的寺庙、碉楼、居室之间，让人见之难忘。

桂岙天后宫的红砖艺术尤其引人注目。山墙墙面上半部，一片亮丽的红砖墙形成外观的视觉重点。红砖配以纯正、鲜艳的黄、绿、蓝等各色灰塑，效果灿烂而热烈。大门立面上红砖的运用，则起到画龙点睛的作用，非常精彩。大门墙面大部分用大块的长方体白色条石砌筑，顶端及墙转角处上部一截则用小块红色条砖叠砌。中门上方左右两侧，各有一八角形漏窗，用红色砖片叠套出八边形框的海棠花图案。条石是冷色的白，砖是暖色的红；条石是粗大厚实的，砖则显得细巧轻盈；条石为主大面积使用，砖为次小范围点缀；条石在下格外庄重，砖在上则显活泼。两者配合默契，相得益彰，在艺术表现上非常成功，红砖的美感得到完美的体现。

东兴村上街路33—35号民居碉楼上，红砖也运用得相当出色。院落西南角，一座五层高的碉楼巍然屹立。碉楼用较规则的块石一层一层地垒砌，但在最上部，则用红砖叠砌。这一红砖墙，使碉楼顿时生动活泼起来，宛如白衣红帽的俊俏后生，玉立在街头。

走进石塘的村落人家，红砖文化的动人魅力也在流溢。白色花岗岩墙上，镶嵌着一方方红砖，掩映在蓝天白云之下，格外明媚。红砖的运用与周边环境配合得宜，使周边环境与红砖在色彩、体量、质感、秩序上构成鲜明的对比，富有审美情趣。红砖不仅用来点缀墙面，也可做地砖铺设地面。有些比较富裕的人家，用红砖铺地，常做成菱形的样子，显得富丽堂皇，具有很好的装饰效果。

石塘由于自身的自然、经济、人文背景，在建筑上表现出的红砖文化，包含着区域交往、生产活动和历史进程中的文化积淀，非常独特。它无声地诉说着：闽南文化光顾此处。

# 松门卫史话

明朝自建立之初，就海患不断。倭寇出没，杀人越货，沿海各地，生灵涂炭。这种形势，使明朝统治者不得不加强海防建设。明太祖朱元璋开始在沿海大修城池、设置卫所，从此在我国漫长的海岸线上，有了固定设置的海防设施，构筑起一道“海上长城”。

卫所是明代海防的基本驻防单位。卫所制是明代基本军事制度，卫所是明代军队的编制单位，有一套完整的管理体系。“明以武功定天下，革元旧制，自京师达于郡县，皆立卫所。”每卫辖前、后、中、左、右五千户所，大率以五千六百人为一卫，一千一百二十人为一千户所，一百一十二人为一百户所。松门卫，就是其中之一。

松门卫，在今温岭市松门镇，至今仍留存卫城南门。卫城原有四门，今仅存南门。南门位于松门镇南门街，由南城大门和瓮城城门组成。南城大门门洞长 4.6 米，宽 3.5 米，高 2.25 米。瓮城城门的门洞长 3.48 米，宽 3 米，高 2.3 米。两城门均用条状石板砌成拱形。

据《明史》载：“松门卫，本松门千户所，洪武十九年十二月置，二十年六月升为卫。”另据《嘉靖太平县志》载：“松门卫在县东五十里，在宋为松门寨，元为巡检司，洪武二十年始城为卫。城高二丈四尺，周围九里三十步，内设五所。”

松门卫的创建，有两个人发挥了重要作用。一为汤和，一为方鸣谦。根据《嘉庆太平县志》的记载：“今沿海松卫等城皆襄武（汤和谥号为襄武）督建，明（鸣）谦所营度。”上述之“松卫”，即松门卫。从文中记载可知，在松门卫的创建上，汤和起着总指挥“督建”的作用，在具体“营度”上，则是依仗方鸣谦。

汤和(1326—1395)，字鼎臣，濠州(今安徽凤阳)人，明朝开国名将，抗倭先驱。汤和自幼与朱元璋为同乡好友，为人谨慎，沉敏多智。元至正十二年(1352)参加郭子兴农民起义军，屡立战功。明洪武十一年(1378)，封信国公，参议军国大事。洪武十九年(1386)，应朱元璋之请，出巡山东、浙江沿海备倭，筑卫所城，征兵戍守，使倭寇不敢轻犯。洪武二十八年(1395)八月，汤和卒，年七十，追封为东瓯王，谥襄武。

方鸣谦其人，《明史》里只在汤和的传记里附记了一笔："鸣谦，国珍从子也，习海事。"乡邦文献记之稍详。如《路桥志略·卷四·叙人》："方明(鸣)谦，字德让，国珉子。洪武初授明威将军、广洋卫指挥佥事，有宿卫劳，上出内厩五花名马赐之。廷臣相率咏诗以纪恩，方孝孺为序。尝偕汤和筑城海上防倭，籍浙东民守之。"《嘉庆太平县志》则曰："方明谦，一作鸣谦，国珍从子，内附后授广洋卫指挥。汤襄武访御倭策，明谦请海上量地远近置卫所，陆聚步兵，水具战舰，使倭不得附岸，近海民四丁籍一，以为军戍，可无烦兵。今沿海松卫等城皆襄武督建，明谦所营度。明祖尝赐五花名马，朝臣皆有诗。"从上述资料可知，方鸣谦有一个重要的身份，那就是“国珍从子”，即方国珍的侄子。方国珍兄弟五人，排行为：国馨、国璋、国珍、国瑛、国珉。方鸣谦就是方国珍小弟方国珉的儿子。

筑城是一项浩大的工程，需要动员大量的人力、物力、财力。汤和的这次海防建设，“并海设卫所城五十有九，选丁壮三万五千人筑之，尽发州县钱及籍罪人赀给役。役夫往往过望，而民不能无扰，浙人颇苦之”。其具体状况，语焉不详。而《嘉庆太平县志》记载了时人牟忿的《松门筑城歌》，不仅为松门卫的建设，也为沿海海防建设提供了难得的资料与参照。诗云："檐雨萧萧鸣不歇，旅邸无眠正愁绝，平生优逸大无为，肩不能肩手慵挈。小儿十四未成童，编夫也入三丁中，阿咸未识门户计，门祚哀薄甘疏慵。砚田笔耒废已久，滥窃儒流宫一亩，阿兄王事死贤劳，但觉年来渐老丑。国朝有命输三丁，三丁例筑防倭城，铁槌石镬连木檄，蓬箬索竹棕为绳。万事由来分已定，谁人敢失中军令，输财鬻产倩人夫，运石装泥不辞病！松门去家百余里，子侄惊心乱愁绪，编茅缉蒲城未成，雨宿风餐在何许？三山海口来松门，水通鄞浙邻台温，普天之下悉王土，海外小国何足论。倭儿僻居东海陬，岂足为害为螟蛑，音似猿猱面如鬼，却劳圣虑咨良筹。圣恩如天大无外，筑城自为生民计，承宣未解九重心，岂料为福先为害！三丁役一未云多，贫人争奈三丁何，老甑凝尘突不墨，岂任负荷仍笞呵。排愁寄语三丁户，筑城莫谓筑城苦，筑得城完如不死，凿井耕田报天子。"

"国朝有命输三丁，三丁例筑防倭城"，从诗中可见，当时征调民工，朝廷是采用了三丁抽一的办法。明初，经过连年征战，人口的损耗极其严重，即使"三丁役一"，也未必有足够的丁壮可以承役。如《松门筑城歌》作者所说的一家状况：自个儿为一介儒生，肩不能挑，手不能提；兄长"王事死贤劳"，已经亡故；侄子还不懂门户生计；儿子幼小，年方十四未成童。如此一个门庭衰微、福祚浅薄的家庭，没有丁男可抽调，不得不"小儿十四未成童，编夫也入三丁中"。中国古代，男子年达十五称为"成童"。成童，意味着告别童年，长大成人，也差不多达到服役的年龄了。男子达到服役的年龄，称成丁。成丁之年，各个朝代规定不同，如隋朝曾以 21 岁为成丁，唐玄宗天宝年间曾以 23 岁为成丁，元代曾以 15 岁为成丁。明代规定，男子 16 岁为成丁，成丁而役，一直到 60 岁才免除。在这期间，徭役是必须要尽的义务。而此次筑城，还没到服徭役年龄的未成年儿童，也被编入役夫行列，可见人手不敷。而"松门去家百余里"，可见役夫征集的范围，还扩展到距离卫所"百余里"外的区域。

筑城的工作非常艰辛："铁槌石镬连木檄，蓬箬索竹棕为绳"，劳动工具是简陋的；"编茅缉蒲城未成，雨宿风餐在何许"，劳动环境是恶劣的；"运石装泥不辞病"，"岂任负荷仍笞呵"，即使生病还要干活，还经常受到笞打呵斥，劳动者得不到任何权益保障。“筑得城完如不死”，算是万幸。为了筑城，还“输财鬻产倩人夫”，“老甑凝尘突不墨”，饭甑积满灰尘，烟囱也不因烧火而熏黑，穷人家几乎是倾家荡产，连吃饭也成了问题。

驱民之力以供役，达到如此严苛的程度，难怪引起民怨。汤和此次沿海筑城，共“选丁壮三万五千人”，规模甚大，牵涉到的家庭也非常多。“或谓和曰：‘民讟矣，奈何？’和曰：‘成远算者不恤近怨，任大事者不顾细谨，复有讟者，齿吾剑。’”虽说“筑城自为生民计”，但“岂料为福先为害”，民生之多艰，亦不免让人唏嘘。松门卫城之筑，可说是沿海筑城的一个缩影。

松门卫城的规模格局，根据《嘉庆太平县志》的记载，为“城一座，碎石砌成，计九里三步，周城一千二百八十六丈三尺，高一丈八尺，阔二丈二尺。内平城八百四十九丈，山城四百三十七丈，月城四座，垛口共一千二百八十九个，南、西吊桥三座，四门门楼四座，瞭望台一座。《林志》：‘城周围五里九步。经历司在卫治东，镇抚司在治西，旗纛庙在治东，教场在城北。’”

松门卫自创建以来，屡有修缮。明朝乡贤谢铎《重修卫城记略》记述了事情始末：“吾浙地滨大海，实邻岛夷。备倭官军，自临山至盘石，凡若干卫所，吾台所谓松门卫者在焉。松门，宋为寨，国初信国公汤和始城为卫。城环九里，内设五所，而隘顽、楚门二守御千户所亦属焉。岁久坏，成化中张总督勇增修，未几复坏。弘治改元，今按察副使文公天爵巡海至，顾而叹曰：‘边城若此，何以清海道，壮国威！将领卒伍无所于处，又何以号令奔走而服役其间！’乃议选把总指挥葛奎权卫事，以修城之役属之。讫功，来请记。予曰：圣天子在上，海宇宴宁，烽烟尽息，是工诚所得已。然天下事宁备而无所用，不可欲用而无其备，此朝廷所以建立是卫之深意，与是卫今日所以不可不修者，故为之记。”

松门卫的人员配置，则有“卫指挥使四员，指挥同知三员，卫镇抚一员。左所副千户五员，右所正千户二员、副千户三员，中所正千户一员、副千户四员，前所副千户二员，后所副千户二员。百户共五十员。计总小旗军二千二十五名”。虽然按照定额，明代以五千六百人为一卫，但是，事实上各卫所兵丁实际数目常常无法得到保障。特别是明朝兵丁的社会地位低下，且负担沉重，军士脱籍、逃亡的现象非常严重。从明初到明末，卫所兵丁逃亡从未间断过。弘治时，兵部尚书刘大夏就有“天下卫所额军逃绝者多”的感叹。江左在《松门遗事》中，就有相关的记载：“本卫内属左、右、中、前、后并卫镇抚旗军，系各府州县子民。先年三丁抽取到卫，其五千六百七名，逃亡故绝，十不及一。”因此，松门卫具体有多少人员，当作一历史的动态的观照。

到了清朝，为了最后消灭抗清力量，断绝中国大陆沿海居民对其之接济，清廷发布迁海令，凡迁界之地，房屋、土地全部焚毁或废弃，重新划界围栏，不准沿海居民出海。迁海令于顺治十八年(1661)颁布，康熙二十二年(1683)终止，对沿海地区造成了极大的破坏。松门卫也受到了迁海令的影响。《嘉庆太平县志·军政志》在“新设松门寨”条记其事曰：“明卫城顺治十八年迁弃，康熙二十四年复界改。自本寨起至黄岩界，其瞭台六，其十八年所置陈北闸、陈南闸等十八台俱革。五十八年，添设松门炮位，续定辖台、寨八，塘、汛、口址五。”由此可见，松门卫到了清朝，已变为松门寨，军事地位有所下降。其人员配备也少了很多，据载，“松门寨永驻中军守备一员，千总一员，马步战守兵丁共二百九十一名”。在军事装备方面，清朝松门城设有红衣炮三位、百子炮一位、行营炮数位等。此外，“前时松门卫原有西洋大炮一座、铁将军六座、铜将军二座、铜佛郎机十一座、铁佛郎机十三座。近年海上往往捞有铜铁等炮，疑即本卫陷没之物。嘉庆五年间，阮中丞巡海所获铜铁各炮，形制尤巨，盖贼携自外夷者。中丞为图作颂，述国家威德，外域利器皆为我用。分配各镇兵船，尚有存松门者”。

如今，作为古代军事重镇的松门已湮没在漫漫的历史长河中，经过六百余年的沧桑，卫城遗迹多已荡然无存。唯有残留的南城门，还沉淀着岁月，记载着历史，依稀闪现着过往的烽火硝烟、金戈铁马、刀光剑影，让人蓦然回首，凭吊感怀。

# 桥梁集萃

## 新河闸桥群价值琐谈

2006年5月25日，由麻糍闸（位于新河镇南鉴村）、中闸（位于新河镇中闸村）、北闸（位于新河镇北闸村）、下卢闸（位于新河镇城北村）等四座闸桥组成的新河闸桥群被国务院公布为第六批全国重点文物保护单位，温岭实现了国保单位零的突破。那么，这些看上去不起眼的小小闸桥，究竟有什么价值，让它在众多的备选单位里脱颖而出呢？

这就要从它的历史地理说起了。温岭负山濒海，西部和西南部负山处，入河诸溪，源短流急，难以潴蓄。东部和东南部濒海处，河道浅窄，入海口又受潮汐顶托，淤泥壅塞，泄流不畅。中部平原，地势低洼，有"釜底"之称。洪涝、干旱灾害发生频繁。宋代以前，为保证农田灌溉，多筑"埭"（坝）以蓄水，有"官河流径八乡，有支泾九百三十，埭二百"之说。筑埭既多，利蓄不利排，矛盾丛生。北宋元祐年间（1086—1094），提刑罗适因地势低洼，蓄泄不均，农无数岁之丰收，改埭为闸，创建黄望、周洋、永丰三闸，"旱则闭以蓄水，涝则开以泄水，民大称便"，掀开了温岭水利史上新的一页。

大约过了百年，宋淳熙九年（1182），朱熹提举浙东，相度滨海形势，奏请筑迂浦、金清、鲍步、长浦、蛟龙、陡门六闸（其中迂浦、金清二闸在温岭境内），议修永丰、黄望、周洋三闸，明年，西蜀句龙昌泰相继成之。温岭的水利基础由此奠定。位于新河镇南鉴村的麻糍闸，《光绪太平续志》称其为“朱文公建。俗传桥石将断，仙人以麻糍粘之”。而位于新河镇北闸村的北闸，《温岭县地名志》载其为“宋朱熹在此建六闸，因其地处北面第一闸，故名”。

后来日久闸口壅塞，泄水不畅或无法排泄，各朝又进行了整治修建。如元大德三年(1299)，知州韩国宝以治水为养民第一义，建周洋新闸，并修金清、永丰、黄望等闸。明洪武九年(1376)，主簿孙斌修理诸闸；二十四年(1391)又派人筑，并有增置。永乐十二年(1414)，通判陈岩加修。以后各代，屡有修建。是以闸桥遍布新河各地，形成闸桥群，书写了温岭水利建设史上光辉的一页。

然而，光有悠久的历史是远远不够的，更重要的是其保留了多少历史原貌，如果已在历史长河中变得面目全非，那么也就谈不上多少价值了。可喜的是，新河闸桥群保留的历史风貌还清晰可见，而且建筑手法独特，具有较高的研究价值。其最为独特之处是引入了中国木结构体系中最有代表性的重要构件——斗拱。斗拱是屋顶与立柱之间的过渡构件，其中挽起如弓的短木称“拱”，“拱”之间如盛米之斗的小方木则称“斗”。关于斗拱的作用和意义，梁思成先生有一段精彩的论述：“斗拱是整栋建筑物重复得最多的构件，历来都被用作计算物料及工程体积的参考基数。到了宋代就正式成为建筑的基本模数，令中国成为世界上唯一真正实施建筑模数的国家。”虽说中国石建筑有强烈的亲木情结，但是作为闸桥来说，运用木结构体系中的斗拱，却是很少见的。新河闸桥群却明显运用了斗拱结构，非常有特色。其中，麻糍闸尤为突出，其桥墩两端均做出分水尖，之上的桥墩部位隐出柱础、立柱、齐心斗及重拱结构，斗拱结构非常明晰。在中国建筑的演变中，斗拱的变化极为显著，具有时代的标识性。唐宋之时，斗拱硕大简洁，具有结构作用。到了明清，日趋纤巧繁缛，结构作用减小，逐渐成为一种装饰性的构件。而麻糍闸的斗拱雄壮朴实，具有早期宋元建筑的风格特征，盎然的古意，呼之欲出。

此外，新河闸桥群在设计时，还注意发挥其综合作用。新河闸桥群是闸与桥的结合，上可通道，下可通水。桥墩及桥台上分别凿有两条槽，以安放木闸板。它们在民间既有称闸的，也有称桥的，如北闸、中闸称闸，麻糍闸就称桥。它们不仅起到排蓄水的作用，也为两岸交通提供了便利。

如此，新河闸桥群在水利史、建筑史上便有了特殊的地位，具有丰富的历史信息和较高的文物价值，也就具备了成为全国重点文物保护单位的基础。

# 温岭古代桥梁

温岭为水乡泽国，境内多溪多河，亦多桥梁。明《嘉靖太平县志》载桥 74 座，清《嘉庆太平县志》择著名者著之，载桥 154 座。多姿多彩的各式桥梁，如一把把锁匙，串联起温岭水陆门户，成为水乡最经典的一道风景线。然而，随着时代的变迁，这些古桥或毁或拆或损或改，能保存下来的已是不多。现在，温岭留下的较完整、较有价值和代表性的古桥有金清大桥、月洞桥、假山桥、琅岙桥等。

金清大桥是温岭历史上最长最美最重要的桥梁，位于新河镇城南村。桥北为披云山，山南原有净应寺，桥在寺前，故俗称“寺前桥”。始建于明，重建于嘉庆初年。五孔石拱桥，跨金清港。长 64 米，宽 4.6 米，高 12 米。拱券纵联分节并列砌筑。每个拱顶的桥面是平台，平台之间有石阶呈斜面相连，纵观整座桥身呈曲折状，别具特色。桥上两侧置望柱、栏板。望柱共 56 根，柱头圆雕狮子、荷花、莲蓬等。两端有桥亭，四角攒尖顶。亭上原有匾额，南曰“人无病涉”，北曰“水不扬波”（系天台书家梅人鉴书），今仅存北桥亭匾额。金清大桥远望如长虹卧波，气势十分雄浑，引起人们由衷的赞叹。清朝诗人裴灿英曾以《寺前桥》诗一首赞曰：“不识前朝寺，当前耸一桥。崚嶒排雁齿，掩映亘虹腰. 云影明还灭，潮声暮复朝。不教人病涉，元箸此超超。”据清《嘉庆太平县志》载，金清大桥“海口锁钥，往来冲要，通县之桥，以此为巨”，“制巨工坚，可历久不坏”。新河曾流行“新河所，所四门，门门走马。寺前桥，桥五洞，洞洞行船”之语，对金清大桥昔年的繁华进行了生动的描摹。因金清大桥重要的交通地位，桥两岸集聚了大量的民居商铺，形成了桥街。

在这方面，月洞桥与金清大桥颇相似，亦为交通枢纽，亦形成桥街。月洞桥俗称横湖桥，清嘉庆年间建，位于城东街道，一侧与横湖桥街相接，一侧与横湖桥菜场相连。月洞桥为单孔石拱桥，据说因其桥洞为半圆，与水中倒影恰构成一轮圆月，故名。又说，桥东侧设台阶 16 级，西侧设台阶 15 级，意为十五的月亮十六圆。桥全长 17 米，宽 3.4 米，桥面中心为一平台，两侧由石阶相连。桥两侧的栏板雕饰花卉纹、如意纹、几何纹等，柱头雕饰仰覆莲，整座桥小巧玲珑，颇具江南水乡风韵。

而论历史之悠久，恐怕要推位于泽国镇下街的假山桥了。桥相传始建于宋代，明清及民国重修。假山桥之建，恐与风水之说有关。据《嘉靖太平县志》载："假山桥，在泽库东偏，无山，立此以应丹山云。"而《嘉庆太平县志》则云："假山桥，在泽库。宋郑氏筑此以应东井。"假山桥南北向横跨中河之上，为单孔石拱桥。桥长 12 米，宽 2.42 米，桥面中心为一平台，两侧设台阶。桥面两侧立有望柱、栏板。望柱每侧 6 根，栏板每侧 5 块。望柱头多雕仰覆莲纹，栏板雕刻精美，或为荷花池塘，或为山中竹雀，或为牡丹凤凰，缀着蝴蝶、蝙蝠、如意、几何等纹饰，宛如一幅幅中国画。桥东西两侧栏板有所不同，东侧雕刻较粗放，西侧则精细华美。相传桥栏是由河两旁的自然村合建，所以各显特色。栏板两端镶嵌抱鼓石，抱鼓石雕刻龙纹，龙头精雕细琢，龙身、龙尾随抱鼓石形状自然流转，颇为生动。

琅岙桥之建，在温岭颇具代表性。温岭多闸，许多桥亦由闸改建而成，如六闸大桥、牧屿桥等等。琅岙桥位于城北街道六份村，原为琅岙闸。琅岙之名由狼岙门演变而来。据《嘉庆太平县志》载："狼山，在九都。山不甚高，望之丹翠错列。河流所经，山石从河底过，舟行颇险，故有狼岙门之目。"就因此处地势"两山对峙，中流巨石横亘若砥，谓为天造地设"，宜建闸，遂于清道光十一年(1831)建琅岙闸，共七洞，"中洞最阔，旁洞以次而杀，溉田十万余亩，斥卤之地变为膏腴矣”。后改闸为三孔石拱桥。1960年因河面加宽，扩建3孔水泥平桥与之相接。桥总长约67米，平桥长31.5米，宽3.1米；拱桥长35.6米，宽4.27米。桥面中心为一平台，平台中间雕荷花图。桥面两侧立有望柱、栏板。望柱头刻仰覆莲纹等，桥身由块石叠砌而成，嵌有对联。拱券以纵联分节并列砌置法砌置。

一座座古桥梁，蕴含着多少古代温岭的密码呢？它们见证着山河沧桑，烙印着岁月风云，承载着历史变迁，把温岭往事娓娓诉说。

# 铁券桥传奇

温岭桥梁，有历史渊源，而身世又最为传奇的，恐怕要算泽国的铁券桥了。

清《光绪太平续志·津梁》载："铁券桥，即泽库之新桥。光绪间，里人阮萃恩立碑于上，碑刊'得钱武肃王铁券处'八字，并改今名。"钱武肃王，即中国五代十国时期吴越国的创立人钱镠，武肃王是其谥号。

得钱武肃王铁券事，见载于《嘉庆太平县志·杂志·杂物》："铁券，故临海钱氏所藏。唐乾宁四年，昭宗赐节度使钱镠嵌金券，文共三百三十三字，券长一尺八寸三分，阔一尺一寸，厚一分五厘，重一百三十二两，形如半瓦。其后子孙居台州，券亦随焉。至元丙子，家人携以逃难，失去莫知所在。越再丙子，渔者于邑泽库水中网得，以斧试击，则铁也。一村学究颇闻赐券事，贱市之，亦不悟其字为金。有报于钱叔琛之兄者，用十斛谷易归。一角有斧痕，余完好如故。事载陶宗仪《辍耕录》。又宋濂《送钱允一还天台序》称，宋季兵乱，券沉官渭水中者五十六年，元至顺二年渔人获之，售尚德之父世珪，说微不同。实则泽库即官渭上游，一水相通，其记所出处不甚远。若黄岩打网桥亦称以获券名，则于纪载无考矣。"

铁券是唐昭宗赐给钱镠的。钱镠(852—932)，浙江杭州临安人。刚出生时，因为相貌异常丑陋，父亲本欲弃之，但因婆婆心中不忍，最后得以保全性命，因此钱镠小名"婆留"("阿婆留其命"之义)，直至发迹后才改名与"留"同音的"镠"，叫作钱镠。钱镠年轻时以贩私盐为生，后来吃粮当兵，由于打仗十分勇猛，逐渐做了将领，并且越做越大。唐昭宗乾宁年间，击败董昌，占有两浙十三州，被封为镇海、镇东两军节度使。乾宁四年(897)，鉴于钱镠招讨董昌有功，唐昭宗特赐金书铁券于他，免其本人九死、子孙三死。天祐4年(907)，朱温灭唐称帝，封钱镠为吴越王，吴越国自此创建。

自钱镠获铁券以后，铁券即被供于祖庙。后赵匡胤统一全国，建立了北宋，钱镠之孙钱俶向宋纳土称臣。其后宋太宗、宋仁宗、宋神宗都曾专门观赏过铁券。北宋末金兵入侵，钱氏举家携券南逃，到了南宋绍兴年间，钱俶曾孙钱景臻的儿子钱忱侍奉他的母亲秦鲁国大长公主(宋仁宗的第十个女儿)避地临海。宋高宗赵构即命于台州赐第，第在临海城内美德坊。钱氏铁券从此安家台州。元至元丙子年(1276)，元兵攻破临海，钱府家人带上铁券逃跑，从此铁券不知去向。直到在温岭泽国被渔夫网得，才重新面世，勾出一段铁券桥故事。

渔夫得到铁券，也不知是什么东西，用斧敲击，却是铁制品，就不以为意。村中一学究见到，用很低的价钱买了下来，也不知道钱氏铁券字是用黄金镶嵌的。后来有人将这一消息报告给钱氏后裔，钱氏后裔就用十斛谷子换回了这块铁券，这一宝物总算重又回到了故主钱氏手中，以后一直在钱氏家庭中辗转收藏。此后，明太祖、明成祖、清高宗都曾特意观赏过这块铁券。直到中华人民共和国成立，钱氏后裔将此券献给国家，当时由浙江省文物管理委员会保管。1959年浙江省文物管理委员会又将此铁券移交给中国历史博物馆(今中国国家博物馆)收藏。

铁券既出泽国，后人遂踵事增华，在出券处建桥记之。光绪间，里人阮萃恩立碑于上，碑刊“得钱武肃王铁券处”八字。阮萃恩，据清《光绪太平续志·选举志》载：“阮萃恩，字贤杰，号晓云，泰恩弟。光绪中例授广东灵山县知县，加同知衔。”民国二十四年(1935)重修铁券桥。桥原为三孔人行石拱桥，新中国成立后升高为人行水泥石梁桥，3孔，长约23.25米，宽约3.5米。1992年又重修之。

岁月沧桑，而铁券桥依然。一段遥远的传奇，寄寓于桥，流传至今。

# 话说金清大桥

在温岭市新河镇金清港上，有一座古老的石桥如飘动的玉带连接南北。这座美丽的石桥，就是省级文物保护单位金清大桥。

金清大桥俗称寺前桥，因其旧在净应寺前而得名。后因其横跨金清港，又因河而名为金清大桥。此桥在明《嘉靖太平县志》中已有记载，但仅记其方位在净应寺前，修建年代等情况无考。据清《嘉庆太平县志》载，乾隆四十年(1775)，绅士李粲英、金兑玉、蔡良蔚等竭力募建金清大桥，费数千缗，知县李汝麟记之。桥于嘉庆初年圮后，蔡翔翰、陈见山、蔡友多等重募捐造，改平桥为圈洞。后南洞复有欹斜，见山日夜劳勚修整，于是制巨工坚，可历久不坏。

金清大桥是当时浙江东南沿海一带的大型五孔券桥，也是温岭历史上最长最美最重要的桥梁，据清《嘉庆太平县志》载，金清大桥"海口锁钥，往来冲要，通县之桥，以此为巨"。金清大桥所跨之金清港，一度为黄金水道，是台州六县内河运输的中心枢纽，又是温岭市之重要海运吞吐口。金清大桥船只往来频繁，"新河所，所四门，门门走马。寺前桥，桥五洞，洞洞行船"，正是其旧时的生动写照。金清大桥两边的寺前桥街也成为商贸繁盛之地。20 世纪 80 年代后，随着公路交通的发展，金清大桥渐渐丧失交通枢纽的地位，1986 年金清大桥附近的披云大桥又建成通车，金清大桥遂繁华日沉，使用日少，而文物价值则日益凸显出来。

金清大桥是温岭最早一批文物保护单位。1964 年夏，温岭县人民政府即已公布金清大桥为县重点文物保护单位。1981 年，温岭县人民政府再次公布县第一批重点文物保护单位时，金清大桥亦在其列。1997 年 8 月，金清大桥升级为省级文物保护单位。

金清大桥长 64 米，宽 4.6 米，高 12 米，为五孔石拱桥，两端有桥亭。桥为纵联分节并列结构。桥墩由条石错缝叠砌。桥面铺砌别具匠心，每个拱顶是平台，平台之间由石阶成斜面相连，纵观整座桥身呈曲折状，起伏有致，富有节奏与韵律感。拱顶平台砌筑亦别致。中心平台中间为一方形石块，石块中心浅雕一圆形开光，开光内浮雕莲花水禽。石块外用梯形石构成两个长方形。次孔拱顶平台上则雕出圆形开光，开光内浮雕花鸟。大桥两侧有石桥栏，两端下部各施抱鼓石。桥栏间望柱每侧 28 根，柱头圆雕狮子、仰覆莲、莲蓬，生动有致。可惜的是，"文革"时，望柱柱头所雕狮子被砸坏。金清大桥的石刻艺术达到了相当的高度。除上述拱顶平台的浮雕图案及石柱头刻工精湛的各式圆雕，桥栏板上的种种雕刻，从花卉到鸟兽，从具象的图案到装饰性的几何纹样，亦无不生动细致，流畅自如。

桥南北各有一座桥亭，木石结构，桥亭四角攒尖，方形，进深面宽均为 3.76 米，斗拱补间铺作施两朵，桥亭原有匾额，南曰"人无病涉"，北曰"水不扬波"，今仅存北桥亭匾额。北桥亭匾额为天台书法家梅人鉴所书。梅人鉴（1732—1811），字文衡，天台人。工草书，宗孙过庭《书谱》而有所变，自称"古有草圣草贤，吾书在不圣不贤之间"。以岁贡终，著述甚丰，《台州志 · 文苑传》有传。

金清大桥横跨江宽湍急的金清港，其建造技艺在当时是一流的，桥孔下净空较大，便于行舟，也利于流水。它在总体上以官式桥梁结构为主，局部采用地方传统民间工艺，形成独特的石券桥风格，是浙江石券桥的一个出色的作品。气势雄浑、长虹卧波般的金清大桥引起人们由衷的赞叹。清朝诗人裴灿英有《寺前桥》诗一首，曰："不识前朝寺，当前耸一桥。崚嶒排雁齿，掩映亘虹腰。云影明还灭，潮声暮复朝。不教人病涉，元箸此超超。”

寺前桥街则分为两段与金清大桥连接。街每段呈L形分布在金清港两岸，整条街富有传统特色，多为两层楼的木结构建筑，街面铺以石板，古朴凝重，历史上曾是商贸中心区。

金清大桥及附近民居构成了典型的江南水乡建筑群，体现了东南沿海古城小镇的生活方式，反映了当时台州沿海的历史文化及商业活动。闲时不妨信步，在回味与想象中让历史徐徐展开。

## 矴步桥，散落在温岭大地上的项链

在温岭一些水流较为平缓而且较浅的小溪、河流之上，常可见石头一块接一块，排成一线，宛若珍珠一般镶嵌于水流之中，把两岸连接起来。这就是矴步桥了。

矴（或作汀、碇）步桥又称磴（或作蹬）步桥、堤梁桥、跳墩子等，是古代桥梁中现存形式最原始的桥，古人谓之为“矼”。《广韵》注“矼”为“古双切，音江，聚石为步渡水也，通作杠”。

这种桥型早在《拾遗记》和《竹书纪年》中就有记载。《拾遗记》曰：“舜命禹疏川奠岳，济巨海，鼋鼍以为梁。”《竹书纪年》又记周穆王时，“大起九师，东至九江，架鼋鼍以为梁”。鼋，是一种大鳖，而鼍又称鼍龙、猪婆龙，即扬子鳄。这两种动物都是大的爬行动物，生活在江河之中。它们的背部露出水面，恰好可供人踏步而过。而在浅滩中露出水面的石块，远远望去确实就像一个又一个的鼋鼍脊背。

矴步桥开始只是随便捡来一些较大的石块摆在水中间，避免人们赤脚涉水之苦。后来人们在这些经常出入的地方用一些规整的石墩埋在水里，便成了今天的矴步桥。如唐寰澄先生在《中国科学技术史·桥梁卷》中所说：“矴，先或堆乱石于河中，形状不齐，石块齿齿，随河底深浅而曲折。再则整齐地排砌甚至嵌块石于天然的岩石底，或人造的石滩、石堰之上。堰以蓄水，堰顶泄洪，石齿便成为过河堰口上的矴步。在山间浅水河道，一年四季中，除大雨和洪水外，矴步可畅行无阻。”

矴步桥适用于常年低水位的溪涧河流，其具体做法是把一定规格和高过水位的石块，以人的步幅长度一步一矴，依次植置于河床上，从这岸顺次排列至对岸，供行人跨踏而渡。矴与矴间是空隙，无板梁的搁置。矴低矮且贴近河床，所以阻水很小，平常水位时矴前没有壅水，洪水期间漫顶，很少影响泄洪，即使冲垮也可随时补置。

然而，由于矴步桥的形式原始、简便，往往被世人忽视，甚至不被认定为桥。由于历史地貌变迁，各地工程建设，以及现代桥梁新材料的运用，导致这种老桥大量减少与湮没。然而，矴步桥依然如一朵野花，开于温岭大地之上。一座座矴步桥，宛如一串串项链，戴在一条条溪流之上，天真自然。

温岭的矴步桥常见于山间沟溪之处，不仅可以用来过水，更是人们尽情接触和亲近自然的场所。在温岭市大溪镇的盘山古道上，常可见一座座矴步桥，点缀于山色之间，成为山乡图画中美丽的一笔。而目前所知温岭境内最长的一座老矴步桥，位于温峤镇白岩村。该矴步桥东西向横跨溪坑，由不规则石矴组成，共 24 齿，总长 14 米。每块矴大小不等，高约 0.22 米，长 0.35 至 0.7 米，宽 0.2 至 0.5 米。一齿齿矴石，犹如一排横在水上的琴键。大自然以水做的柔柔纤指，不断地弹奏着，汩汩淙淙，日夜不息，伴随着山女洗菜的倩影，村姑浣衣的杵音，孩童嬉戏的笑声，充满了乡村田园式的生活情趣。尤其是春天来时，溪坑两侧，或梨花盛开，婆娑如雪；或桃花烂漫，灼灼其华；或油菜花明媚，一片金黄，更是诗意盎然了。

无论是从建造技术还是建造材料看，矴步桥都是最为简易的，省时省力、经济耐用，这种特性使其分外亲民。它以纯朴宁静的姿态，钉楔在大地之上，融入乡间朴素恬淡的生活，成为一缕抹不去的回忆。

# 箫溪桥，独具一格的石梁石壁墩桥

在温岭市城东街道肖溪村村口，有一座独具一格的石梁桥，东西向横跨在肖溪上，自名曰箫溪桥。

肖溪村地处肖溪源头，以溪得名。据清《嘉庆太平县志·叙水》载："消溪，亦曰消湖。在五龙山下，长二里。源出县东南诸山谷，上承湖没，出嶕湾，达于横湖。彭家桥在其中界。渊澄不测，翠崖悬映，常有水鸟群飞，白光一片。……虞仲房刻诗壁上曰：'野草闲花洞口春，碧潭如鉴净无尘。江山好景携不得，漾入酒杯和月吞。'"

肖溪之"肖"，有写成"消"，也有写成"萧""箫"的。其来历，据明《嘉靖太平县志·地舆上》载："五龙山，在县东南八里。《临海记》云：'五龙山脊有石耸立，大可百围，上有丛木，如妇人危坐，俗号消夫人……今人率呼为石夫人云。一曰消山，其下有消湖、消村。'又按《寰宇记》谓：'山北湖阴有萧御史庙，故俗讹称消山、消村为萧山、萧村云。'"

肖溪一带，风光秀美，群山起伏，峰峦峥嵘，山中有山，湾里有湾。而一座座桥梁，犹如一条条项链，佩戴在溪流上，为山河平添了几分韵致。箫溪桥，就是其中最特别的一座。

箫溪桥从桥梁形制上来说，属于石梁石壁墩桥。所谓石梁石壁墩桥，即桥墩由多根石柱或石板并立成壁的石梁桥。石壁的下端嵌入墩台基石的嵌脚槽，石壁的上端套入帽梁石的阴槽，由上、下槽限制石壁的位移。

石梁石壁墩桥在江南水乡地区较为常见，但在温岭地区数量极少，目前现存的仅箫溪桥一座。

箫溪桥为三孔石梁桥，长约 12 米，宽 1.5 米，高 2.5 米。其桥墩非常有特色，采用石壁墩形式。桥墩对一座桥来说，是至关重要的。箫溪桥的桥墩非常薄，从其一侧的照片可以看出，它的墩有多薄。一般的石壁墩通常全由石柱密排成石柱壁，或者全由石板密排成石板壁，而箫溪桥却是由两根石柱和一块石板并立密排成壁。石壁两旁各是一根石柱，石柱间嵌一块石板。石柱的断面呈菱形，这是一种非常聪明的做法。如此一来，迎水的一面就劈出了分水尖，用来分水势，可将水流对桥墩的冲击减到最小；而其另一面，则可与石板紧密对接。这么做，不仅在功能上巧妙地满足了需求，而且在用料上也非常节省，可说是价廉物美的做法。桥墩一直落到河底的岩基，下头插在墩台基石嵌脚槽的一条槽眼中。盖梁石两端均外挑，其端面显得与众不同，为斗拱中之“斗”的形式，虽是素面，也自有一分别致。

箫溪桥的桥面则采用梁板式结构。板和梁的区别，一般认为梁宽大于梁高的一定倍数（2 倍或 3 倍）者为板，否则为梁。也有以梁的厚度绝对值来区分，厚度在 25 厘米以上者为梁，薄于此数者为板。箫溪桥的桥面两侧铺设长条石梁，石梁之间横铺石板。桥北侧石梁外沿题有桥名“箫溪桥”，其右款为“民国廿五年七月”，左款已模糊不清。民国廿五年，即 1936 年。

当地百姓对此桥的建设犹有记忆。人们说，此桥的建造者是当地的一位石匠，大名为赵明端，俗呼为癞头四。此人对于石头非常精通，凡与石有关的，可说是样样能。而出钱建造的，则是当地一个俗称为小和尚老倌的人，当时属于富农。为了节约材料，石梁是从附近三星桥一座牌坊上移过来的。的确，从桥的石梁上，至今还可看出牌坊的榫卯孔。肖溪本身就有石矿，其出产之石板、块石、石狮等畅销远近，但要出产足够长、足够厚、足够坚实的石梁，也不是一件易事。借用牌坊的石梁，的确是一个非常简便、非常实用、非常聪明的办法。

箫溪桥看似简单，却是粗中有细，既经济又好用，颇具亮点。它体现的，正是民间桥梁“便宜”的精神。花最少的钱，用最少的时间，办最好的事，获得最佳的效果。这样的一种智慧，让人不由赞叹。

# 李婆桥，一座载入桥史的特殊桥梁

在温岭市箬横镇李桥村李婆桥街，有一座意趣横生的三接桥，那就是李婆桥了。

别小瞧了这座桥，这座桥可是载入了桥史的。茅以升先生主编的《中国古桥技术史》，还有唐寰澄先生的《中国科学技术史·桥梁卷》，都不吝笔墨地对李婆桥进行了描述。两书描述基本相同，今取《中国古桥技术史》的记述，录之如下："桥建于三岔河口，一桥而通三岸，因此桥面布置成Y形。桥的两叉都为双孔，长度为15.3米及15.9米，每孔净跨4.1—5米，桥面为二根石梁，中间嵌以石板。另一叉为单跨，因要通航小火轮，净跨扩至8.5米，用木梁石板面，长约14米。桥面宽均为1.8米。中墩建在河道交叉中央，成六边形，边长约1.6米。在桥道的三边，二层叠涩出檐，使交叉点边宽和路面同。桥面没有栏杆，但在中墩之上正对每一交叉路面的对面尽头处，都有一根栏杆，以免行人直前坠水，可谓匠心独运。"

李婆桥的建造，是顺应环境的产物。温岭地区水网密布，河道水系遍及乡村市镇，河流交叉纵横。在这样的水文环境下，为了最大程度地发挥桥梁的使用功能，建桥匠师充分发挥自己的聪明才智，按照河道水系的布局，机动灵活地在河道交叉口设址，使一座梁桥可以横贯两条或多条互相交错的河流，宛如现在的立交桥。箬横镇的李婆桥就是这种特殊桥梁的优秀作品。它架在运粮河、木城河的交接点上，呈独特的"Y"形平面布局。

李婆桥的始建年代无从稽考，但在清《嘉庆太平县志·津梁》里，已有记载："李婆桥，在团浦西。"据传是一位李姓的老婆婆见群众过往不便，捐资建桥以利行人。后人为纪念她，取桥名为李婆桥，又作为地名。

民间传说，箬横镇的西边，有一条河从晋岙里自西向东流去。很早以前，河南面住着几十户人家，河北面也住着几十户人家，两岸很少有人与对岸来往。北岸住着姓李的一户人家，主人李老头做贩卖土布的生意，生活过得较为殷实。一天李老头与妻子李婆商量，我们何不买几棵大木头在我们的房子边架一座木桥，一来方便河两岸的人来往，二来自家的土布生意也会兴旺起来。老婆子一听，说这是个好主意。他们立即动手买树架桥。简易的木桥架好后，河两岸百姓无不拍手叫好，李家的生意也越来越好。李婆看到左邻右舍有生活困难的，常常用粮食、土布救济，为乡人所称颂。一天李老头父子贩布回来的路上，遇到土匪，儿子不幸被土匪打死。李老头十分悲伤，加上惊吓过度，不久也一命呜呼，只剩下李婆孤单度日。严冬来临，河南岸有个王老头没有冬衣穿，来李婆家买布。李婆见他困难，送了土布给他。谁知王老头回家时，由于天冷，下过雪后桥又滑，过木桥时不小心落水身亡。李婆非常痛心，决定倾尽家资，造一座像样的桥。桥建好后，大家为了纪念这位李婆，就将此桥称为李婆桥。李婆变卖家产捐建桥梁，其义举生动地诠释了妇人之仁可以大善，让人感叹。

《中国古桥技术史》记录的李婆桥，是李婆桥较早的形态，属于特殊的石梁桥。但现在的李婆桥，已是水泥拱桥了。李婆桥饱经沧桑、历览春秋，桥身经历了累次的演变。根据传说，李婆桥最早应是一座木桥，后来改为石桥，现在的面貌则是水泥桥。

李婆桥于民国三十二年(1943)倒塌，重修为三角石桥。1966 年改建为钢筋混凝土结构三角拱桥，无中墩。东北通李婆桥街，西北通亚湖村，南通田东村，长 16 米，宽 2.4 米，高 4.3 米。现李婆桥每个拱券上都有向日葵、忠心等灰塑及"读毛主席的书，听毛主席的话，照毛主席的指示办事”等标语，时代特征非常明显。

李婆桥采取了三接桥的做法，使原来要建三座桥的地方，只要建一座桥就够了。它如此自然地熨帖在环境之中，生动地阐释了什么叫“天人合一”的精神。在温岭桥梁史上，李婆桥以其体物入微的设计思想、自成一格的优美造型、巧妙精湛的营造技艺，写下了精彩的一章。

# 文学中的温岭老桥

## 诗词中的温岭老桥

温岭老桥以其丰姿秀色，点缀着江山原野，点缀着市井巷陌，也点缀着人们的心灵。历代以来，多姿多彩的古桥，吸引着不少骚人墨客，为桥梁写下了大量动人的文字。有些桥梁，甚至成为地方胜景，更是受到人们的钟爱，吟咏不绝了。

新河的金清大桥（俗称寺前桥），远望如长虹卧波，气势十分雄浑，引起人们由衷的赞叹。清朝诗人裴灿英有《寺前桥》诗一首，曰："不识前朝寺，当前耸一桥。峻嶒排雁齿，掩映亘虹腰。云影明还灭，潮声暮复朝。不教人病涉，元箸此超超。"

泽国的"双桥秋月"则被誉为"丹崖八景"之一。所谓双桥，盖指腾蛟、起凤二桥而言，均在下街，斜对近咫尺，故名。或说腾蛟桥即为假山桥，桥上原建有腾蛟门，故名。桥边原有大樟，倒影河上，逢秋夜月明，与近处关庙桥（俗称起凤桥，桥上原建有起凤门）互为映衬。玩月桥上，颇饶风趣。早在宋代，乡贤郑瀛即有《双桥秋月》诗："秋江雨歇净如拭，碧天倒浸琉璃色。九关飞下双玉虹，幻作长桥卧深碧。夜深凉月江上头，江波万顷凝不流。我欲跨虹弄明月，长啸一声惊白鸥。"郑瀛，字子仙，宋丹崖（今泽国）人。弱冠入太学，五上书论政事，以耿直卓见闻于时。朝廷不果用，志不少衰。客游海陵时，为丞孙应时所重，聘任馆教，以"书生今独忧当世，末路谁人识此翁"等语相赠。绍熙元年（1190）中特科进士，授监南岳庙，故后人称他为郑南岳。归里后重视地方经济开发，留心桑梓风景，有《丹崖八景》诗传世，《双桥秋月》即其中之一。

继郑瀛之后，以双桥为题，历代诗人多有咏唱，如明代胡来甫《双桥》："月明如镜谁拂拭，秋波一照冷眉色。昔人欲作空明游，鞭驱山石横深碧。千秋对跨沧江头，登临有客何风流。停杯问月月不语，吟边唯见双白鸥。"清朝乡贤戚学标有集句云："忆昔作少年，年年桥上游。"现代诗人金毅成《双桥秋月》则曰："玉斧无声桂子飘，水晶宫阙望中遥。愧无起风腾蛟笔，愁对秋光倚二桥。"

而在茶山南阳八景中，其中一景也与桥有关，即"三桥五井"。清朝蒋莺翰有诗曰："一二桥通津，两三井蓄水。当年鲍氏东，相与媲吾里。"

而泽国的三衙桥，因事关方国珍故事，也引得诗人频发思古之幽情。方国珍(1319—1374)，浙东沿海台州黄岩洋屿(今属台州市路桥区)人，世以浮海贩盐为业，后成为元末农民起义中割据一方的著名人物。方国珍利用沿海港口之便，势力横行海上，并不断扩充实力，逐步控制了庆元、台州和温州，成为浙东的主要割据势力，后归附明王朝。方国珍兄弟五人，排行为：国馨、国璋、国珍、国瑛、国珉。方氏兄弟各据一方，国珍在鄞自居都元帅府，别建二府以居国璋、三府以居国瑛、四府以居国珉。三衙、四衙，犹言三府、四府而已。传说温岭之三衙桥，路桥之四衙桥，皆方氏兄弟所作。明人胡璞有《方衙怀古诗》云："元统闻乌呼换帝，方氏兄弟相窃据。叠桥之势如投鞭，叱咤风云此雄踞。谁料雄图变野花，行人空自悲豪华。一自鹿入明天子，留得三衙与四衙。"清朝戚祖姚《月河渔唱》则云："回流枯塞失豪华，开府遗基略彴斜。无限雄图归一劫，四衙留得又三衙。"

文人墨客咏桥喻志，传桥之神态，谐桥之趣味，彰桥之功绩，多有佳作。元代诗人盛象翁有《溪桥明月》诗："长空万丈清绝尘，溪桥一弯明月沉。川流滚滚去不息，始信吾道真无停。徘徊欣赏重兴叹，回顾无人声散漫。归来启户检遗编，不觉东方红日烂。"此诗把诗人自己"吾道真无停”之志寄托于溪桥明月，情景交融。清朝蒋复卿描述的“门临山南雄天马，桥跨池头宿野鸥”，一派野趣。而清人蒋洛东“鱼鳞浸水双桥抱，雁影冲波万丈光”，则以细腻的笔触，描绘了波光粼粼的水面上，桥影相抱的优美景致。

## 楹联中的温岭老桥

桥也是楹联的大观园。桥亭亭柱或桥身对联石上，都是楹联展示魅力的地方。金清大桥的桥亭石柱上就刻有对联。南桥亭联云“丈夫壮志传题柱，幼妇佳辞问读碑”。上联下联皆有出典。上联典出司马相如故事。据《华阳国志》卷三《蜀志》记载，汉司马相如初离蜀赴长安，曾于成都城北升仙桥题句于桥柱，自述致身通显之志，曰：“不乘赤车驷马，不过汝下也!”后以“题柱志”指求取功名荣显的壮志。下联典出《世说新语》中的一则故事。话说东汉时，浙江上虞地区有一个14岁的少女，名叫曹娥。因为她的父亲在江里淹死，曹娥投江寻觅父亲的尸体，最后也被淹死了。这件事很快传扬开来，曹娥成为封建社会“孝女”的典型，时人曾经为其刻石立碑。传说著名文学家蔡邕一晚上瞻仰曹娥碑，天黑看不清，便用手抚摸碑文而读，读罢在碑上题了八个字：“黄绢幼妇外孙齑臼”，当时谁也不明白这八个字是什么意思。有一天，曹操和他的主簿杨修过曹娥碑下。曹操指着蔡邕的题字，问杨修：“这八个字的意思你知道吗?”杨修回答：“知道。”曹操说：“你先不要讲出来，让我想一想。”走了30里路，曹操才明白过来，说：“我也想出来了。咱们各自把自己的理解写出来吧。”杨修于是写道：“黄绢，色丝也，这是一个‘绝’字；幼妇，少女也，这是一个‘妙’字；外孙，女之子也，这是个‘好’字；齑臼，受辛也，这是一个‘辞’(‘辤’同‘辞’)字。这八个字的意思是‘绝妙好辞’!”后来，人们便以“黄绢幼妇”作为文才高、诗词佳的赞语。金清大桥内曾立有石碑，故有此联语。北桥亭联云“虹悬不没青云志，慈驾还成白水文”，则把金清大桥的形象与文人情志关联起来。读着这些巧妙的桥联，好似在听古人讲述他们的心情与故事。

城北街道琅岙桥中孔对联石上，有一副对联云“广闸改桥弗溺惟洩，减墩扩洞疏积分流”，由原温岭县水利委员会常务委员张公度纪实并书。琅岙桥原为闸，清道光十一年(1831)建琅岙闸，共七洞，“中洞最阔，旁洞以次而杀，溉田十万余亩，斥卤之地变为膏腴矣”。后因排水不畅，减墩扩洞，改闸为三孔石拱桥。此联可谓琅岙桥改建的实录。桥联书者张公度，即张谨侯。张谨侯(1882—1950)，字公度，太平人。清末秀才，逾冠入郡会试，依清枢相张之洞。民国初，复于浙江高等师范优级博物科毕业，擢第一，曾任赤城法政学校讲师、浙江省政府秘书。后宦游于甘肃、江苏、湖北等地，曾任南漳县知事。回乡后任温岭县水利委员会常务委员等职。

水乡风情，就好在多桥。千姿百态的桥梁，唤起了人们美好的情愫，寄之于诗词楹联。而富有意趣的诗词楹联，又增添了人们对桥梁的喜爱之情。

## 民间故事中的温岭老桥

老桥通常是一个地方的标志性建筑，是人们记忆的精神家园，沉淀了丰富的历史文化信息。有关老桥的民间故事，代表着其时其地的风俗民情，代表着人们与桥梁的关系，承载着人们对桥梁的感情，历代口口相传，经久不衰。

纵观桥梁民间故事，有不少是关于建桥的传说。有些桥梁，建造工程颇为庞大，殊非易事，当地群众耗费心血，付出多多。成就工程后，群众就喜欢美化它，使其更具神圣性。人们往往传说，某座老桥是在仙人帮助下或得到具有超自然力的神人之助，才得以建成。

金清大桥(俗称寺前桥)的建造，传说就与仙人有关：

相传很久以前，新河披云山下要造桥，可是江宽水急，造几次倒几次，桥墩就是摆不稳。河底石铺好了，上面砌一石板，这底石又歪了。

一日，人们又商量起造桥来，决定用最大的石块、石桩做基，请最好的师傅来筑底。可是就算这样，桥墩还是摆不稳。大家一看天不早了，肚子也饿了，于是决定明天再铺。大家洗了手，就在河边吃起麻糍来。这时候，不知从哪个方向走来一个鼻涕横流的讨饭老倌，衣裳破得像狗扒了似的，又烂脚。他拄着拐杖向大家讨要麻糍。大家正因为桥造不起来，心里一百个不好过，没人高兴理这个讨饭人！可是这讨饭老倌偏偏死盯着不肯走。有个善心的人说，给他几双麻糍吧，讨饭也是没办法的。那老倌接过麻糍，连连道谢，却又不吃，只是把三双麻糍拿在手里抛抛，笑笑。大家看这般情形，都笑他是个“十三点”，懒得理他，各自回家了。

第二日一早，造桥师傅来到河边，一看，出了天大的奇事了：六个桥墩稳稳当当立在河底。大家你看我，我看你，你问我，我问你，谁都不晓得是谁造的。看这稀奇事的人越来越多，一位住在岸边的老人说，昨夜黄昏，有一个讨饭人把三双麻糍掰成六块，铺在河底，当时以为他疯疯癫癫，是个呆子，却不知道怎么变成了桥墩。听了这番话，大家都说，还讲什么呢，昨天这个讨饭老倌一定是仙人。正在大家议论纷纷的时候，只听见云头一阵大笑，大家抬头看去，正是那鼻涕横流的讨饭老倌。大家连忙跪下拜谢。

寺前桥造好后，人们快快活活地走上去，只觉得脚下软绵绵的有弹性，便想起这桥墩是仙人用麻糍打底的。

麻糍闸（俗称麻糍桥）的传说与此颇有几分类似。据传宋时，沙头郭一带是大海。后来逐年涨潮、退潮，慢慢地变成了海涂，但是中间留下了一条很宽的河沟，阻隔了两岸人民的来往。人们很想在这里造一座桥。几经商议，终于决定在此造桥，百姓都非常支持。人工、材料准备好后，开工了。桥墩打好了，五根桥棱架上去了。然而，当架到最后一根石棱时，却出现了一道裂缝。工人们心里都很着急，已经择好日子，明天就要通桥了，再去买料已经来不及了。这可怎么向乡亲们交代呢，有人都急哭了，连家人送来的点心麻糍都无心吃了。正在此时，一位讨饭人路过，见此情景，就上前讨要麻糍。大家无心理他，但他赖着不走。有人对他说："石棱裂了，大家都急死了，你快点走吧。"讨饭人笑着说："这有什么难的，给我吃饱，一切好办。"大家认为他是在开玩笑，就说："你有本事把桥铺上，整篮麻糍都给你吃。"讨饭人一听，满口答应，蹲下身子一会儿工夫就把七八个人吃的麻糍吃剩下一块。接着，讨饭人站起来，将麻糍往石缝上一粘，说："好啦，架上吧。"说完话连人影也没了。工匠们十分惊讶，难道真有仙人来解难啦？大家虽有点不相信，但桥架上去后确实没问题。于是，人们就将这座桥称之为"麻糍桥"。

麻糍是温岭的传统特色食品，用糯米捣成，香黏柔韧。而我国古代应用最广泛的建筑黏结材料糯米灰浆中，就使用了糯米浆。糯米灰浆黏结强度大、韧性好、防渗性优越，使建筑的稳固性有了历史性的突破，其黏结性堪比现代水泥，是中国古代建筑史上的重大发明之一，也是当时世界的一项重要技术成果。上述故事，看似荒谬，其实也有些科学道理。麻糍是糯米做的，而糯米确实是建筑黏合剂中的重要成分。把日常生活中最熟悉的事物麻糍与桥梁有机结合起来，生成民间故事，独具地区特色，分外有亲切感。

而温峤张老桥的传说，则把桥梁与当地人物结合起来，是一种对实有人物附会超自然力的崇拜。相传唐朝时，温岭峒山里沙甸有一户山民，家有一子，名叫张兆期，聪明伶俐。男孩十岁那年，被一个云游到此的道人收为徒弟。随师学道十五年有成后，张兆期回到了老家，在附近的西源山建庵修炼，施药济世，声名远播。乡亲们的农田大都在西源山东面的小平原上，去田间劳作时要过一条十余丈宽的河，非常不便。张兆期体恤乡民辛苦，决定在此建桥。于是，他走遍了村村落落，四处化缘，积十多年辛劳，募得了一笔银两。乡民们听闻张道人要给他们造方便桥，奔走相告。材料备齐后，乡民们踊跃出力，用了几千斤的石块砌成了桥墩。但是，怎么把长三丈五重万余斤的桥棱架上去呢？张兆期和乡民们拿不出好办法。正在束手无策时，天空传来三声白鹤的长啸，只见一只仙鹤爪子上钩着一张金黄绢盘旋而下，歇在张兆期肩上。仙鹤开言道："张仙师，老君有法旨传你。"张兆期接旨一看，原来是太上老君送来一张八卦运转神咒符。于是，张兆期择好架桥日子，在桥边焚香作法，口中念念有词，把咒符烧在岸边和桥墩上。一切准备停当，张兆期一声"起！"，十八个壮汉一齐发力，轻而易举地把六条长石棱、六块长石板稳稳当当地架在了桥墩上，一座沟通两岸的石桥架成了。乡民们连声称奇。此时，天空又传来白鹤的鸣叫声，张兆期跨上仙鹤，徐徐飞起。两岸乡民齐呼："张道长升仙了，张道长升仙了！"为了纪念张老仙师的恩德，乡民们就把桥名定为"张老桥"，一直到现在。

而有些桥梁，则演绎出凄婉的爱情故事，如潘郎的"雨伞桥"。相传从前，潘郎西北有一座小小的尼姑庵，庵里住着老师太和一个穷苦人家出身的小尼姑陈度娘。一年，老师太的内侄潘郎为了赶考，来到庵里读书。老师太让陈度娘照顾潘郎衣食起居，两人渐生情愫。潘郎把想娶陈度娘的心思告诉了姑母，遭到姑母的反对。姑母设计以让潘郎安心读书为名，不再让陈度娘去接近他，并以度娘母病重为由，骗度娘回家。当度娘回到庵内时，才知道老师太已送潘郎赴省城赶考。陈度娘泪流满面，拔腿就向通往省城的路上追去。这时，天昏地暗，雷鸣电闪，眼看一场暴雨就要来临。陈度娘担心潘郎没有带伞，就转身回房拿了把雨伞。等她追到船埠，船早已走了。她又追到一座独木桥上，站在桥头向河当中望。这时一阵大风刮走了她的雨伞。她眼看雨伞捞不回了，又继续向东追去，追到下一座桥，正在张望，又一阵大风刮来，度娘站立不稳，掉进河里，一缕香魂随波而逝。潘郎赶考回来，听闻此事，悲痛欲绝，撞死在度娘坟前。人们怜之，就把那座吹落雨伞的小桥，叫作"雨伞桥"；那座风刮落陈度娘的桥，叫"陈度娘桥"。

有些桥梁，甚至被附上了事关一地运势的神秘色彩。原温岭城东街道横湖桥的月洞桥，是进出温岭的门户。桥内券石顶部正中，还刻有一只“石凤凰”。据说这“石凤凰”有些来历。温岭虽早在明朝成化五年(1469)立县，但因无桥连接，人们进出县城很不方便。集市不旺盛，商贸就不繁荣，因此也就一直富不起来。于是人们就规划在县城的大门口横湖桥，架一座石拱桥。据说造桥的大师傅是城南那边人。他先将石料做成各部件后再运抵现场进行总架。架桥那天，他和手下早早赶到工地，唯恐有失。来到工地，只见一只漂亮的红鸟站在一石件上，头朝外，屁股朝里(县城方向)，拉了一堆屎就飞走了。大家好奇地一看，哪里有屎，分明是一堆铜钱。石匠师傅认为这是大吉大利，决定在这石件上鸟站的位置刻上鸟的形状，并用朱砂配料涂成红色，以图将它留住——朝外吃食朝内拉屎(拉铜钱)。这鸟的形状有点特别，说不是凤凰，看上去又有点像；说是凤凰，可身体怎么会是红色的？不管怎样，横湖桥人都叫它为“石凤凰”。说来也怪，自从建了这座有“石凤凰”的月洞桥，温岭县城发展得很快，富得很快。人们说，这都是石凤凰“向外吃食向内拉屎”的结果。

引人入胜的桥梁民间故事，带有一定的社会倾向性和文化特点，反映了桥在人民生活中的作用，成为了解地方历史文化的一个窗口。

# 温岭老桥的装饰之美

《文心雕龙》有言:“夫铅黛所以饰容,而盼倩生于淑姿。”一座桥,通过美的经营与调理,更加动人了。而美的着力点,往往就在栏杆的栏板、望柱、抱鼓石、桥面石、长系石等处。这些地方往往是桥上和水上所能驻瞻的部位,目之所及,各色图案装饰韵味十足,真是顾盼生姿了。

## 或简或繁的栏杆

栏杆又称阑干、钩阑,它虽然不是主体结构不能缺少的组成部分,但其作为“建筑艺术上一个极成功的形体”,往往是建筑中“极有趣味的部分”。

据考古资料显示,早在7000多年前,河姆渡文化时期的干栏式建筑中就可能出现栏杆了。关于栏杆的实际用途,梁思成先生在《石栏杆简说》一文中说道:“栏杆是台,楼,廊,梯,或其他居高临下处的建筑物边沿上防止人物下坠的障碍物,其通常高度约合人身之半。栏杆在建筑上本身无所荷载,其功用为阻止人物前进或下坠,却以不遮挡前面景物为限。”古人架桥原是没有栏杆的,后为跨越较宽、较深的沟壑和河流,设置栏杆作为防护措施。最初的栏杆相当简易,搭上横木,可供人抓扶即成。在以后的发展过程中,栏杆逐渐有了丰富多样的形态,其审美功能也有了相应的发展。

栏杆由栏板、望柱、抱鼓石等部分组成,这些部分都可以雕饰,是桥梁上装饰最多的部位。

温岭老桥的栏板装饰风格不一，或简或繁。最简单的是素面，不事雕琢，一派纯朴。相对简单的则在栏板上勾勒出线框，但线框内不做任何雕饰。稍微复杂些的，就在线框两端雕饰如意云头等，中间则为素面。复杂些的则通栏雕饰，甚至把栏板分作两层装饰。

金清大桥的栏板可说是温岭桥梁中最具风采的。其栏板皆为实体板，共有两种形式。一种是模仿寻杖栏杆的做法，却并不镂空，栏板分作两层装饰。上一层为主体装饰，占了栏板大部分面积。栏板最上部首先模仿出寻杖，寻杖下用浮雕的手法在中央做出两个完整的瘿项加云拱，两边各 1/2 个瘿项加云拱。云拱做成荷叶状，荷叶边翻卷如波，生动有致。下一层为边饰，在勾出的线框内浮雕如意、卷草、团花、杂宝等图案。另一种则以整块石板为栏板，勾出长方形、海棠形等各色线框，在线框内浮雕各种花卉、动物、吉祥图案。两种栏板参差错落，详略得宜，丰富多彩，美不胜收。

其他诸如假山桥、月洞桥、秧田桥等桥梁，栏板雕刻也每有可圈可点之处。假山桥栏板雕刻别具一格，桥东西两侧栏板有所不同，东侧雕刻较粗放，西侧则精细华美，形成鲜明的对比。其中的缘由，相传桥栏是由河两旁自然村合建，所以各显特色。栏板雕刻，或为荷花池塘，或为山中竹雀，或为牡丹凤凰，缀着蝴蝶、蝙蝠、如意、几何等纹饰，宛如一幅幅中国画。月洞桥的双龙捧寿纹则甚是可爱。其龙纹已经图案化，成为卷草龙。龙的形象特征体现在头部，而身、尾及四肢都成了卷草图案，整体呈现出“S”形的旋律，产生一种连绵不断的艺术效果。中间的寿字上窄下宽，下部中间做一如意，两边外折做勾云状，亦有趣味。秧田桥的双狮抢球也与众不同，双狮突出头部，或卷曲或飞扬的毛发根根可见，躯体则简化成一束绦带，饶有风致。

桥梁的栏板由于面积比较大，相对雕刻的题材和内容更为自由，发挥的空间也大，一块块栏板，成为工匠展现聪明才智的舞台。

## 雕刻丰富的望柱

望柱是栏板和栏板之间的短柱，栏板、望柱间用榫连接，一般一板一柱相间相连。望柱分为柱身和柱头。望柱柱身基本上都是素面，不做雕饰。柱头多雕有各种装饰物。柱头主要有方形和圆形两种形状。

温岭老桥最喜爱的柱头雕刻为仰覆莲，几乎每一座有栏杆的老桥，其望柱柱头都会雕刻仰覆莲。莲瓣通常做两层，仰覆呼应。仰莲与覆莲之间，或饰以弦纹。莲瓣的表现有着多种变化，或肥宽或细长，或重瓣或单瓣，有些在莲瓣间刻出中脊，有些莲瓣变化成卷云、如意的形状，不一而足。

狮子亦是望柱柱头装饰的大宗。用圆雕手法雕刻成的石狮，造型各异。石狮通常采用蹲坐的姿势，或扭头转颈，或双目圆瞪，有的口含宝珠，有的脚踩绣球，富于变化。狮子之间互相顾盼呼应，仿佛在喁喁私语。

秧田桥的望柱柱头，还有人像雕刻，可惜在“文革”时期受到打砸，上部已经无存。不过虽然雕像被破坏得不轻，但是通过下部残存的衣纹等，还可推断出原来是人像雕刻。

栏杆最下端有一块略呈三角形的陡立石构件，以之稳定最下一根望柱作为栏杆的结束。这块石构件，即为抱鼓石。抱鼓石因其通常有一个犹如抱鼓的形态，故此得名。

温岭老桥的抱鼓石，通常保留抱鼓的形态，而在细节上多有变化。卷草卷云式的抱鼓石是最常见的，卷草卷云曲折回转，富有韵律美。有些卷草卷云甚至蜿蜒至抱鼓石的鼓面。

有些抱鼓石则别出心裁，每每有新奇之作。最突出的例子是假山桥栏板两端的抱鼓石。抱鼓石上雕刻龙纹，龙头精雕细琢，龙身、龙尾随抱鼓石形状自然流转，颇为生动。

## 圆形饰图的桥面石

温岭老桥，在桥面，尤其是桥面中心，常有精美的雕刻图案。桥面石上的饰图均为圆形，有些圆形四周还加上外框。桥面石采用浅雕为主的雕刻手法，加上人来人往，踩踏既久，极易磨损，图案容易模糊。

桥面石图案最简单的做法，是做团花，如永安桥。莲塘图则是最为喜闻乐见的图案。琅岙桥、联树桥、金清大桥等桥心，皆有莲塘图的雕刻。琅岙桥之莲塘图较为简单，水波之上，挺出数竿莲茎，一朵莲花傲然盛开，莲叶或展开如盘，或低俯而下，虽寥寥数笔，已有意趣。联树桥之莲塘图，内容更为丰富。莲叶田田间，莲花或盛开或含苞，间有莲蓬支支，昂出水面，一尾鲤鱼从水波间跃出，形象生动。最有趣的是莲叶上还卧着一只螃蟹，憨态可掬，极具生活气息。金清大桥之莲塘图，则有一对鸳鸯与莲池相配。

其他图案则有凤凰牡丹等。如金清大桥次孔拱顶平台桥面上，就有凤凰牡丹的雕刻。一只凤凰，傲立于山石之上，怒放的牡丹簇拥于左右，画面饱满，刀法流畅。

## 寓意吉祥的长系石

石拱桥的长系石贯穿桥体，一般伸出桥体 40—60 厘米，宛如桥的耳朵。讲究的桥梁，长系石的最外端也雕刻植物花卉、动物和祥云等吉祥图案。龙首图案是最常见的。龙首正视河心，欲使水不扬波，不让怪物兴风作浪，具有明显的辟邪禳灾、保障平安的厌胜意义。精美的长系石雕刻于桥拱两侧双双对称，为石桥平添了几分风姿。金清大桥长系石的端部，就有做龙首形的。

## 植物类图案

老桥上的装饰图案丰富多彩，不仅有真实的事物形象，还有抽象的符号纹样，它们不仅仅显示了民间工匠的精湛技艺，美化了桥梁，而且承载着丰富的文化象征意蕴，寄托了人们的精神诉求，有着深厚的底蕴。这些图案，大致可以归纳为植物类、动物类、其他吉祥纹饰类等。

莲花，又名荷花、芙蕖。莲花是佛教的圣洁之花，被认为是西方净土的象征。传说释迦牟尼得道成佛后，每当传教说法时，都坐在莲花宝座之上。在有关佛教艺术的作品中，诸佛所坐的台座也多为莲花形。桥梁的装饰艺术受佛教影响颇深，桥栏杆望柱柱头采用的仰覆莲座，即是佛教中的专用底座。莲花，又因其“出淤泥而不染”，在中国传统文化中被比作君子。而且莲花又有“一品莲”的美称，寓意为官清廉；加上莲子，又有“连生贵子”的美意。莲花以其美丽的花形、丰富的含意深受世人的喜爱。桥上用莲花做装饰图案的，比比皆是。

牡丹，花朵硕大，色泽鲜艳，有“国色天香”之美誉。自唐代以来，牡丹深受世人喜爱，被称为花中之王，是“富贵之花”，被视为繁荣昌盛、美好幸福的象征。牡丹纹因为其吉祥的寓意，被大量运用在桥梁装饰上。

梅花，是“花中尤物，琼肌玉骨”，“禀天质之至美，凌岁寒而独开”，象征不屈不挠、不畏艰难的精神，被认为是最有气节的花种，是中国文人心目中理想人格的象征。而且梅花花开五瓣，五瓣象征五福。《书·洪范》有解：“五福，一曰寿，二曰富，三曰康宁，四曰攸好德，五曰考终命。”梅花图案，在桥梁装饰中亦常有表现。

卷草，由于滋长延伸、连绵不断，常被人们寄予茂盛、长久之意。卷草纹呈“S”形波状曲线排列，叶脉旋转翻滚，富有动感。石桥上的卷草图案，经石匠的艺术加工，成为形象优美而富有变化的图案。

其他植物图案，诸如象征长寿的松树，象征高洁的菊花，象征气节的竹子等，也是桥梁装饰中常见的题材。

## 动物类图案

龙，是鳞虫之长，水族之王。中国古代传说中，龙能幽能明，能细能巨，能短能长，是一种神异动物，是民间自古以来信奉的吉祥物。龙既是水族之王，自然有镇压水族之用。桥梁作为与河流最为“亲近”的建筑物，其上以龙作为厌胜灵兽雕刻自然是少不了的。龙的图案从上古至明清，经历了无数变化，造型也极丰富。我们今天所知道的龙的形象综合了各种生物的特征：蛇身、兽腿、鹰爪、马头、虾目、鹿角、鱼鳞等。在桥梁雕刻中，还有夔龙、卷草龙等各种变化。

狮子，古称狻猊，是毛虫之长，百兽之王。在佛教中，狮子地位也很高，它是文殊菩萨的坐骑，被称为“神兽”。狮子是中国建筑物中最爱使用的守护神，在中国传统文化中多作为护门神兽出现，在中国古桥之上，则多在桥栏望柱柱头上出现。在桥栏板的雕刻中，喜欢做“狮子滚绣球”图案。传说雌雄双狮在相互嬉戏时，狮毛交缠在一起，滚而成球，小狮子就从里面产出，象征着吉祥与喜庆。狮子形象既能威严庄重，又能憨态可掬，是桥梁建造者最青睐的装饰物。

凤，是羽虫之长，百鸟之王。它综合了各种飞鸟、动物优美之处：锦鸡的头，鸳鸯的翅膀，雉的尾，孔雀的翎，鸡的冠、嘴和爪等，是羽虫中最美者。凤是人们心目中的瑞鸟，天下太平的象征。古人认为每逢太平盛世，便有凤凰飞来。百鸟之王的凤常与百花之王的牡丹相配，组成凤凰牡丹纹，象征富贵荣华、幸福美好。

鹿，在我国古代被视为仁兽，是太平无事的表征，或因鹿与“禄”谐音，被作为官禄的象征。《符瑞志》云：“鹿为纯善禄兽，王者孝则白鹿见，王者明，惠及下，亦见。”鹿与松、鹤等组合在一起，则有长生不老之意。

蝙蝠，因为“蝠”与“福”谐音，被国人视为“福物”，当作吉祥的象征。

鱼，与“余”同音，寓“年年有余”“富贵有余”之意。

其他动物图案，如麒麟、猴、蝴蝶等，都是民间喜闻乐见的，不胜枚举。

## 其他吉祥纹饰类

回纹，是由横竖短线折绕组成的方形或圆形的回环状花纹，形如“回”字，所以称作回纹。回纹是一种传统几何装饰纹样，因其构成形式回环反复，绵延不断，在民间有“富贵不断头”的说法。根据其纹样的特性，人们赋予了回纹连绵不断、吉利永长的吉祥寓意。

如意，源自佛教，原为僧人用具，讲经时手执之物。后亦作为民间赏玩的吉祥物，是一种具有双涡卷对称结构的纹样，形状如灵芝、云形、心形等。如意纹能自由适应空间变化，纹样造型又不拘泥于原形，因而显得极其灵活。温岭老桥栏板两端，常有如意纹的装饰。

寿字，是中国汉字中一个神秘多变的异形单字。“五福寿为先”，在中国传统的“五福”中，寿是排在第一位的。延年益寿是人们本能的普遍的追求，“寿”字就成了最受人喜爱的汉字之一。寿字经过数千年历史文化的洗礼，逐渐被图案化、艺术化，成了一个吉祥的符号。

圆形的寿字图，民间称为“圆寿”或“团寿”，其线条环绕不断，寓意生命绵延不断。长方形的寿字纹样借助寿字长条的形式表示生命的长久。各种寿字纹样以丰富多彩的变化、富有情趣的结构、独立完整的造型，给人以艺术的享受。

其他诸如钱纹、云纹、方胜、笔、琴、剑等，也是经常使用的吉祥图案。

以人物为题材的图案在温岭的古桥雕饰中使用较少，而且多在“文革”中受到破坏，面目难辨，甚为可惜。

桥梁的装饰不仅使桥的整体形象更具有美感，而且使其具有丰富的思想文化内涵。充溢着文化艺术气息的各种装饰，给人带来了美的享受和精神上的愉悦，令人赞叹不已。

# 石刻流晖

## 寻访龙礵门摩崖

中国历来有摩崖刻石的风习。人们每每在风物宜人、山水秀美处，于石壁崖间题刻文字。题刻内容，往往与周围景物相关联，或直白，或含蓄，或直书景名，或述其渊源典故，或以文学笔法歌赞，颇多意趣。题刻之人，则往往是书法名家，或乡里书法高手，因此摩崖石刻又成了书法艺术品。摩崖石刻与山水风物互相辉映，人文景观与自然景观相辅相成，遂成一方胜迹。大溪龙礵门摩崖就是一个佳例。

龙礵门摩崖位于温岭市大溪镇部渎，在方山—南嵩岩景区之南嵩岩景区内。摩崖石刻环立在龙礵门内溪潭四周，多而集中，为全市翘楚，1984 年 1 月被公布为温岭县文物保护点。景美书美文美，让人赞叹不已，连《嘉庆太平县志・地舆志・叙山上・南嵩岩山》亦不惜笔墨，用大段文字细细述来："自部渎入二里许，抵辟支岩，一路险峭，众穴分奇，境极幽胜。始进，见壁上'仙关'二大字。旋右有龙潭，两壁夹峙，悬流喷薄，巨石横卧，镌'峻流涵汇'字。岩门上刻'荫濯天成'，两旁刻'壶天启钥''弱水分波'。又进为洗墨潭，元僧无净遗迹。又进为罗汉洞，有天然石床，刻'秋月空凡处'五字。又进为影霓潭，有'神龙回伏'。字皆黄岩柯参政夏卿笔也。"

且一一寻去。入景区，拾阶而上，过小卖部，行不远，一岩壁立，"仙关"两个大字映入眼帘。龙礵门风光幽绝，游之如游仙，素有仙关之称。

清黄维澄《嵩岩二门》诗云:“仙关行到处,心地倏然清。崖石千寻立,天光一线横。水穿洞底出,云向岭头生。觅句坐良久,长吟山谷鸣。”“仙关”两字,犹如景区的一张漂亮名片,首先向游人亮出。

再前行不远,两侧巨岩相环相拱,对峙如门。“入门行夹壁间,可十许步,皆峭削崭空,类颔腭相呀,是为石门。门之内为石坛,其下为小潭。潭之水从上龙潭来,虢虢行,坠潭绕石门出,遇峻险则旋而为濑。路漫水底,离列石桥,行濑上。”岩壁因流水侵蚀下切形成十多条凹槽,宛若龙游时擦过岩壁留下的痕迹。龙劈门的美丽传说,即与龙有关。相传很久以前,南嵩岩住着一条嵩溪龙,一日偷闲,躺在岩石上晒鳞,却被大鹏鸟发现。天条规定,“神龙见首不见尾”,龙是不能全身暴露人间的。大鹏鸟怒而啄之,嵩溪龙又痛又惊,夺路而逃,劈开山门,留下了今日的龙劈门胜迹。

门之左侧崖壁上镌刻文字,成对联状排列。横额“荫濯天成”,上联“壶天启钥”,下联“弱水分波”,皆行书,古朴大方。石门开处,岩石蔽日,清风徐来,清流冽冽,遍体生凉,真乃“天成”“荫濯”。门内自成一境,又让人想起道家的壶天故事。传说东汉方士费长房为市掾时,市中有老翁卖药,悬一壶于肆头,及市罢,辄跳入壶中,市人莫之见,唯长房于楼上睹之,知为非常人。次日复诣翁,翁与俱入壶中,唯见玉堂严丽,旨酒甘肴盈衍其中,共饮毕而出。这一故事被葛洪记入《神仙传》中,壶天遂成道家仙境的代称。后人推衍意义,把它视作虽在尘世又可摆脱尘世烦嚣的理想之境。别开天地的龙劈门,岂非一把钥匙,开启了神仙境界。浅而湍急的弱水遇石分流,“弱水分波”,汩汩而去。

迤逦向前,往右侧山谷行去,只见石平如砥,清泉流淌。初时开阔,再则收束。两侧悬崖形成长数十米,宽不到 1 米的狭槽。槽内一条瀑布左右受控,喷珠溅玉,急泻而下,坠入潭中。潭旁岩石参差,遇水激起朵朵漩涡。右侧一巨岩横亘,题刻“峻流涵汇”四字,正切此景。

往回行,复登阶,至回龙桥水库,水面广阔,澄泓凝碧,豁然开朗。

再前行不多时，即到龙鼻岩。岩上龙鼻瀑细雨般散下，落入影霓潭。潭侧岩壁上，刻有“神龙回伏”几字，龙飞凤舞。字迹风化模糊，后人描红不当，有失古人之意，甚惜！

“秋月空凡处”却是鸿飞渺渺。题刻中的“秋月”指元代僧人秋月。秋月曾于龙鼻岩西建水月禅院，为嵩岩讲寺前身。岩西有石龛，传为秋月面壁处。“秋月空凡处”刻于岩西北罗汉洞附近天然石床，如今难觅踪迹，倒留下了一缕悬念。

摩崖作者，因落款日久剥蚀，难以辨别，不好确认。不过，《嘉庆太平县志》有“字皆黄岩柯参政夏卿笔也”句，柯夏卿应是作者之一，而且所题当在两处或两处以上。从文句前后连贯考虑，“神龙回伏”“秋月空凡处”或即柯夏卿所题。柯夏卿(1610—1681)，黄岩县城横街人。明崇祯十年(1637)进士，历任刑部主事，兵部职方郎中，天津兵备道参政。崇祯十六年(1643)，以母老辞官归家。清顺治二年(1645)，明亡。六月，柯夏卿与临海陈函辉、东阳张国维、鄞县张煌言等，在台州奉表请鲁王朱以海监国，柯任佥都御史。次年使闽联络唐王朱聿键，唐王授柯为兵部尚书。浙闽联合抗清失败后，柯回乡隐居，以诗酒自娱，工于书画，求索者盈门。而上述其他摩崖石刻，或说为吴从道所书。吴从道，记载缺乏，仅知为明万历年间温岭知县，湖广举人。

危崖绝壁上，奇峰深谷间，寻幽访胜，心空澄明，俗虑尽消。追古人踪迹，思古人雅意，古人与山水，可谓知己。我与古人，我与山水，或亦可为知己？一笑。

# 双门洞手记

儒家入世，以市井殿阁为安身立命之所在。道家出世，则在山水清幽之处自成境界。儒家多的是人造的景观，而道家则极聪明地把家园内敛到无限的自然景观中，谦恭于自然，超脱于尘世，而往往又成为游览胜地。长屿岙里村黄监山半山腰的双门洞，正是这样的去处。

林木森森，岭道弯弯，在曲径通幽的境界里攀登而上，尽头处就是双门洞山门。山门两侧刻着一副对联“山峰排得洞双个，溪水弯成月半边”，切景切题，文辞清丽工整，书法爽朗流畅。门内小庭中有不老的芭蕉，高高地树立成岁月的标签，幽幽的绿意使空气也变得清凉静谧。东侧倚山门围墙建有避暑楼。清狄瞻云诗曰：“深山不受暑，莫如双门洞。我来风相迎，我出风相送。”在此建避暑楼确是因地制宜，物尽其用。庭中建凌霄宝殿，内供玉皇大帝，东塑吕洞宾神像。

过殿后天井即进入双门洞。“上洞壁立十数仞，日光不漏”，今塑有灵官神像，不能通行。下洞自然成门，门侧为书法家张直生老先生所书对联：“是洞非洞适成仙洞，有门无门乃为佛门。”这联写得颇为玄妙，似已深悟“道之为物，唯恍唯惚”的精神。打破是非有无的执着，不为名利所拘，方可成仙成佛。联中三味，直指释道真谛，读之齿颊生香，神清气爽。入洞之后，顿觉遍体生凉。洞极高敞，高数十米。洞顶透天，在洞中仰望，如坐井观天。清毛济美《双门洞题壁》曰“山腰云重双扉暗，洞口天空一笠圆”，这句正是此景的传神写照。洞之后壁刻张直生先生所书“神仙洞府”几个巨字，潇洒遒劲。洞内浮雕道教元始、灵宝、太上“三清”坐像，束发长须，蔼然有长者之风。

环刻四壁的四处摩崖，则为双门洞平添了不少的情致。首先映入眼帘的，是避暑楼下崖壁刻着的“云月往来”四个大字。四字竖列一行，行楷书，阴刻，用笔稳健，结构匀停，右款为“民国十有五年岁在丙寅孟秋”，左款为“慕虞闻韶题”。正文用暗绿填色，题款用明黄填色，配着崖旁数丈的明绿芭蕉，更觉清雅宜人。民国十有五年，即1926年。闻韶，字慕虞，温岭长屿人。曾在浙江测绘学校和浙江测量局工作。闻韶曾和弟闻诗创办长屿一峰书院，善书。

闻氏故居在新河镇长屿村闻家里，离双门洞不远，出游是极其便利的。写下这方摩崖之时，闻韶先生正值风华正茂之际，一对后来大名鼎鼎的双生子闻邦椿（中科院院士，机械动力学和工程机械专家）、闻国椿（北京大学数学系教授）尚未出生，分外的有闲情逸致。多年以后，闻邦椿先生回乡探访时，曾专程到双门洞游览，看到父亲的这一手迹，欣喜万分。蓦然回首时，仿佛那一刻的时光清浅、岁月嫣然从不曾离去。闻邦椿先生特在摩崖前留影纪念，以寄情思，又是另一则佳话了。

独乐乐，不如众乐乐。家乡的胜景，怎么能私藏呢？双门洞赏游之乐，当和友朋同享。闻韶先生免不得一番招朋引伴，携众同游。这在洞内的另一方摩崖“亦一洞天”上留下了消息。

“亦一洞天”摩崖位于凌霄宝殿上方岩壁，篆书，阴刻，正文“亦一洞天”横列一行，左侧是题款，行书，款文为“中华民国/十有四年/八月建瓯/李瑞年题/时黄岩/许耀庚/金华吴嘉宾/温岭闻韶/同游”。民国十有四年，即1925年。和闻韶一起同游的，有建瓯人李瑞年、黄岩人许耀庚、金华人吴嘉宾。题写者李瑞年是福建建瓯人，曾在1923年至1925年间任温岭县知事。从题款来看，闻韶之交游，还是相当广阔的。名人、逸事、胜迹，互相辉映，让人逸兴遄飞。

在“云月往来”对面的石壁上，还有“酷暑绝迹”摩崖，楷书，横排，阴刻，城关张燮敖书。左侧落款十余字，有些模糊，但仍可见“张燮敖……

于抗战胜利”等字，纵横恣肆，痛快淋漓，一股喜悦潇洒之情，流露笔端。正文庄重，题款流丽，相映成趣。

下洞洞门上方则有摩崖“峭壁重扉”，为长屿李伯迪所题。此四字横列一行，为楷书，阴刻，端庄秀美，左款为“李伯迪题”，通高约0.8米，通长约3米。李伯迪，名祖后，以字行，温岭长屿人。上海私立法政大学肄业。擅行、楷书 。

双门洞始于何时，确切的年月谁也说不清了。曾经的洞主老道张宗泽从遥远的北京白云观寻回了此洞的一段历史。据说从前有个叫张一昆的道人云游到此，见山峦叠起，苍翠馥郁，洞坐朝阳，动静合调，遂于此修身养性。洞中一新刻石碑记载了这段渊源。只是就连老道也说不清张一昆到底是何时至此的了，只知道他羽化时已九十六岁。此碑以道历纪年，老道入主此洞是道历四六八七年。一连串的数字传递出天荒地老的气氛。山中岁月与别处不同，模糊了开始与终结，只是如水般连绵不断地、不急不躁地流去，该凋落的时候就自然凋落了。生命的节奏应和着自然的节奏，反而悠长如山歌。

这样的日子几成文物了，红尘中的我只宜远远地观望，观望出一朵青莲，沉淀成心灵深处的莲花印。

# 锦鸡山摩崖

对于古代文人来说,文墨之事是渗透在日常生活之中的。就算是游山玩水,也是须臾不忘的,其表现形式之一,就是摩崖题刻。这是文人生活趣味之一种,却和自然互相叠加,留下了丰富多彩的文化遗产。

温岭市新河中学校园内的锦鸡山摩崖,就是这种叠加的产物。石刻有"石丈""飞来""丹井"和张梦灵五言绝句:"巫山一片云,飞向此中住。我来不复登,只恐云飞去。""丹井""石丈"在成书于嘉庆十五年(1810)的《嘉庆太平县志》中有载,"丹井"的由来有一则典故。相传晋时葛洪前往泽国丹崖时经过此地,用手杖敲击地面,顿时泉水如涌,后人因此以"丹井"名之。"石丈"两字为清雍正、乾隆间松门巡检湖南湘乡人易祖愉所镌。

《光绪太平续志·古迹志下·摩崖》亦有相关的记载:"丹井二大字,丹井,明仙。右摩崖字在新河城内锦鸡山,款署明仙。草书","石丈二大字,石丈,右摩崖字在新河。无款","飞来二大字,飞来,右摩崖字亦在新河。大草。无款","张梦灵摩崖诗,巫山一片云,飞向此中住。我来不复登,只恐云飞去。张梦灵。右摩崖诗在新河城内东南隅岩上。行草书。复作覆,灵作霛"。

入新河中学,一眼就可望见一座秀挺的砖塔,矗立在锦鸡山上。山不甚高,玲珑而袖珍,胜在林木苍翠,环境清幽。沿石阶而上,没几分钟就到了山顶塔畔。再逐级而下,一座花园赫然在目。园内奇岩竞秀,曲径通幽,花木扶疏。园西有一巨石,名"云崖",顶上有石洞如井,旁有

"丹井"摩崖题刻。崖壁上，镌刻着两个遒劲的大字"石丈"，楷书，阴刻，竖列一行，字径约 0.2 米。园中心有石嶙峋，如天际飞来，似摇摇欲坠，称"飞来"石，藤蔓遍布，一片幽翠，草书"飞来"就隐藏其间。"飞来"两字阴刻，竖列一行，字径约 0.15 米。石壁之上，还刻有张梦灵的一首五言绝句。壁面上，有一块高 0.41 米、宽 0.31 米的长方形开光，打磨平整，诗句即题其上。"巫山一片云，飞向此中住。我来不复登，只恐云飞去"25 字竖列 3 行，行草，阴刻，字径约 0.05 米。款落"张梦灵甲子秋月重刊"。作者张梦灵无考。甲子，即 1984 年。张梦灵五言绝句摩崖原字迹已大半磨平，如今所见，是 1984 年重书补刻的。

云崖东侧，有一异石，斜欹于地，石面平坦如切，人称"仙人床"。石侧，刻着两个狂草大字："流云"。字体潇洒，圆劲飞动，仿佛真的就是那在天空中舒展流动的云朵。书法与文字的精神完美地交融在一起，如盐入水，观之忘俗。"流云"两字为现代书法家张直生先生所书，然其渊源却要更早些。《光绪太平续志·古迹志下·摩崖》有云："流云石三大字，流云石，右摩崖字亦在新河。无款。"从这条记录可知，早在光绪之前，就有"流云石"摩崖了，后来湮灭，张直生先生续前辈风雅，为之新刻。

"云窝"摩崖情况相似。《光绪太平续志·古迹志下·摩崖》亦有载："云窝二大字，云窝，右摩崖字亦在新河。无款。"如今所刻，亦为张直生先生手书。

此外，在锦鸡山侧面崖壁上，还有张直生先生题写的一方"滴翠"摩崖。"滴翠"两字为楷书，竖列一排，掩映在层层叠叠的绿树、碧藤、青草之间，可谓是名副其实了。

说到锦鸡山摩崖，张直生先生是一个绕不开的人物。张直生先生(1923—1997)，号野萍，中国书法家协会会员、中国书协浙江分会理事、台州地区美协理事、温岭县文联委员、温岭县美协副理事长、温岭市书法家协会名誉主席、浙江省考古学会会员、浙江绍兴兰亭书会会员、宁波诗社社员、原龙渊印社社员。曾在县文化宫、县图书馆、县文化局等历任美术组组长、图书馆馆长、温岭县文物管理委员会委员兼办公室主任等职。

先生自幼雅好书画，曾得蒋玄佁、余任天、潘天寿、沙孟海等诸先生指授。先生于书画篆刻均有涉猎。书法自颜、柳楷书入手，以二王为宗，上追秦汉，下涉唐宋，旁及宋元明清诸家乃至时贤耆宿，博采众长，转益多师，数十年潜心自学，终有不菲成就。先生早年以画扬名，中年以后专攻书法，真草篆隶，无一不能，尤擅行草，笔力沉着，结体多变，刚柔并济，风神雅健，意趣横生。

所谓字如其人，其字清爽洒落、不矜不躁，其人亦如是。先生故交追忆前事，皆言先生性情豪迈洒脱，直言快语，为人平易，提携后进，不遗余力。在生活上，先生俭朴节约；在工作上，先生勤勉精进。

吾生也晚，不曾与先生谋面。然观其书，闻其事，觉先生正如其所写的一副对联：清风君子德，明月美人心。

锦鸡山摩崖于 1984 年 1 月被公布为温岭县文物保护单位。其时，先生正在温岭县文物管理委员会办公室主任任上。锦鸡山摩崖之筹谋与保护事宜，多赖先生之力。

一清风明月之人，在这清风明月之地，做清风明月之事，思之慕之，不亦快乎！

# 话说塔下摩崖

塔下摩崖，位于温岭市太平街道塔下村，可说是温岭现存且已明确知晓年代的摩崖之中，最早的了。

温岭古代地方志中对塔下摩崖有明确的记载。据《嘉庆太平县志·地舆志·叙山上》“芝岙条”记载：“……明知县俞咨益建塔其上，崖壁镌‘天柱奇观’，字大径二尺。”《光绪太平续志·古迹志下·摩崖》载“‘天柱奇观’四大字”条则曰：“天柱奇观 五开俞咨益书 万历丁酉仲秋之月谷旦 右摩崖字在芝岙。字大二尺四寸有奇，排写。右款书名，左款年月。”

经实地考察，摩崖题刻在崖壁上高约0.86米，长约2.55米的长方形平面上。“天柱奇观”四大字为楷书，横刻，字迹清晰完整，端庄遒劲，字径约0.8米。以一尺约等于0.33米计算，与“字大二尺四寸有奇”的记载刚好相符。左右款题字则较小，字迹略有模糊，但大体可以辨认，右款直刻“五开俞咨益书”，左款直刻“万历丁酉仲秋之月谷旦”。

题刻时间“万历丁酉仲秋之月谷旦”即1597年8月。“仲秋之月”为古人对8月的别称。“谷旦”一词，意为良辰，即美好的日子，常用来作为吉日的代称 。

书写者俞咨益为明代万历年间温岭的知县，在任上颇有政绩。《嘉庆太平县志·职官志·名宦》中对他有所介绍：“俞咨益，号星海，五开卫人，万历二十一年(1593)至。廉干勤敏，摘奸锄盗，定祀礼，树保障，平渔税，均铺递。筑天柱塔于芝山上，以壮邑势。戊戌(1598)以最升，民感德，于山麓祠之。”

五开卫在今贵州黎平，地处黔、湘两省交界处。五开卫实为明朝卫所制度的产物。为了加强国家的武装力量，明太祖朱元璋创设了卫所制度，明朝的军队约有一百八十万，都编制在卫所之中，卫所遍布全国各地，“大率五千六百人为卫，千一百二十人为千户所，百十有二人为百户所”。卫所设有卫指挥、千户、百户等官。明朝建立后，贵州摆脱了长期处在中央王朝统治边缘的状况，和全国大多数地方一样，驻防军队，设置卫所。明洪武十八年(1357)设五开卫，属湖广都指挥使司管辖。

摩崖题刻的内容“天柱奇观”应该与摩崖边的塔有关。据上文对俞咨益的介绍可知，他曾“筑天柱塔于芝山上”，可见塔名为“天柱”。高塔矗立于山上，雄伟壮丽，形如天柱，蔚为奇观，俞咨益不禁写下了“天柱奇观”以助风雅。

塔下摩崖年代早、保存好，有明确的书写人与书写时间，且是当时地方官留下的笔墨遗迹，具有较高的文物价值，2002 年被公布为市级文保单位。然而被公布为市级文保单位不久，就遇到了保护与建设的矛盾。由于温岭城市建设中“东移、西进、北扩”的需要，需打通西北新区的横湖北路和中华北路两条大通道，要把整座塔下山移掉。经过各级各部门的努力，在关注塔下摩崖命运的热心人士争取下，塔下摩崖的命运峰回路转。后终于确定保留塔下山，与山上的摩崖石刻一起形成一个公园。

行走于塔下山公园，草木葳蕤，光影摇曳，于一片繁华之中营造出一派清幽。青藤垂帘，掩映着塔下摩崖的朱红大字，深厚的历史感油然而生。摩崖无恙，为山川增色，为文化添辉，幸甚！

# 百丈岩明代摩崖诗刻记

百丈岩位于温岭市太平街道五龙山尽头处，一名白象岩，又称拍掌岩，悬立如削，秀出天外。据1990年《温岭文物简志》载，百丈岩陡壁上有一处明代摩崖石刻:“百丈岩摩崖 明。在岩下乡百丈岩南陡壁上。摩崖共题有4首诗，楷书，从东至西排列。第1,2,4首字迹大部清楚可认，第3首除落款外，诗文不可识。诗为陈崇为、陈崇宾二人所作。第四首诗刻有‘大明万历己亥秋’七字。”

虽有记载，但百丈岩摩崖一直少为人知。再加上这些年草木滋生，道路隐没，罕有人至，百丈岩摩崖遂不知所终。直到前两年，有早晨锻炼者偶尔发现，告知电视台报道后，才重新为人所知。发现之时，岩上苔藓丛生，字迹只可大致辨认出少许。后岩下村民数次辛劳，将苔藓渐次洗净，字迹慢慢露出。然摩崖已风化严重，字迹辨认非常困难。旧志里亦无具体诗文的记录，辨认诗文成了一个难题。后根据摩崖诗刻的对仗、韵律、用典、内涵等细细琢磨，诗文面貌渐渐清晰。今录之于下。但是，毕竟字迹漫漶，有一些出自揣测，未必妥当。不当之处，祈教于方家。

第一首诗是一首七绝:“云根秀拔五龙巅，遥立儿孙扑眼前。可有天梯长万丈，星汉何必问张骞。”落款为“白冈陈崇为”。诗中，“云根”为石之美称。诗人多以云根代石，如贾岛在著名的“推敲”诗《题李凝幽居》里“闲居少邻并，草径入荒园。鸟宿池边树，僧敲月下门。过桥分野色，移石动云根。暂去还来此，幽期不负言”，就是如此。在本诗中，云根当指百丈岩。“遥立儿孙扑眼前”句，与石夫人传说有关。百丈岩正与石夫人相望。传说石夫人有七子。《嘉靖太平县志·地舆上》引《临海记》云：“昔人渔于海滨不返，其妻携七子登此山望焉，感而成石，下有石人七躯，即其子。”“星汉何必问张骞”句典出张骞乘槎上天的传说。《荆楚岁时记》有载：“汉武帝令张骞使大夏，寻河源，乘槎经月，而至一处，见城郭知州府，室内有一女织，又见一丈夫牵牛饮河，骞问曰：此是何处？答曰：可问严君平。织女取机石与骞俱还。后至蜀问君平，君平曰：某年某月客星犯牛女。机石为东方朔所识。”

第二首诗是一首五律，大致可以辨认：“□□□山晓，烟霞接舍浓。岩高昂白象，湖阔卧□龙。辟性离□鸟，□□种□农。□□□□□，白鹿愧芳洞。”落款为“白冈陈崇为”。诗中的“岩”指百丈岩，“湖”是指百丈岩西一片人称“横湖”的水域（如今横湖已淤积形成水网），“龙”则是对五龙山的形象描绘，两句诗逼真地刻画了百丈岩和五龙山的雄姿。诗后落款为“白冈陈崇为”。

第三首诗从痕迹看是一首五绝，除落款“敬轩陈崇宾”可识外，余已不可识。

第四首诗是一首五律，是四首诗中最清晰的：“青山走五龙，百丈起高峰。日月东西照，烟云早晚封。丛生兰生谷，群集鹤巢松。居近登临敖，蓬莱隔几重。”落款为“敬轩陈崇宾又作，明万历己亥秋”。经查，“明万历己亥秋”为万历二十七年，即公元 1599 年。诗开篇以百丈岩和五龙山入题，承题以日月烟云描摹环境、营造氛围。接着以幽兰松鹤写景，并寄高雅之志。松傲霜斗雪、卓然不群，又树龄长久，经冬不凋，是长生不死的象征，传说服食松叶、松根便能飞升成仙，松又被赋予高洁不群的形象。鹤，被认为是长寿鸟，亦被视为出世之物，清雅的象征。兰，则是四君子之一，深谷幽兰，不以无人不芳，也正是君子修道立德的表征。幽兰松鹤，标格出众，在此也就成为作者高情远志的含蓄表达。最后，作者以蓬莱仙境极言百丈岩之高远，并寄出尘之思。

四首诗紧紧围绕百丈岩而作，有景、有情、有志，不失法度。遍查古志，不见记载有作者陈崇为、陈崇宾。但在岩下，陈为大姓，诗刻中又有“居近登临敖”句，则陈崇为、陈崇宾居住在百丈岩附近，应是岩下陈姓的先祖。

温岭的摩崖石刻多为字数较少的字词，像百丈岩摩崖如此大面积的题诗还未发现过。题诗有明确的年代，且仅比目前温岭最早有明确年代的摩崖石刻“天柱奇观”（1597年刻）晚两年，更是难得。它的发现，也为温岭人物、地理、诗词、名胜研究等提供了新的资料。

子在川上曰：逝者如斯夫，不舍昼夜。岁月已风化了它的容颜，让人叹惋。是以记，为之存照。

# 龙潭坑醉石

龙潭坑醉石，在温峤镇上街村孟家岙龙潭坑。一块平常的卧石，因为诗人的一次醉卧而变得不平常。

醉石已经寂寞了，为了探访它，问了许多人，皆摇头，后来是被一位拄杖老者指点，才上了路。山里的草木滋长，遮蔽了道路，半途又走岔，直走到荆棘交缠、岩石横亘，差点以为山穷水尽无路可走。心一横，手脚并用从岩间缝隙攀爬上去。上去后，顿时柳暗花明，一片平整的溪床呈现眼前。前行约十分钟，终于在溪边找到了醉石。石上几行行草带着醉意飞舞："琴池主人、心友、少伊醉卧处，道光辛丑。"

道光辛丑年，即道光二十一年，亦即 1841 年。琴池主人、心友、少伊是谁？心友、少伊暂无考，琴池主人却是一代名士。琴池主人名林蓝。林蓝(1814—1847)，字在麟，又字璧人，号琴池主人，清县城人。向来志书是很少提及人的容貌的，对于林蓝，偏偏要加上"美丰仪"几字，想来定是丰神俊朗、气宇不凡，不愧为一"璧人"。不仅这样，林蓝还是个才子，琴棋书画，无所不能，确有"麟"才。他的诗写得好，尤长于七古，虽游戏之作，亦皆意趣盎然。道光二十四年(1844)，林蓝与冯芳、陈寿璐、李汝皋等七位诗人继明代"花山诗社"遗风，在花山结"修梅吟社"，人称"修古七诗翁"。他的画也好，尤其是兰竹，信手泼墨，跌宕超逸之趣溢于纸上。曾作兰竹卷，长约九丈，人称"纵横逸华，变化无穷"。据说海上画派名家蒲华当年来到温岭，看到林蓝梅、兰、竹、菊四幅画屏，笔墨酣畅，丰神潇洒，栩栩如生，甚至引得蜜蜂、蝴蝶飞舞不去，惊叹不已，伏地便拜，从此闭门不出，天天对着画屏临摹，画艺大进。林蓝的书法初学二王，后转学褚遂良、柳公权，挺劲圆秀。林蓝天姿英发，可惜天不假年，34 岁得急病而亡。

林蓝诗品是清奇的，画品是秀逸的，人，也是个有“奇气”的，是真名士自风流。醉卧龙潭坑时，林蓝 28 岁，是最好的年华。当年情景，该是怎样？二三知己，相偕来此。景色很美，流水弹琴，满目青翠。太阳把石块晒得暖暖的。此情此景，正好配点酒。酒喝得有点醉了，身子渐渐酥软。身边正好有块光整的卧石，那就躺下吧。阳光流水般从身上抚过，溪水清凌凌的弦歌在耳边大珠小珠落玉盘。恍惚间，我非我，水非水，“我”已解体消融在水流之间，随水流远去了。在这灵魂出窍的一刻，一切变得那么空灵。这是大自在的一刻。这梦般的时刻是不能让它老去的，纵使醒来。那就把它定格在这块石头上吧。有多少美好的事物不经意间就从生命里滑过，就把美好勒石吧，让石头代为记忆。

站在醉石前，160 多年前的情怀就这样穿越时空，复活我心。是我梦见了古人，还是古人梦见了我，我，也要醉了！且共古人醉一回，不问今夕何夕！

# 摩崖“石丈”释疑记

摩崖“石丈”是温岭市级文物保护单位锦鸡山摩崖的一个组成部分，位于温岭市新河中学校园内。关于它的记载，可见于《嘉庆太平县志·地舆》“锦鸡山”条：“当山颈城跨处，异石森耸，有高巨三数丈者。雍正间，易巡司祖愉镌‘石丈’二字。祖愉书画为慎郡王所知，弟祖栻尤名出兄上，‘石丈’其所书也。”然而关于这段文字的释读，却困扰了笔者多年。最近终于解开，甚喜，因作文以记之。

笔者原以为此摩崖镌者姓祖名愉，其弟姓祖名栻。然而遍查资料，皆无二人事迹可寻。忽一日重读，恍然大悟，原来自己忽略了古代称呼上的一个规则，即古人常常在姓之后加上官名来称呼人，如称杜甫为杜工部、李鸿章为李中堂之类。所以此摩崖镌者应为姓易名祖愉，巡司是其官名。此疑一解，豁然开朗。查稽方志和辞典等，可知：

易祖愉，字天有，湖南湘乡人。雍正十三年温岭复设松门巡检，祖愉选是职。其诗文书画向来为慎郡王所赏，临行，王饯以诗，有“寻常官职登王路，多少诗情入会稽”，及“作尉风流年少郎，图书数卷是行装”句，可想见其梗概矣。乾隆五年以卓异升迁。

易祖栻，字张有，又字叔南，号啸溪，湖南湘乡人。官柳州经历。诗、书、画俱妙，最精兰竹，曾以浓墨在大幅画纸上挥洒，其笔如飞，兼画山水、虫鱼。游历京城时，客于慎郡王府。乾隆皇帝曾在他画的竹画上题诗。乾隆十三年，又命其作《雨中山翠图》。著有《啸溪诗稿》等。

易氏兄弟的问题解决了，那么慎郡王又是何许人呢？留意各种报刊及其他资料，功夫不负有心人，慎郡王的生平渐渐清晰。慎郡王，即允禧（1711—1758），康熙第二十一子，封慎郡王，谥靖。字谦斋，号紫琼道人，自署春浮居士。善书画，擅长山水，笔致超逸，得力于倪瓒。水墨花卉，亦有雅韵。亦能诗，集有《花间堂诗钞》《紫琼崖诗钞》等。允禧虽为皇族，但礼贤下士，好学不倦。如易祖栻客居京城时，就长久居住在其府邸。扬州八怪之一的郑板桥也是他的座上客。郑板桥曾评价他的书画学问说："胸中无一点富贵气，故笔下无一点尘埃气。读书好问，一问不得，不妨再三问，问一人不得，不妨问数十人，要使疑窦然，精理迸露。故其落笔晶明洞彻，如观水观火也。"

锦鸡山为新河名胜，相传天鸡鸣其上，故名。又相传葛洪经过此地时，用杖击地成泉。后人因此在山上崖刻"丹井"两字。山上又有明代抗倭名将张元勋创建的文笔塔。易祖愉在温岭任职期间，自然听说过锦鸡山，为其所吸引，到此一游，并镌书其上，以为名胜添彩，也是一段佳话了。只是世易时迁，倒教后人颇费思量了。

# “石华海月”记

温岭石塘镇西，石塘山的中段，有山如雄狮巍巍，名狮子山。狮子山岩壁陡峭峻直，恰如一张巨大的宣纸垂挂在海天之间，等待着人们的书写。人们确也不辜负这方天然书壁，狮子山摩崖荟萃，其中之一为“石华海月”。关于“石华海月”，仅《温岭文物简志》载其作者为陈璚。至于陈璚其人其事，则无所知，令人惘然。笔者曾以为陈璚为温岭当地书法高手，遍稽诸志，一无所得。偶查典籍，发现陈璚为郁平人，遂查郁平资料，得知郁平为广西贵县(今贵港市)之古称。陈璚其人其事，遂日渐清晰，居然为一代名家。多年之谜得解，豁然开朗，因记之。

陈璚(1827—1906)，字鹿笙，又作六笙、鹿生，号澹园，晚称老鹿，室名“随所寓斋”。广西贵县(今贵港市)人，累知处州、台州、嘉兴、杭州等府，官至四川布政使。著有《澹园吟草》等。陈璚政事之暇，不废文翰，自钟、王下讫赵、董，“莫不摹拟酷似，于宋四家尤得神髓。人争宝之”(《贵县志·陈璚传》)。据俞剑华《中国美术家人名辞典》记载，陈璚“工书法，得力于圭峰碑而稍变之。笔意凝练挺秀。间作墨梅，书卷之气溢于纸上”。圭峰碑指的是《定慧禅师碑》。此碑全称《唐故圭峰定慧师传法碑》，正书，由唐后期著名书法家裴休撰并书，取法于欧、柳，结构严谨精密，书风清劲潇洒，是唐碑珍品，后人多学之。

陈璚在浙江为官多年，在浙江，陈璚留下了不少墨宝手迹，或题书，或刻碑，或撰联，或镌石于名胜之地。如天台“石梁飞瀑”之石梁右侧有“神龙掉尾”刻石。杭州西湖名园刘庄客厅悬陈璚对联：“故乡亦有西湖，一半勾留，行窝且傍蕉屏石；旧宅尚留南海，三千里路，别梦应寻荔枝湾。”浙江平湖有其对联：“五伦之中自有乐趣，六经之外别无文章。”《杭州市志·文化艺术篇》在杭州书法名家代表碑刻中则列举了陈璚的《重修沈山碧云寺记》《重修姜村席村二堰碑记》。而在杭州历史博物馆藏品中，也有一些陈璚的墨迹。

从“石华海月”摩崖石刻来看，陈璚书风得益于碑体确实不虚，四字用笔端秀劲健，却不囿于碑体，而能出入晋唐，严谨中有散逸，遒劲中有妩媚，确为佳构。“石华海月”摩崖落款为“光绪庚辰季春”。经查，光绪庚辰为光绪六年，即 1880 年。遥想当年，一个春意融融的日子，久闻石塘之名的陈璚来到这里，海天空阔，山峦聚秀，一望万里，波光粼粼，渔帆点点，不由兴致盎然，挥毫写下“石华海月”四字。

当年风流，已为历史积尘所覆。且轻轻抚去积尘，让一段雅事再现，让过去穿越现在，让现在告诉未来。

# 朝阳洞天，温岭最大的摩崖石刻

温岭市松门镇南部，苍山东南大甘岙北侧，有山巍然，山腰天成一洞。

相传三百多年前，有一道士梁真人来到松门。梁真人相貌平凡无奇，可是道行高深。他走到哪里，哪里的草木就茂盛起来；捧一捧哪里的水，哪里的水就清甜起来。有一天，他走到了这个石洞前，见此洞环境清幽，恰合心意，只是缺少些草木和水。于是，他便念了一句咒，这洞的周围就长满了树和草；在洞壁上泼了一点水，洞壁缝里就流出清泉来。从此，梁真人就在这洞里修道了。梁真人羽化成仙后，人们便把这洞奉为道教灵验之洞。因为这洞从早到晚都能晒到太阳，人们就把它叫做朝阳洞。此山，就名朝阳山。

朝阳洞朝阳而蔽日，无夏日之炎，室不见蚊蝇，为避暑胜地。松门旧有十景：梦萦古顶、古洞朝阳、青云石室、玉井金水、飞涛映日、宝寺梵钟、湖心射塔、灵台望潮、鼓楼大佛、虎溪瀹茗，古洞朝阳俨然在列。洞内建筑"文化大革命"中被拆毁，1978 年以来，老道陆续回洞，重建殿宇。朝阳洞更以它独特的魅力，吸引着人们前来寻幽览胜。

沿山间石径向上攀登，古木交柯，翠盖亭亭，鸟鸣虫唱，生机盎然。远远望去，高岫摩云，如刀削斧剁。一路行来，时观时赏，不觉之间，已至朝阳洞。"朝阳洞天"摩崖石刻，就在朝阳洞口岩壁上，以一片磅礴的红色，先声夺人。嶙峋矗立的岩壁，如擘巨灵之掌。掌心上，开出一个打磨成长方形的平面，长约 5.9 米，宽约 2.1 米，竖刻"朝阳洞天"四个擘窠大字。“朝阳洞天”四字阴刻，行楷书，每字长约 1.3 米，宽约 1.25 米。右侧为落款，已风化模糊，但仍依稀可见“时在民国……刘石华书”等字。摩崖气势恢宏，可说是温岭最大的摩崖石刻了。书法形体敦厚端方，笔触苍劲有力，一笔一画，一转一束间，不激不厉，方圆有度，颇耐品味。1984 年 1 月，朝阳洞摩崖被公布为县级文物保护点。

摩崖书者为松门人刘石华。刘石华生于 1889 年，殁于 1968 年，是刘镜秋先生的长子，原名刘惟琳，石华当为其字号。刘家开有南北货店，家境富有，刘镜秋家居栽花、读书，以松门花隐自号。善篆刻，工画花卉，尤精工笔写真。刘石华家学渊源，自幼随刘镜秋学习中医、书画、诗歌、篆刻，皆有造诣。据刘石华曾孙刘定耀回忆，刘石华画画时有个小癖好，就是喜欢将笔尖伸到口中润笔。所谓含毫吮墨，先生可说是身体力行了。遥想先生作画情景，不禁令人莞尔。先生又喜欢喝酒后画画，如此更有兴致。而“朝阳洞天”四个摩崖大字，据说是刘石华用棉团蘸墨书写的。先生之笔墨功力，可以想见。

“江山留胜迹，我辈复登临。”洞前眺望，草木葱茏，田畴阡陌，叠嶂重峦，楼宇错落，一派辽阔，让人顿感心舒气爽，胸中尘埃为之一荡。“洞天”，是道教用来指称神道居住的名山胜地的。朝阳洞，真不愧“洞天”之谓了。“我见青山多妩媚，料青山见我应如是。”刘石华与朝阳洞的相遇，就当如此吧。

读山，读石，读字，读人，一笑人间万事！

# 解读《陈氏小园记》

在石塘镇里箬村，有一座气派不凡的大宅，建造在山海之间，这就是原渔业资本家陈和隆的旧宅。旧宅风格独特，其间的各种楹联碑刻给它增添了几许风雅。在旧宅的一角，有一花园，花园墙上，嵌有一块《陈氏小园记》石碑，撰文书写者皆一时名家，文美书精，内涵丰富，堪称精品。

《陈氏小园记》碑刻由两块长方形青石板拼成。每块青石板竖刻文字，文字字体为楷书，雍容凝重、清劲方正、沉着隽永。第一行刻题"陈氏小园记"，中间为正文："有山焉，层层包裹，故曰箬。又分内外两层，故曰外箬里箬。和隆陈公，卜居于里箬者也。其先世迁自闽东，至公而海上商业，日形发达，乃筑层楼、建杰阁，远望渔船风帆沙鸟，无不毕陈于前，洵足乐也。惟是依山作屋，架海为庐，而无金谷之园林、平庄之花木以点缀其间，犹未足以云乐。公于宅之东偏，拓基址、砌岩石，垣墉围其外，中辟一小园，地不过数十步，花不满百多种，而设施得宜，遂觉草有忘忧之意，花含解语之容，鱼多情而听琴，鸟识趣而逐酒。瘐信之赋小园，尚无此乐境也！公于暇时，每坐此以怡情，或呼朋饮酒，对客谈情，尽乐极欢，不复知尘世、理乱事。向尝身厕其间，俯仰上下，逸兴遄飞，殆所谓小瀛洲非耶！公既乐此，尤乐与人共此乐，顾无一言以勒诸石也，可乎哉？爰泚笔而为之记。"最后落款："愚弟顾歧拜撰 瑞安许苞书 中华民国十九年六月"。

文章作于民国十九年，即 1930 年。作者为顾歧(1864—1944)，字乃西，城关人，清光绪二十八年(1902)壬寅科乡试副榜举人，光绪三十二年(1906)废科举设立太平中学堂，被聘请为教习，后任松门高等小学校长及黄岩扶雅中学教员等，一生执教五十余年，往来讲学于温、黄两县。工诗文，著有《研学斋诗文稿》。《陈氏小园记》一文，系其在箬山讲学时所作。

文章书者许苞更是大名鼎鼎。许苞(1863—1937)，字方荪，出生在瑞安的书香世家，父亲许启畴是我国最早的公共图书馆“心兰书社”的创办人，又是全国最早采用欧美的办学制度开办的新式中医学校——利济医学堂发起人之一，同时还是一位著名的中医师和书法篆刻家。许苞天资聪慧，秉承家学，多才多艺。他精中医学，是一位著名中医。平时特别喜爱书法，每日练字不辍，专攻颜体，亦精篆隶，其字体苍劲有力，潇洒凝重，与池云珊、孙诒泽、项廷珍合称“浙南四支笔”。许苞斋名醒庐，取“众人皆醉我独醒”之意。许氏性耿直，不肯与无耻之徒为伍，又因其先祖曾居营前独树山脚，故自号独树山人。

《陈氏小园记》开篇入题，介绍了旧宅的地理环境。从中，我们可以得知“箬山”之名“箬”的由来：“有山焉，层层包裹，故曰箬。”重峦叠嶂，如箬叶层层包裹，故曰箬。在箬山内侧的，称里箬；在外侧的，称外箬。紧接着，介绍了陈和隆的身世，祖先是从福建东部迁徙来的。到陈和隆时，从事海上商业，渐渐发达。然后，介绍了陈氏小园的建造缘由。陈和隆发家后，在景色秀美的海边建造了宏丽的宅第。宅第既成，又追怀古人金谷园等的花木之趣，在其东偏开辟了一个小花园。金谷园是西晋富豪石崇的别墅，故址在今河南洛阳。该园规模宏大，楼台亭阁，池沼碧波，茂林修竹，百花竞艳，繁荣华丽，极一时之盛。洛阳八大景之一的“金谷春晴”，指的就是这里春天的美景。金谷园的景色一直被人们传诵。陈氏小园的规模是“地不过数十步，花不满百多种”，这和历史上的著名园林虽不能比，但在海隅一偏之地，也很可观了。陈和隆经常在此接待客人，把酒言欢，共享小园之乐。顾歧就曾做客其中，美景在前，心潮澎湃，恍若来到了传说中的海上三仙山蓬莱、瀛洲、方丈之一的瀛洲。此情此景，不可不记，于是写下了《陈氏小园记》。

对于陈和隆，我们了解得很少，其生卒年皆无从考。但从顾歧自称愚弟来看，陈和隆当年长于顾歧，其生年下限为 1863 年。据说陈和隆当年办了七八条大船，其中有运输船、铁壳渔船，自此发达起来。陈和隆旧宅面海开有水门，涨潮时船可直接泊到屋内卸货，可见陈是相当有商业头脑的。但是，陈和隆跟我们容易想象成的脑满肠肥之辈应该不同，他在《陈氏小园记》里展示的形象，是交游广阔，喜与文士相从，相当有闲情逸致的。他营建花园，也是为了更有情趣地生活。用一句时髦的话说，他还是个“乐活”族。

斗转星移，如今陈氏小园只剩下了小小的一角，园门常关，破败凋落。当年百花争艳、花团锦簇的景象，早已不见。只有一株挂着“古树名木”铭牌的百年古藤劫后余生，顽强地从墙边探出身影，虬枝盘旋，苍翠扶疏。曾经遭遇它的盛开，紫色的繁花如瀑布一般泄下，点亮了眼眸，让人惊喜莫名。紫藤花开，遥想当年，不觉迷离！

# 《明处士怡淡丘君圹志》里的一段千年风云

2008年12月，温岭市岙底杨村在建造一批小康型住宅时，挖出了一块明代墓志。该墓志白石质，高约60厘米，宽约50厘米。志石上端削角，刻如意云纹。正文楷书，共15行，满行30字。其书结构方整，骨肉匀称，秀丽端庄，不失为楷书佳品。

此志题为《明处士怡淡丘君圹志》。志主丘鉴，字弘妍，别号怡淡，其父丘昶，祖父丘琠。丘鉴生于明成化甲午年（1474）十一月十八日戌时，卒于嘉靖己亥年（1539）四月初二子时。其妻孙氏生于甲午年（1474）二月初八子时，卒于嘉靖甲辰年即嘉靖二十三年（1544）九月十八日丑时，其子丘世掌等将于此年十一月廿五日将孙氏与丘鉴合葬，遂请丘鉴之叔丘九皋云鹤撰写墓志。

墓志涉及温岭古代社会生活及葬俗等各个方面，但是，最令人感兴趣的却是其中的一段记载。志文称，丘鉴"其先汴人，从师陵南渡至黄岩方山（位于今温岭市大溪镇），家焉。慎余公又自方山徙居泉溪（位于今温岭市太平街道）。泉溪今为太平县治，吾丘氏实为著姓"。短短的一段文字，却关系着一场千年前金戈铁马的历史风云，关系着一个对温岭乃至浙江乃至中国历史影响深远的大变局。文中的"汴"，指汴梁，即今河南开封。文中的师陵，当为"思陵"，即指宋高宗赵构。赵构死后，葬于永思陵，时人简称思陵。又因宋人常以"思陵"为高宗的代称，后人沿袭以称。

师陵南渡，即指高宗南渡，或称宋室南渡。宋靖康元年（1126）八月，金军由东西两路南下。十一月，金两路大军渡过黄河，直抵汴京城下，攻城不已，闰十一月下旬，汴京城破。徽宗、钦宗二帝及诸王、帝姬、驸马等皇亲国戚被俘。靖康二年四月，金军慑于北宋各地勤王之师逐渐向汴京逼近，兼之天气转热，金军不耐溽热，撤兵北去。金兵押着徽、钦二帝及宗室、后妃、百官3000余人，并将京城搜罗的金银财宝、书籍仪物等席卷而去，沿途又“纵兵四掠，……杀人如刈麻，臭闻数百里。淮泗之间亦荡然矣”。北宋至此灭亡。这就是著名的“靖康之难”。岳飞《满江红》里“靖康耻，犹未雪；臣子恨，何时灭?”的浩叹，还有《射雕英雄传》里郭靖、杨康的命名，皆源自此。不久，徽宗第九子康王赵构在应天府（今河南商丘）登基，改年号为“建炎”，建立南宋，即为宋高宗。高宗畏惧金兵，一路南逃。战争破坏了平静的生活，无数人流离失所，成千上万的中原官员及民众像潮水一样仓皇向南逃亡，史称“南渡”。志主丘鉴的先人即是其中之一。

高宗南逃，曾到过温岭。建炎三年末、四年初，金兵深入东南地区追击高宗，迫使高宗逃往海上，漂泊于温州、台州濒陆海域数月之久。建炎四年，金兵北去，才北返越州。高宗北返时，曾泊舟温岭的松门，留下不少传说，一些温岭的地名，还渊源于此，如“车路”“淋头”等。此事，《嘉庆太平县志·地舆志三·叙山下》“松门山”条有载：“宋建炎四年四月，高宗温州还，御舟遇风泊山下。经圆岩潜济潭祀龙神，赐庙额，玉音亲书，勒岩上，在龙王堂，亦城东海山也。”《嘉庆太平县志·杂志·杂事》另载曰：“宋高宗建炎四年四月辛酉，御舟发温州，乙丑次台州松门寨。是夕风顺，御舟与宰执以下船先后行，不相见。第闻探者唱云：‘御舟在前。’不知御舟遇浅几覆，尚未至。既而，宰执回船入港，次日台谏官亦惶遽回船，乃迎见御舟。又五日始出台境。见李心传《建炎以来系年要录》。邑五都车路浦，相传帝南渡时于此登车；又途逢雨，至今有地名淋头；松门山下圆岩潜济潭神祠赐额；妇人李妙玄饷军，锡号‘夫人’：皆在松门寨二三日中事。”

宋室南渡，中央政府迁入浙江，中国古代社会经济文化重心的南移更是不可逆转。台州也成为辅郡，经济、文化等各个方面都有很大的发展，人才亦于斯为盛，诚如《赤城新志》所言："迨宋建炎南渡，作都临安，台称辅郡，于是耆儒以道德名，硕辅以勋业名，文学之士以文章名，始班班焉与上国齿。"温岭时属台州，也进入了一个繁荣发展的时期。南宋时的温岭，也是出人才最多的，如著名的江湖派诗人戴复古、撰成中国第一部植物学辞典《全芳备祖》的陈咏、一代名臣王居安等，皆是温岭历史上有数的才俊。

尘封已久的一段千年风云，仿佛与我们无干，却被一块墓志不意惊起。历史的血缘重新续上，我们都是历史的后人。北方与南方，历史与现在，因缘种种，教人思量。

# 文物雅赏

## 神秘的圆盘之王青铜蟠龙盘

1984 年 3 月 17 日，时温岭县琛山乡(现属温峤镇)莞渭童村村民童守根因父亲病故，在附近下望头山西半山腰挖掘墓穴，在挖至距地表四五十厘米时发现了一只青铜盘。青铜盘之大、精、奇引来众多猜测。县文管会得知消息后，立刻赶到，在当地政府的配合下，将青铜盘征集收藏。

青铜盘的出土，引起了多方关注。1993 年，国家文物局决定，第三届中国文物精华展首次出京(一、二届均在北京故宫)在上海举行，备受关注。展览坚持高标准的展品遴选原则，全国“展出近二百件(组)文物”，皆“具有重大的历史价值和很高的艺术价值”。青铜盘以青铜蟠龙盘之名参展，一举成名，被誉为现存圆盘中的“盘王”。1995 年，国家文物鉴定委员会将其定为国宝级文物。这件文物，亦是温岭唯一一件国宝级文物。1998 年、1999 年、2000 年，青铜蟠龙盘又连续参加了在美国古根海姆博物馆举行的“中华五千年文明艺术展”、浙江省博物馆举办的“浙江省建国五十年文物精华展”、日本举行的“世界四大文明古国成就展”等重要展览，备受赞赏。2006 年，温岭市新行政中心大楼落成，就在大楼前以 8∶1 的比例仿制了青铜蟠龙盘，以见证温岭悠久的历史。

青铜盘出现于商代早期，商代晚期才逐渐流行。这件青铜盘为商代晚期盘，体形硕大，纹饰富丽，气魄非凡，恐怕已经不是实用器，而是专门用来祭祀的礼器。此盘高 26 厘米，口径 61.5 厘米，重 22.5 公斤。敞口、宽平缘，无耳，腹部平缓内收，高圈足，有阶裙。腹与圈足饰对应的六组扉棱，以之间隔各组成六组纹饰。腹部每组纹饰以同向双鸟为主纹，衬以云雷纹为地，鸟身上饰云纹。圈足每组纹饰以一夔龙纹为主纹，亦以云雷纹为地。商代晚期是青铜纹饰极为发达的时期，流行多层花纹，多采取主纹与地纹相结合的方式，衬托出装饰主体，层次缜密，富丽华美。此盘地纹云雷纹纤细密集，主纹线条则较粗，突出于地纹之上，而主纹之眼睛又以浮雕手法格外突出，使得纹饰凹凸有致，疏密得宜，富于空间的层次感与变化的美感。

盘中心以浮雕手法铸出的蟠龙则是此盘最精彩最特别的地方。龙是中华民族的象征。龙在自然界中并不存在，而是华夏先民组合、虚拟多种生物形象，不断创造、完善而成的。龙被我们的祖先赋予了神秘色彩，可大可小，能上天，能潜水，正如《管子・水地篇》中所云："(龙)欲小则化为蚕蠋，欲大则藏于天下，欲高则凌于云气，欲下则入于深泉，变化无日，上下无时。"《说文解字》亦云："龙，鳞虫之长，能幽能明，能细能巨，能短能长。春分而登天，秋分而潜渊。"龙长期以来作为装饰纹样应用在各种载体和各种形式中，范围极广，历史极久，形象也格外复杂。它诞生于何时尚需探索，但一般认为，距今 8000 年前，已有龙的雏形。进入青铜时代，龙的形象更多出现在青铜器上，成为商周青铜器最重要的装饰花纹。这一时期的龙面貌各异，尚未定型，或爬行，或蜷曲，或一身双首，或一首双身……这其中蟠龙盛行于商末西周初，往往出现在圆盘底部。

蟠龙形象源远流长，在盘底装饰蟠龙纹，早在距今四五千年的山西襄汾陶寺遗址的彩陶盘上就已出现。历年出土的商代蟠龙盘，都是图案型花纹。河南安阳小屯村出土的蟠龙纹铜盘，非常精美，蟠龙形象也与温岭青铜蟠龙盘上的非常相似，但却不是立体的。温岭青铜蟠龙盘是目前唯一一件在盘心以高浮雕铸昂首龙的商代铜盘，对于更形象直观地了解商代龙的形象非常难得。龙首立体，略呈方形，挺出盘心近10厘米，格外醒目。龙身呈顺时针圜行蟠坐，两边鳞纹，中间夹以菱形方格纹。蟠龙有两只粗壮的龙角，角作上小下大的瓶形体，下端由两侧分别向内卷曲。龙首上加角，可能是为了显示龙的神力。龙眼形状则呈商周青铜器常见的“臣”字形，眼珠突出。巨口露齿，两耳与牛耳相似。蟠龙形象细腻生动。

铜盘上饰蟠龙，与它的功能和造型有着密切关系。盘，是一种水器，商周时期宴饮祭祀时要用水洗手，行沃盥之礼，盘是承接弃水用的。《礼记·内则》载：“进盥，少者奉槃（盘），长者奉水，请沃盥，盥卒授巾。”而龙则被视为水神，是水的象征。《考工记·画缋之事》谓“水以龙”，意思是说水的图像是以龙来表示的。盘作为水器，以龙为饰，亦是自然而然。盘是圆形器皿，而蟠龙圆身，龙身盘踞，恰为适合纹样，与器形搭配格外和谐，相得益彰。

青铜蟠龙盘的身份，扑朔迷离，神秘莫测。铜盘出土时，并没有其他遗物共同出土。而温岭在商代晚期，青铜工艺水平并不高，不大可能铸出如此高超精美的青铜大器。那么，它究竟是从何而来的呢？日本白鹤美术馆藏有一件商晚期六鸟蟠龙纹盘，龙的形象与此盘相似。盘的口沿上蹲着六只立体小鸟，制作方法与此盘龙首相同。六鸟蟠龙纹盘的出土地点，据说是江淮地带，正是商周时徐国与群舒的活动地带。所以专家推测，两盘可能是姐妹器，都属徐、舒的传国宝器。此盘可能是徐灭之后，由偃王公族子弟携带逃往山乡海隅的温岭。

在距铜盘出土地点约十公里处的大溪镇里宅村、大岙村、塘山村等地，有一座故老相传为“徐偃王城”的古城遗址，隐隐与此说相合。关于这座徐偃王城的记载，较早的见南宋《嘉定赤城志》卷第三十九所载：“古城，在黄岩县南三十五里大唐岭东。外城周十里，高仅存二尺，厚四丈。内城周五里，有洗马池、九曲池、故宫基址，崇一十四级，城上有高木，可数十围，故老云即徐偃王城也。城东偏有偃王庙。”明《万历黄岩县志》《嘉靖太平县志》，清《嘉庆太平县志》等亦有载，基本都沿袭《嘉定赤城志》的说法。但从 2002 年起至 2008 年，浙江省文物考古研究所联合温岭市文化广电新闻出版局，先后三次对大溪古城做了试掘，却发现它是西汉早期的东瓯国城址，而非徐偃王城。

追寻铜盘渊源的线索，似乎又中断了。铜盘之谜，依然难解。神秘的青铜蟠龙盘，留给人们无限的遐思。

# 唐瑞兽鸾鸟镜

1998年，时温岭市长屿镇警务区来电，说有农民在挖土的时候，挖出一件黑不溜秋的东西，圆圆的，上面有花纹，好像是锅盖，东西已经交到警务区了，联系我们去看。等我们到了一看，不禁笑了，原来那所谓的锅盖，竟是一枚唐镜。

铜镜是用青铜铸成的用以照面饰容的日常用具，在中国从距今四千多年前的齐家文化起，历经商周、秦汉，迄明清，直到近代大量使用玻璃镜后，才最终退出历史舞台。在漫长的铜镜发展史上，唐代是最辉煌的一个时代，以其新颖的题材、华美的纹饰、精良的铸制闻名于世。

上述出土铜镜则属唐镜中典型的瑞兽鸾鸟镜。这种镜型是隋唐铜镜纹饰由瑞兽向花鸟演变过程中的过渡形式。它一方面继承了中国古代铜镜的传统，如主题纹饰中灵异瑞兽仍占有重要位置，另一方面又传达出强烈的新时代气息，瑞兽题材已不再处于独尊的地位，而与鸾鸟处于对等位置。其形式也突破了圆形、方形的传统而做葵花形、菱花形等。

此瑞兽鸾鸟镜即为葵花形，直径14.4厘米，青铜质。镜背中心为半球形钮，无钮座。高浮雕纹饰，主题纹饰由双兽和双鸾组成。双鸾展翅翘尾，口衔花枝，挟钮左右相对而立，形象俊美。鸾凤是唐镜纹饰中最为常见的一种，具有象征吉祥、生活美满的寓意，深受当时人们的喜爱，甚至影响了五代宋时的铜镜。唐代诗人有不少关于鸾镜的描述，如李贺《美人梳头歌》“双鸾开镜秋水光，解鬟临镜立象床”即是一例。镜上部饰一仙鹿状瑞兽，四蹄腾跃做奔驰状，丰腴柔健，动感极强，左右配以流云。镜下部饰一麒麟状瑞兽，双目圆睁，毛发披拂，尾巴高扬，张牙舞爪，形象生动，左右配以花枝。整个画面呈现出昂扬向上、华美雍容的格调，令人强烈地感受到一派堂皇的大唐气象。时代精神对物质生活的渗透，可见一斑。

此镜造型规整，制作精良，浮雕珠圆玉润，构图活泼开放，充分体现了唐代铜镜出色的铸镜工艺及全新的时代风尚。虽出土时稍有磕损，但依然瑕不掩瑜。

# 谢铎与《甲申十同年图》

温岭名人谢铎的事迹，人多知之，但其形象如何，却资料贫乏。其他温岭名人，情况也大体如此，他们的形象，人多不甚了了，即使偶尔有宗谱或其他资料记载，也常常缺乏比对，或有失真之处。幸运的是，谢铎的形象，被一名为《甲申十同年图》的绘画生动形象地记录了下来，而且此图至今仍有一本存于故宫博物院，提供了非常珍贵的信息。

《甲申十同年图》，《嘉庆太平县志》有载，文曰："《甲申十同年图》，谢文肃在京时，会集同年见在者为图，各分其一。文肃像微须多鬓，白毵毵不受栉，面骨棱层起，左向坐，右手持一册，册半启闭。十人中，一大学士，一都御史，四尚书，四侍郎，年皆古稀内外，《明史》有传，为古今盛事。图凡十，文肃图尝于天台一家见之。有自题赞云：'误有壮心，嫁以虚誉。尔位之浮，尔德之愧。丹青者谁，貌以为戏。盍返尔初，以究厥志。'"

谢文肃，即谢铎。谢铎(1435—1510)，字鸣治，号方石，明太平(今浙江省温岭市)人，因曾任国子监祭酒之职，乡里人称"谢祭酒"。天顺八年(1464)进士，入翰林为庶吉士，次年授编修，后升侍讲，以丁忧归而不出。弘治初荐修《宪宗实录》，擢南京国子监祭酒。弘治四年(1491)，因次子卒，谢铎以"先祀无托"和身体有病为由谢归，家居十年。屡荐迁礼部右侍郎，掌国子监祭酒事。谢铎博通经史，文章有体，为茶陵派代表诗人之一。正德五年(1510)卒，年七十六。赠礼部尚书，谥文肃。主要著述有《伊洛渊源续录》《赤城新志》《桃溪净稿》等。

甲申，即明天顺甲申年，亦即明天顺八年(1464)。至于“同年”，明清之际，乡试同一年考中的举人、会试同一年考中的进士，都可以称为“同年”。同年是官场交结的重要纽带。在仕途生涯中，同年往往同声相和，同气相求，形成一个圈子。甲申十同年，皆甲申一科(1464)进士出身。到弘治十六年(1503)绘制《甲申十同年图》时，甲申一科已成为朝廷精英，高官名流云集。明代文官最高职位为“七卿”(六部尚书、都察院都御史)，而内阁大学士则成为事实上的宰相。在十同年中，有“一大学士，一都御史，四尚书，四侍郎”，皆为最高权力机构成员，可谓是极一时之盛。一大学士指户部尚书兼谨身殿大学士李东阳，一都御史指都察院左都御使戴珊，四尚书分别是南京户部尚书王轼、刑部尚书闵珪、兵部尚书刘大夏、工部尚书曾鉴，四侍郎分别是吏部左侍郎焦芳、礼部右侍郎谢铎、工部右侍郎张达、户部右侍郎陈清。明代权力中枢吏、户、礼、兵、刑、工六部，皆有他们的身影。甲申一科人才之盛，在整个明代，也是少有的。

李东阳，字宾之，湖南茶陵人。天顺八年(1464)进士，选庶吉士，授翰林院编修，迁侍讲、侍讲学士等。弘治七年(1494)，迁礼部右侍郎兼侍读学士专理撰拟，弘治八年(1495)兼文渊阁大学士，入阁预机务。后进太子太保、礼部尚书兼文渊阁大学士，官至内阁首辅，卒赠太师，谥文正。宦官刘瑾专权时，依附周旋，“保存善类，天下阴受其庇”(《明史·李东阳传》)，但气节之士多有非议。为文典雅流丽，工篆隶书。以内阁大臣地位主持诗坛，奖励后进，门生满天下，形成以他为首的“茶陵诗派”。正德十一年(1516)卒，年七十。所著有《怀麓堂集》《诗话》等。

戴珊，字廷珍，江西浮梁(今景德镇)人，天顺八年(1464)进士，授御史，督南畿学政。成化十四年(1478)迁陕西副使，仍督学政。历浙江按察使，福建左、右布政使，刑部左、右侍郎，进南京刑部尚书。弘治十三年(1500)召为左都御史。为官廉介有声。弘治十八年(1505)卒，年六十九，赠太子太保，谥恭简。

王轼，字用敬，湖北公安人。天顺八年(1464)进士，授大理寺评事，历四川按察副使、按察使，南京右佥都御史、右副都御史，贵州巡抚等职。后入为大理寺卿。再迁南京户部尚书、兵部尚书。正德元年(1506)四月，加太子太保致仕。同年十一月卒，年六十八，赠少保，谥襄敏。有《平蛮录》。

闵珪，字朝瑛，乌程(今浙江吴兴)人。天顺八年(1464)进士，授御史。历官江西副使、广东按察使、右副都御史、刑部右侍郎、右都御史、两广总督等。弘治七年(1494)迁南京刑部尚书，寻召为左都御史。十一年(1498)，东宫出阁，加太子少保。十三年(1500)为刑部尚书，再加太子太保。正德六年(1511)卒，年八十二，赠太保，谥庄懿。有《闵庄懿集》。

刘大夏，字时雍，湖广华容(今属湖南)人。天顺八年(1464)进士，授兵部主事，迁郎中，明习兵事，干练敢言。弘治间治理黄河，"水大治"。事竣以疾归。弘治十四年(1501)十月召回任兵部尚书。正德元年(1506)，乞休回乡。因得罪宦官刘瑾，被谪戍肃州。刘瑾伏诛后始得赦归。正德十一年(1516)卒，年八十一，赠太保，谥忠宣。有《东山诗集》《刘忠宣公集》。

曾鉴，字克明，湖广桂阳(今湖南汝城)人，籍居京师。天顺八年(1464)进士，授刑部主事。历任工部督造、通政司右通政、工部右侍郎等。弘治十三年(1500)升工部尚书。一生清正廉明。正德二年(1507)卒，赠太子太保。

焦芳，字孟阳，河南泌阳人，天顺八年(1464)进士，授翰林院编修。历官霍州知府、四川提学副使、南京右通政、礼部右侍郎等。正德元年(1506)迁吏部尚书兼文渊阁大学士，加太子太保。正德五年(1510)致仕。正德十二年(1517)卒。

张达，字时达，江西泰和人，天顺八年(1464)进士，历任屯田司郎中、应天府丞、南京鸿胪寺卿、南京光禄寺卿等。弘治十三年(1500)升工部右侍郎。弘治十八年(1505)卒。张达性纯朴,不事表饰,待人周密有礼,居官勤慎守法。

陈清,字廉夫,山东益都人,天顺八年(1464)进士,正德元年(1506)任南京工部尚书。

在“十同年”中,除了焦芳在历史上被列为阉党,有恶誉外,其他人皆有修名。明代王世贞在《甲申十同年图》跋中说:“明兴人才之盛独称孝庙时,而孝庙诸大臣又独称甲申,成进士者中间如刘忠宣(刘大夏)、戴恭简(戴珊)、李文正(李东阳)、谢文肃(谢铎)、王襄敏(王轼)及庄懿公(闵珪),皆扬历中外,位承弼著,笃棐声,其他类亦廉洁好修之士,仅一焦泌阳(焦芳)驽耳。以香山洛社之耆俊不在野而在朝,固可以仰窥孝庙如神之智,其一时景物光彩为人所艳羡而不可得者,仅此图在览之。”

明代官员雅集之风颇盛。官员雅集,渊源于唐代“香山九老”、宋代“洛社耆英”等集会。唐武宗会昌五年(845),74岁的白居易邀请89岁的前怀州司马胡杲,88岁的前卫尉卿吉皎,87岁的前慈州刺史刘真,85岁的前右龙武军长史郑据,83岁的前侍御史卢贞,77岁的前永州刺史张浑等六位70岁以上的老人,成立“七老会”,后洛中遗老136岁的李元爽、95岁的僧如满,亦求与会,遂在洛阳香山结成“九老会”,绘九老图,成为千古美谈。后人思慕这段风雅韵事,多有效仿。宋代“洛社耆英会”是其中最著名者。宋神宗元丰五年(1082),太尉文彦博留守洛阳,慕白居易“香山九老”之会,乃集洛中退休官员年高德劭者为“耆英会”,并请闽人郑奂绘十二人像,后又请司马光入会。这些雅集活动对后世产生了深远的影响,文人士大夫追慕不绝,亦成为绘画史上常见的题材。

甲申十同年会及《甲申十同年图》即为历代雅集和雅集图的继承。十同年登上高位主要在明孝宗弘治时期,孝宗以仁政和善用贤臣闻名,其统治时期朝中多正直之士,宦官和厂卫也都较循谨,是明代政治较为清明的时期。此次雅集，与前代雅集多为致仕老臣或名士优游林下不同，十人“皆有国事吏责，故其诗于和平优裕之间，犹有思职勤事之意”。聚会时间为弘治十六年（1503）三月廿日，聚会处在闵珪府第之达尊堂。画卷为绢本设色，纵48.5厘米，横257厘米。本幅无款印。卷后有李东阳书《甲申十同年图诗》序，钤“宾之”（白文）、“大学士章”（朱文）印各一方。之后有十位与会者的唱和诗，共十八首，皆本人亲手所书，继之是聚会次年（弘治十七年，即1504年）谢铎的《书十同年图后》及明、清、民国年间的六家题跋。与会者年龄以闵珪最大，74岁，李东阳最小，57岁。画面上人物分为三组，从卷首起第一组三人分别是南京户部尚书王轼、吏部左侍郎焦芳、礼部右侍郎谢铎；第二组四人分别是工部尚书曾鉴、刑部尚书闵珪、工部右侍郎张达、都察院左都御使戴珊；第三组三人分别是户部右侍郎陈清、兵部尚书刘大夏、户部尚书兼谨身殿大学士李东阳。由于聚会前夕焦芳赴湖南公干，实际与会者九人。聚会除宴饮唱和之外，还绘图纪念，众人“皆画工面对手摹，得其形模意态”，焦芳也事先预留下旧稿。因此图中每人的相貌均为真实的写照。背景衬以象征文士高洁情操的苍松、修竹、红梅，点缀象征文士高雅韵致的芭蕉洞石，其间穿插几案、书册、酒具以及童子数人。画面突出人物，景物简练有序，不做过多渲染。此图当时共画了十本，每家各留一本。

《甲申十同年图》生动地再现了孝宗时期朝廷精英的群像。此次集会画像之后不多年，十人相继谢世，而明朝亦由盛转衰，此图也俨然成为明代繁盛时期官场的最后写照。这张富有纪念意义的群像画，也就具有了重要的历史价值。

# 明民间画佳作《太平抗倭图》

王伯敏先生在《中国绘画史》中,曾用较多的笔墨介绍了一件温岭明代画家的作品:周世隆的《太平抗倭图》。明代是绘画活跃的时期,不仅文人画兴盛,民间绘画亦是风行。卷轴形式的民间绘画,流传至今的不多,明周世隆的《太平抗倭图》即是其中的一幅佳作,此图描绘了嘉靖三十一年(1552)太平(今浙江省温岭市)人民英勇抗倭的事迹。但有关的研究介绍,尚属寥寥,也不详细。这朵乡间的奇葩,现存于北京的国家博物馆,乡人反多不知了。

周世隆,据《温岭县志》载:"号丹峰,明崇祯间(1628—1644)虞岙(今马公乡吴岙村)人。民间画师,长于传神写照,相传被画对象只需让他默对半炷香,即能画得惟妙惟肖。80多岁时,犹能作细笔图画。"

周世隆《太平抗倭图》,又名《关公退倭图》《关帝君显神图》,《嘉庆太平县志》"杂人"及"杂事"皆有记载。据"杂人"条载:"嘉靖壬子(1552),倭寇,城几危,汉寿亭侯现学宫樟木上,倭望见骇退,世隆图其攻御慑伏状,历历如在目。""杂事"条则曰:"嘉靖三十一年壬子(1552),倭寇从西南来,城几陷。忽儒学前樟木上见汉寿亭侯像,旗帜林立,若统兵状。倭望见骇愕罗拜。邑人王庚乘之,用火攻,贼败走。今庙中尚传有《关公退倭图》,神气生动,周世隆笔也。"

这次抗倭事件,《嘉庆太平县志》亦有详细记载:"嘉靖三十一年壬子五月,倭寇益肆,恶少附之。自松门弃舟登陆,直抵邑南门,吹螺蚁附,纵火焚近郊室庐,城几破。邑人王庚以火器攻退。次日,贼登山觇城，以竹编牌裹牛皮，拥逼城下，架云梯欲上。城中弩石叠发，贼不得近。会郡守谭纶遣杨文将兵至，乃退去，文追破之于南湾。时任县事为方公辂，备御督战甚力，民恃以安。时儒学有关帝君显神事。”

关公退倭显然纯属附会，是民间情感的一种寄托。但人们为什么有此附会呢，为什么是关公退倭，而不是别的其他什么神灵呢？其一，汉寿亭侯关羽关公是人们心目中的武圣，是战神，被认为具有超凡的法力，在民间广受崇拜。在抗倭战争中以关公为护佑神，激励士气，鼓舞人心，正在情理之中。其二，传说关公诞辰在五月十三日。这次倭乱刚好发生在五月，恐怕正在关公诞辰前后，人们很容易向关公寻求力量，并把胜利归功于关公。《太平抗倭图》以丰富的想象，绘声绘色地描画了关公显圣的情况。在学宫一侧，一棵枝叶繁茂的樟树之上，一面写着“关”字的红旗高高飘扬。红旗之下，面如重枣、长身美髯的关公骑在赤兔马上，威风凛凛。身侧两名侍卫，一为俊秀少年，当是关平；一为黑肤壮汉，当是周仓。身前兵士罗立。这正与前述“忽儒学前樟木上见汉寿亭侯像，旗帜林立，若统兵状”的记载相符。画面左边房舍间，有一群官员遥对着关公方向跪拜礼敬。附近有人奔走，似乎正在传告关公显圣的事迹。

嘉靖壬子抗倭事件对温岭的影响颇为深远。其一，旧时盛大的民俗活动“县城五月十三”正与此有关。每年的这一天，“少年争赴关庙焚香结义，或舞刀，或角力。《关帝君显神图》悬挂于关庙大殿，观画者焚香礼拜者终日不绝。是日若逢下雨，谓关公磨刀雨，有丰年之兆”。其二，温岭开始大规模地修筑城池。温岭立县之时，并未修筑城墙等设施。“城始于嘉靖三十一年壬子，《叶志》修在嘉靖十九年庚子，故不及详考。邑自成化五年肇建，于时初有规模。正德八年，知县祝弘舒创立六门，东西又各置水门。嘉靖间，知县曾才汉更于东偏水洞之上作楼飞跨，名其门曰‘淇菉’。然有城楼，城门犹未甓甃。迨倭寇突至，外无保障，始请帑兴筑。计其时为七峰方侯辂任内事，佐之者二尹清江杨君旻。城成，周围四里二百七十七步，敌台九座，凡六门：东曰‘迎辉’，南曰‘观海’，西曰‘延照’，北曰‘仰山’，西南为小南门，西北为小西门。东南二门外复立月城，西、北二门增置敌台。水门二，在西城者为上水洞，在东城者为下水洞。皆依旧有新增，屹然为海上金汤。”

从《太平抗倭图》所绘内容来看，已是城墙环绕，东门迎辉门及月城、南门观海门及月城、西门延照门、北门仰山门等巍巍在目，已然甓甃，当是嘉靖壬子抗倭事件之后的城池，是周世隆根据他那个时候的县城绘制的。绘画相当写实，建筑形貌、位置跟当时情况相符。把它与《嘉靖太平县志》中的县治图与《嘉庆太平县志》中的县城图两两对照，便可了然。古县城因城呈方形，故有方城别称。此图所绘城池，亦略呈方形。城中主干道名“十字街”，图中间有十字交叉的宽阔大道分别通向四门。十字横街上方有一条溪流横贯，则为后溪，自西向东经栅洞出城。后溪与十字直街相交处，有桥跃然，则为三元桥。画面左上方中间处，有官员正在香案前拜祭，则为县衙。据《嘉靖太平县志》描述，其格局中为治厅曰琴堂，后改为亲民堂；右耳房为县库，左耳房为仪仗库。前为仪门，再前为外门，治厅后为川堂，后名为“省观堂”，又后为知县宅，其左为县丞、主簿等宅。观其图，县衙中轴线上外门、仪门、亲民堂、省观堂、内宅全部画出，围以耳房翼廊等，洵为实录。而关帝显圣的儒学学宫，周世隆就把其棂星门、泮池、重檐大殿等也一一绘出，就连学宫左边的腾蛟坊、右边的起凤坊，亦无所遗漏。图中所画县城的形形色色，皆细腻而丰富。道路河流、城墙城门、屋舍庙宇、桥梁牌坊、山川树木、马匹家畜、士绅兵民，甚至连水井，皆历历在目，疏密得宜，聚散有致，栩栩如生。

画中的抗倭场面，亦是精彩纷呈。画面上方山峦起伏，描绘的是县后山、北山等地，远处有塔耸立，则为天柱塔。山上倭寇正在抢劫，有挥舞倭刀的，有抬着酒器与家畜的，有横尸在地的，形态各异。抗倭官兵与百姓集中在城的西北角奋勇抗敌，有的在城墙堞孔中张望敌情，有的手拿刀枪棍棒，还有的拿着石块奋力砸向城外。城墙下，有许多人正在把石块传递到城上去，既有身强力壮的男子，又有长裙曳地的妇女，连儿童也齐上阵，真是全民参战。在城东门至北门的一段城墙上，一队官兵全副武装，高举红旗，或骑马或步行，正向北门前进增援。

《太平抗倭图》是一幅具有独特历史价值与艺术价值的民间佳作。它对研究明代军事、绘画、建筑、民间信仰、城市建设等都是非常有意义的，其内在价值还有待进一步探索。

# 蒲华《秋柳图》情思

蒲华(1832—1911),字作英,原名成,初字竹英,号胥山野史、种竹道人,秀水(今浙江嘉兴市)人。海上画派先驱者之一,与任伯年、吴昌硕、虚谷合称“海上四大家”。诗书画三绝。蒲华与温岭结缘颇深,在温岭留下了不少画作,《秋柳图》即其中之一。

《秋柳图》纵 126 厘米,横 30 厘米,纸本。画面柳枝从左中侧向右上方斜出,枝叶披拂。旁出一枝,依依下垂。根部补缀菊花一丛。画幅下方题:“桃根桃叶镇相怜,眺尽平芜欲化烟。秋色向人犹旖旎,春闺曾与致缠绵。新愁帝子悲今日,无事公孙忆往年。记否朱门珠络鼓,松枝相映夕阳边。”王阮亭秋柳句借题胥山野史。其下钤朱文作英印。

题图中之王阮亭,即王士祯。王士祯(1634—1711),字贻上,号阮亭,别号渔洋山人。《秋柳》四章是他二十四岁在济南大明湖所赋,为其成名之作。《秋柳图》画幅下所题即其中一章,其中第六句中“无事”原诗作“旧事”,第七句中“朱门”原诗作“青门”,画题有误。王士祯《菜根堂诗集序》记载了《秋柳》诗的创作背景:“顺治丁酉秋,予客济南,时正秋赋,诸名士云集明湖。一日会饮水面亭,亭下杨柳十(一作“千”)余株,披拂水际,绰约近人,叶始微黄,乍染秋色,若有摇落之态。予怅然有感,赋诗四章,一时和者数十人。”《秋柳》诗博取秋柳凋伤的自然意象和历史兴废的人事意象,写得婉约迷离,题旨恍惚,后人多有猜测,然正因其多义性,其表达的人世沧桑之感,更易令人低回遐想,引起共鸣。

果然,此诗叩响了蒲华的心弦。《秋柳》诗的盛衰飘零之慨,恰与独在异乡为异客的蒲华契合。诗第一联引桃根、桃叶故事，有流离之伤。东晋王献之有爱妾名桃叶，妾妹名桃根。献之送别两人，作《桃叶歌》。无巧不成书的是，蒲华与妻子缪昙（晓花）曾有桃花诗唱和，其中也引用了桃根、桃叶的故事，更易为之所感。缪氏能作诗文并善书画，蒲与缪伉俪情笃。因蒲华喜游，娇妻曾嗔绘桃花题诗以讽："本来我是画家儿，煅粉调脂擅一时。不绣鸳鸯常弄笔，桃花无语笑人痴。怕牵画孽举毫难，绝世丰姿动艳观。镜影只应鸾自惜，东风拂面昼生寒。"蒲华和诗云："新愁莫罄托莺儿，桃叶桃根晓渡时。恍见隔江春色好，几多绮语了情痴。画欲超群亦甚难，生绡香艳醉中观。青衫红雨春人梦，深感年年旅食寒。"同治二年（1863）秋，缪氏病故，时蒲华 32 岁。缪昙的早逝，给壮年的蒲华巨大的打击，此后终生不再娶。揣测蒲华创作《秋柳图》时的情景，浪迹江湖，孑然一身，生活多艰，唯有寄情砚池墨海，排解内心的抑郁，得到精神上的慰藉和满足。缪氏音容笑貌时不时地浮现眼前，忆往年春闺缠绵，诗画相和，如今红颜情事空余恨，物是人非，盛景难驻，不禁愁绪满怀，王阮亭《秋柳》诗正中心怀，遂借题作画以遣怀。

我手我心，《秋柳图》底事，却有如此一番情思，百年后解读，也不禁情悠悠、思悠悠了。

# 温岭出土西汉早期硬陶熏炉赏析

2009年3月，浙江省温岭市城西街道西岙村在元宝山修建公墓时，先后挖出一批陶瓷器，当地村民随即电告温岭市文化广电新闻出版局，局文物办人员马上赶到出土现场，收集了全部出土器物和一些残存的碎片。这批陶瓷器包括匏壶、敛口双耳罐、钵等，质地有印纹硬陶、硬陶等，纹饰有方格纹、弦纹、水波纹、篦点纹，从质地、器型、纹饰等观察，具有越系文化的特点，为东瓯国遗物，年代为西汉早期。这批器物中，最引人注目的，当属一件硬陶熏炉。

早在先秦时期，中国已有用香的习俗。那时，香料的用法主要有佩带（兰），煮汤（兰、蕙），熬膏（兰膏），以香料（郁金）入酒等。《诗经》《尚书》《左传》《周礼》《山海经》等都有很多这方面的记述，如屈原《离骚》中就有"扈江离与辟芷兮，纫秋兰以为佩"的描写。而后世流行的熏香始于何时，确切时间已难以考证，熏香用具的源起也无定论。但从西汉中期汉武帝以后，熏香文化开始日趋繁荣，并发展出博山炉这一特定的熏香用具，这一事实却是清楚的。那么，西汉早期，在汉武帝之前的熏炉，就可说是熏炉的早期形态了。黄展岳先生认为："熏炉首先见于广州南越墓，除铜制外，尚有陶制，应是南越国的发明。熏炉的普遍存在，说明熏香已成为南越统治阶级的一种生活习俗。燃熏的香料主产于东南亚地区，从而透露南越国与海外已有交往的信息。"

此说且不论对错，但其透露出来的信息却颇有意思。至少，西汉早期，的确是熏炉的早期发展阶段。从考古发掘来看，熏炉在包括南越的南方使用较多。温岭出土的这件东瓯国时期的硬陶熏炉，时代就正好和南越国相当。这种现象，当和南方特定的风土有些关系。我们知道，香料以南方湿热地区出产为多，中土气候温凉，不太适宜香料植物的生长。而南方地区，湿气、瘴气威胁大，用香气除秽保健的需要也更为迫切。所以，如果熏炉率先在南方发展起来，也是在情理之中的。后来，特别是汉武帝以后，随着国家的统一，疆域的扩大，南方湿热地区出产的香料逐渐进入中土。而随着“丝绸之路”的活跃，东南亚、南亚及欧洲的许多香料也传入中国，沉香、龙脑、乳香、甲香、鸡舌香等成为社会上层的熏香珍品。早先，熏香的主要作用是优化空气质量，还没有宗教化。随着道家思想的盛行以及佛教传入中国，香文化和宗教信仰相结合，日益发展。神州大地，无论南北，遂炉香袅袅了。

温岭出土的这件熏炉为硬陶质，制作精美。器形如豆。拱形盖。炉盘子母口微敛，鼓腹，腹上部饰一周弦纹。柄中空。盖面镂空，间隔饰有 4 组折线纹和 3 组篦点纹。折线纹之间形成镂空的三角，恰形成熏炉气孔。在近盖沿处，基本等距离分贴三个竖立的长方形小泥片。盖钮为鸟形，仰首、展翅、翘尾。口径 10 厘米、底径 5.5 厘米、通高 10.2 厘米。

熏炉盖钮制成鸟形，在熏炉制作中是一个传统，别具特色，在汉晋之际尤为流行。但熏炉盖钮为何用鸟装饰，少有论者。窃以为，鸟纹是中国古代历史悠久的传统纹样。早在距今约七千年的河姆渡文化时期，就有“双鸟舁日”纹样的出现。在红山文化、大汶口文化、良渚文化等原始文化中，亦是常见的装饰题材。东部地区在我国古代泛称为东夷，东夷族普遍存在崇鸟习俗。进入青铜时代，鸟纹又成为装饰纹样中的一个大类。而以鸟的造型作为盖钮，在东周时期的青铜器中已较为常见。其中最出名的有河南新郑出土的春秋时期莲鹤方壶，在如莲瓣盛开的器盖顶端中间，一只鹤鸟翩然而立。温岭出土的硬陶熏炉炉盖可说是继承了这种造型传统。而且，当熏炉腹内焚香时，袅袅香烟从镂空的气孔中散出，缭绕于炉体四周，香云浮动，瑞气蒸腾，宛如仙境，配以鸟这种云中精灵，真是最适宜不过了。再加上在鸟信仰中，鸟与太阳有关，太阳又与火有关，而熏炉又与火相关，把鸟与熏炉联系起来，也是水到渠成的。

至于西汉早期，熏炉用什么香料，我们可以参照长沙马王堆汉墓所出。墓中出土的陶熏炉内盛有高良姜、香茅、藁本、辛夷等香草。高良姜为姜科多年生草本植物良姜的根茎，其性热味辛，能温中散寒，行气止痛，其所含挥发油不但气味芳香，而且有抗血栓的功效。香茅性温，味辛、甘，能疏风祛寒，温中止痛，其所含挥发性的茅香油对真菌等有抑制或杀灭作用。藁本又名野芹菜，性温味辛，能发表散寒，祛风胜湿，止痛。辛夷又名木笔花，为木兰科落叶乔木植物玉兰等的花蕾，性温味辛，能散风邪，通鼻窍，含挥发油较多，气味特别芳香，辛夷还能扩张微血管，改善局部血液循环，降低血压，并有较好的抗过敏、抗炎、抗菌作用。从这些中药的性味功效来看，主要有以下几种作用：一是改善室内空气，使空气变得清新芳香；二是杀菌消毒，祛湿除秽；三是镇静安神，有利于休息和睡眠。熏香对于改善卫生条件、提高生活质量无疑很有好处。

熏炉香飘，既馨且逸。中国香文化源远流长，是珍贵的遗产。温岭出土的这件熏炉，为我们了解早期香具、用香区域提供了难得的资料，是香史的重要物证。而其中所反映的古人对品质生活的热爱与孜孜追求，也让人越千年而悠然会心。

# 话说谷仓明器

在中国古代墓葬中，经常发掘到一些“微缩型”的陶瓷房屋、灶、壶、罐、盘等器物。这些器物，都不是在现实生活中使用的，而是特为死者烧制的专用于陪葬的用品，即明器。在这些明器中，有一种通常被称为谷仓的。在各地出土的谷仓明器中，曾发现残存的谷类或刻铭，可证实其用途。

古人有“事死如事生”的观念，人们相信人死后会在另一个世界继续生活，也像活人一样有各种需求，希望人死后，照样能够享受到活着时所享受的一切。民以食为天，粮食一直被视为人生第一重要之物资，是人类赖以生存的必需品。在古代，生活富裕的首要标志就是粮食盈仓。那么，随葬为墓主人贮放粮食的谷仓明器，也就自然而然了。

谷仓明器的发展演变，在不同时代、不同地区产生了不同的形象，极为丰富多彩。唐宋时期流行一种多角瓶。多角瓶又称五角瓶，其造型为上小下大的多级塔式器身，每级装饰多个圆锥角。吴地方言中“角”与“谷”音近，“五角”“多角”象征着“五谷”“多谷”，江浙一带民间取其“五谷丰登”的吉祥之意。浙江嵊州曾出土了一件贴花龟纹多角瓶。瓶身像双节葫芦，口微侈，短颈，上下腹各装五个尖头角，上下交错排列，肩部饰一做奋力攀爬状的乌龟。到了宋代，多角瓶仍保留了前期形式，风格则渐趋简朴。其中，既有器身层次较多且明显，嘴角较突起的多角瓶；也有器身以弦纹来表示层次，嘴角缩小的多角瓶。其发展渐渐趋向于抽象简单，呈台阶式的多级塔式器身被自上而下的数条弦纹所代替，翘起的角也大大缩小，甚至成为扁圆的钮式或点式。这种多角瓶也有带盖的，温州曾出土过。有一件盖面做四角起翘，正中设一小鸟；另一件盖面做五角起翘，其间划有不规整的斜格纹做瓦片。福建地区这种器物的盖则常做莲花形宝顶式。此外，还有笠帽形盖等。

与多角瓶有异曲同工之妙的是多管瓶。多管瓶又称五管瓶，主要流行于宋，因瓶肩部各面分布着直立的多棱形或圆形管而得名。有五管、六管、十管、十五管等多种制式，以五管为多见。南北均有烧制，以浙江省龙泉窑烧制的较多，也最为出名。“管”与“谷”亦近谐音，亦寓五谷丰登之意。龙泉博物馆收藏有一件五管瓶，盖内墨书“张氏五娘五谷仓柜上应天宫下应地中荫子益孙长命富贵”，说明了五管瓶的功用。其间意思，与吴永安三年(260)青釉谷仓罐龟趺碑上的刻铭相照，可谓越千年而一脉相承。五管瓶多制作精良。龙泉博物馆有一件五管瓶的代表作，是 1976 年在龙泉市查田镇墩头村出土的。灰白胎，施淡青釉，釉色温润。造型典雅，纹饰精美。瓶盖分层处理，上层为荷叶衬托的花蕾形盖顶；中层为半浮雕状覆莲瓣纹，莲角外翘，上托池塘，塘内堆塑四只戏水鸭，其中两只嘴衔小鱼，另两只在觅食，栩栩如生；其下为盖口。瓶直口、折肩、深腹，肩缘有荷茎状五管，管端犹如花蕾，管下贴一圈水波纹，瓶腹装饰着半浮雕状的覆莲纹和变形如意云纹。

模型式谷仓罐是谷仓明器的另一大类。它的特点是直接模仿谷仓建筑形式。宋代的模型式谷仓罐，有一个明显的特征，就是仓门刻画层板，常自下而上分别刻写数字，以示谷仓层数。这里介绍一件浙江温岭出土的宋代谷仓罐。此谷仓罐高 16.7 厘米，口径 8.7 厘米，底径 7.8 厘米。灰白胎，胎质坚硬，施青釉，施釉不规则，有酱黄色块斑。直口，平肩，平底。腹部呈筒状，下腹微内敛。正面以双阴线刻出长方形仓门，上部两端微微翘起。其间刻五条细横线表示层板，自下而上分别书写一、二、三、四、五、六，以示谷仓层数。这种谷仓罐分布比较广泛，除浙江、江西外，福建等地亦多有出土。由于时间及产地的不同，呈现出多姿多彩的风貌。谷仓罐多有盖，盖的形态也很丰富，有两层顶盖式、斗笠盖式、歇山顶式、四坡顶式等。

谷仓明器的盛行不衰，是中华民族农本思想的体现。中华民族向来重视粮食，只有五谷丰登才能丰衣足食、安居乐业、生活幸福、人民安定，而民安方能国泰。谷仓明器在持续千年的发展历程中，积淀了丰富的内涵，提供了广泛的信息，在陶瓷工艺、经济文化、宗教信仰、民间习俗等方面皆有重要的研究价值。

## 虎子趣话

虎子是汉以来到南北朝时各地出土较多的一种瓷器。但有关虎子的功用说法不一，曾有人认为虎子是一种盛水器或者酒器，但更多的人接受虎子是亵器，也即溺器、溲器、清器的说法。实际上，古文献有关虎子的记载颇多，皆言虎子为亵器之属。《周礼·天官·玉府》云："（玉府）掌王之燕服、衽席、床笫及亵器。"郑玄注引郑司农（东汉郑众）云："亵器，清器，虎子之属。"这说明，汉代的虎子正是亵器。对于虎子的明确记载，以西汉末年刘歆原作的《西京杂记》为最早。《西京杂记》卷四有"玉虎子"一则云："汉朝以玉为虎子，以为便器，使侍中执立，行幸以从。"

那么，溺器为什么要做成伏虎形呢？似为取其辟邪、祈福之意。汉人认为虎可辟邪，东汉应劭《风俗通义·祀典》云："虎者，阳物，百兽之长也。能执搏挫锐，噬食鬼魅。今人卒得恶遇，烧虎皮饮之，系其爪，亦能辟恶，此其验也。"

虎子通常用青瓷制作，各地出土虎子多为此类。其实西汉曾用铜铸虎子，造型简单。东汉时才出现了陶虎子，口部饰有虎首，腹部划出虎纹。三国时期，虎子呈圆筒形，虎形装饰部位基本上不在口部，而在提梁。从西晋开始，口部堆贴虎头的装饰逐渐盛行，腰部收小，两胁刻画飞翼。东晋、南北朝时的虎子，已很少有虎形装饰了，多盛行圆形虎子。唐时为了避唐高祖李渊的祖父李虎之讳，遂改称虎子为"兽子"或"厕马子"。

温岭文物部门藏有一件西晋虎子。高 20 厘米，口径 6 厘米，横长 27.5 厘米。圆口平唇，器身呈卧虎形，头上扬，堆塑眉、眼、耳、鼻。四肢盘曲，两胁阴刻羽翼纹。背脊上的提梁刻画斜线。整器做一伏虎状，造型非常逼真，细节刻画一丝不苟，形体则健美浑圆，稳重安泰，把细腻的装饰与雄健的造型有机地结合起来，给人以视觉上的美感。此器灰色胎，施淡青釉，呈色稳定。可以说，西晋时期的虎子是历代虎子制作中艺术性最佳的。

虎子是溺器，听起来有些不雅，但虎子并不因此而丧失其文化的内涵，古人亦并不因此而放弃对它的审美要求。日本民艺学家柳宗悦曾说："工艺文化有可能是被丢掉的正统文化。原因就是离开了工艺就没有我们的生活……因此，如果工艺是贫弱的，生活也将空虚……"由虎子想起这段话，是题外之意，也当是题内之旨吧。

# 米芾南唐研山的温岭缘

2002年12月，流失海外多年的北宋大书法家米芾杰作《研山铭》在北京以2999万元拍卖成功，成为我国所设“重点文物征集专项经费”购回的首件文物，也创下了当时中国艺术品拍卖的世界纪录。米芾南唐研山重新引起了人们的关注。

米芾（1051—1107），中国北宋书法家，画家，书画理论家。初名黻，后改芾，字元章，号襄阳漫士、海岳外史等。祖籍山西，迁居襄阳，有“米襄阳”之称。曾官礼部员外郎，因南宫是礼部的别称，世称“米南宫”。善诗，工书法，擅篆、隶、楷、行、草等书体，长于临摹古人书法，达到乱真的程度。与苏轼、黄庭坚、蔡襄并称宋代四大书法家。苏轼称他书法“风樯阵马，沉着痛快，当与钟、王并行”。其书体肃散奔放，又严于法度。其书法自宋代以来，为后世所景仰。

米芾天资高迈、人物萧散，有石癖砚癖，遇石称“兄”，膜拜不已，举止被视为癫狂，因而人称“米癫”。米芾把砚看得像自己的头颅一样重要。宋人记载宋徽宗召米芾写字，米芾看到皇帝桌上有名砚，米芾一写完字，就抱上砚台跪请曰：“此砚经臣濡染，不可复以进御，取进止。”请求皇帝把砚台赐给他，皇帝答应了他，他便急着把砚台抱回，连衣服都染黑了。

研山，一作砚山，是一种天然峰峦形成的砚石，既可作为文房清供，又能用于临池研墨。嗜砚的米芾对研山极为重视，史载米芾曾得一研山而抱眠三日。米芾所藏研山中，最为著名的就是传为南唐后主李煜原藏的南唐研山。关于南唐研山，史料中有“宝晋斋研山”和“海岳庵研山”的名目，说法很多。

据宋代周密《志雅堂杂钞》所记，南唐研山“闻今在台州一大家戴氏，极珍秘，不可见矣”。不意，文中“台州一大家戴氏”，却原来就在温岭（温岭属台州）。

《嘉庆太平县志》对此有一番详细的记载：“研山，本米海岳物。石出灵璧山。《秋宜集》（揭傒斯著作）谓其大不盈尺，高半之，中隔绝涧，前后五十五峰，东南飞磴横出，方平可一寸许，凿以为研，号为研山。先在南唐宫中，元章得之，刻诗其下，以易苏仲容宅者。后归邑南塘戴运使觉民，旋又归其族。贾秋壑（贾似道号）求之弗与。携持兵乱间寝食与俱，乃获全。太乙崇福宫张真人惟一，本戴氏子，取以入都，公卿传玩争赋诗。赵孟頫《张秋泉真人所藏研山诗》：‘泰山亦一拳石多，势雄齐鲁青巍峨。此石却是小岱岳，峰峦无数生坡陀。千岩万壑来几上，中有绝涧横天河。粤从混沌元气判，自然凝结非镌磨。人间奇物不易得，一见大叫争摩挲。米公平生好奇者，大书深刻无差讹。旁有小研天所造，仰受笔墨如圆荷。我欲为君书道德，但愿此石不用鹅。巧偷豪夺古来有，问君此意当如何？’揭傒斯《研山歌》：‘何年灵璧一拳石，五十五峰不盈尺。峰峰相向如削铁，祝融紫盖前后列。东南一泓尤可爱，白昼玄云生霮䨴。在唐已著群玉赋，入宋更受元章拜。天台濒洞云海连，戴氏藏之余百年。护持不涴权贵手，离乱独与身俱全。帝旁仙人乘紫霞，尺书招之若还家。阴崖洞壑何谽谺，宛转细路通褒斜。昆仑蓬岛与方壶，坐卧相对神仙居。硬黄从写《黄庭》帖，汗青或钞《鸿宝》书。秦淮咽咽金陵道，此物幸不随秋草。愿君谷神长不老，净几明窗永相保。’”

据《嘉庆太平县志卷之十一下·人物志二》载，戴觉民，“字希尹，南塘人，景定三年进士，授两浙添差干官，转国史检阅、浙西提举，除礼部郎中兼军器大监。厄于贾师宪（贾似道字），不得有所建白。德祐元年，以直秘阁权知平江府，召赴行在，旋辞归。觉民精洽史传，风雅倾一时”。

而据《嘉庆太平县志卷之十八·杂志》载，张惟一，“号秋泉，本姓戴，南塘人，世业儒。秋泉慨然有出世志。工诗及画兰。游燕京，赵松雪（赵孟頫号）、揭曼硕（揭傒斯字）皆与往来唱和。由昭瑞宫提点授全德靖明宏道真人、太乙宫提点”。

从上述记载看来，研山在南宋时流入温岭戴觉民手中，入元后传到戴氏后人张惟一手中，为赵孟頫、揭傒斯所吟咏。米芾南唐研山，身世传奇，这传奇的一段，不意竟书写于温岭，也是奇缘了，特记之。

# 温岭石像生

参观古代帝王陵墓，常可见墓道两侧两列高大精美的石人、石兽，绵延在墓前，如长长的仪仗队，气势非凡，为陵墓平添几多威严。这些墓前安设的石人、石兽，统称石像生。在墓道两侧放置石像生，是从秦汉沿袭下来的墓仪礼制。高级官吏墓前，通常在两侧成对安设石马、石羊、石虎、石人等，是墓主身份等级地位的体现，也有驱邪、镇墓的含义。

在墓前放置石人，起源于秦代。石人又称石翁仲。翁仲系一人名。相传秦代有位大将，名叫阮翁仲，身材高大，力大无比，异于常人。秦始皇统一六国时，命阮翁仲率兵守临洮。翁仲多次击退外族的侵犯，威震夷狄。翁仲死后，秦始皇特制翁仲铜像，立于咸阳宫司马门外，以做纪念。匈奴人来到咸阳，见了铜人，竟以为是活着的阮翁仲，就逃跑了。以后的帝王纷纷仿效，相沿成习。秦汉以后，翁仲像逐渐改用石头雕刻，称为石翁仲。时移世易，朝代兴替，石翁仲随之兴废，常引发诗人的感怀，唐代大诗人柳宗元《衡阳与梦得分路赠别》诗中就有“伏波故道风烟在，翁仲遗墟草树平”句。

在墓前放置石兽，最早的实例是汉代霍去病墓。霍去病是西汉武帝时的名将，战功显赫，深受武帝喜爱。但霍去病英年早逝，24 岁便撒手西归。汉武帝在惋惜之余，为了表彰霍去病的战功，特为之修筑了一座形如祁连山的巨大墓冢，寓意其生前在祁连山一带战无不胜，威震匈奴，并在墓前布置了各种巨形石雕作为装饰。这在西汉时期的墓葬中，是一个特例。陵墓石雕有立马、卧马、跃马、卧虎、卧象、卧牛等十数件，根据原石自然形态，依石拟形稍加雕琢，以神取胜，浑厚豪迈，简练传神。

秦汉以后，墓前用石人石兽装饰被沿用下来，经久不衰。唐宋时形成了严格的制度，到明代规矩最多。根据《明会典》的规定，只有五品以上的官员才能在墓前设立石像生，而且根据品级不同有所区别。温岭在宋明之时，出现了一批著名高官，如王居安、赵大佑、谢铎等，有资格在墓前立石像生，温岭遂留下了一批石像生。由于时代变迁，“文革”破坏，温岭保存的石像生，已为数不多，以石羊、石虎为主，石人目前仅发现一个，石马未见。

仅存的一个石人，发现于温岭市温峤镇。据当地百姓所言，这批石像生原为附近大岭坦一座墓所有，该墓早年间已被破坏，墓前石像生亦有遗失，剩下一个石人、一个石羊、一个石虎。石人为武将形象，比例适度，身高 2.2 米，身宽 0.75 米，身厚 0.60 米，浓眉，大眼，须短而稀，面容丰润，体态安详，头戴盔，身披甲，双手交叉于胸前握剑，剑拄地，衣纹刻画细腻，线条流畅生动，其中甲纹刻画尤其精细，每一片都清清楚楚，盔部、身部、手部、剑部略有损伤。石羊连基座高 0.90 米，身宽 0.40 米，身长 0.75 米，呈跪卧状，羊角卷曲，姿态温顺可爱，眼部、背部略有损伤。石虎连基座高 1.14 米，身宽 0.51 米，身长 0.96 米，做蹲状，昂首鼓腹，前腿直立，后腿蹲地，曲尾，身上斑纹清晰，气势威猛，石虎面部损伤较厉害。

石像生除大岭坦墓前所出之外，王居安墓前、赵大佑墓前等皆有所出。王居安（约 1168—1230），字资道，号方岩。天才英敏，下笔千言。20 岁中进士，廷试第三名，曾任徽州推官、右司谏等职，后官至工部侍郎、龙图阁直学士、大中大夫，卒赠少保。一生光明磊落，勇于直谏，《宋史》称他：“扫除群邪，以匡王国，其志壮哉。”为文明白晓畅，诗尤旷达，著有《方岩集》。王居安墓在大溪西岙，墓前石像生原有文臣武将、石马、石虎、石羊等。在“文化大革命”时，这些石像生多被化作石料砌墙，现仅存圆雕石羊1对，石虎1只。石羊跪卧式，连基座高0.86米，身长0.78米，羊角卷曲，向后披拂，羊须被破坏，仅有痕迹可辨，神态安详，线条柔和，惹人喜欢。石虎呈后腿蹲地、前肢站立状，连基座高0.99米，身宽0.42米，身长1.21米，尾巴盘曲，张口露齿，眼如铜铃，虎视眈眈，威猛至极。石羊与石虎均为青石制作。

赵大佑(1510—1569)，字世胤，号方崖，明黄岩冠屿(今属温岭市)人。嘉靖十四年(1535)进士，授凤阳推官。赵为官清正，调任广东道监察御史巡按贵州时，宣慰使安万铨行为不法，赵捕杀其同党张仁、李木。巡抚刘某受安贿赂，威逼赵。赵笑道："人臣苟利社稷，死生以之，吾何爱一身哉！"安知赵不可动摇，只得穿囚衣服罪。为刑部侍郎时，秉公执法，得罪严嵩，贬官二秩，后复起用为刑部尚书。官终南京兵部尚书。赵善书法，有晋人风骨。诗文温雅俊爽，有《燕石集》。赵大佑墓前现存石虎1对。石虎原在白山马嘴山，1968年迁至大溪镇桥里村九龟山麓，今筑亭保护。石虎雌雄1对，都做蹲状，昂首鼓腹，前腿直立，后腿蹲地，曲尾。雄虎张口露齿，连基座高1.33米，身宽0.48米，身长0.97米。雌虎紧闭双唇，连基座高1.3米，身宽0.47米，身长0.97米。造型生动，线条遒劲，身上斑纹清晰，虎视眈眈，气势威猛。

这些石像生，为研究古代职官制度、墓葬制度、石刻艺术等提供了重要的资料和依据。它们与地方名人息息相关。昔人已逝，留下了这些石像生，让人追怀。

# 花开别枝的温岭石窗

如果说眼睛是心灵的窗户，那么窗户就是古典建筑的眼睛。作为建筑中与人接触最多的构件，也就成为装饰的重点，换言之，也就成为艺术表现的重点，诚如世界著名建筑大师贝聿铭所说，中国的窗子不仅有着实用性，更是一门艺术，一种文化。

窗在汉代明器中已有多种样式，如直棂、卧棂、斜格、套环等，但唐以前仍以直棂窗为主，比较朴实。宋以后，随着手工业工艺水平的不断提高和建筑装修的日益讲究，窗的艺术迅速发展，窗的样式多不胜数。各地工匠因地制宜，在祖辈相传手艺的基础上，加上自己的灵感，不断创新，在时空的流转中演绎出多姿多彩的窗之画卷。窗的材质以木为主，然而明清之际，石窗艺术却花开别枝，在江南一带兴起，为窗之家族添上了绚丽的一笔。

石窗又称石花窗、石漏窗，一个"花"字，让人对它的艺术性浮想联翩；一个"漏"字，又让人对其通风、透气、采光等的实用性管窥一斑。中国古典建筑，往往是审美与实用并具的，石窗即是其中的典范。

任何民间艺术都受其独特的地理环境影响，石窗也不例外。温岭是沿海地区，多雨、多台风，一般的木质窗户在温岭地区极易腐烂变质，石窗在避雨防腐方面有着木窗不可替代的优势。在防火、防盗等方面也比木窗实用。而温岭又是多山的丘陵地区，有着丰富的石材，石材的开采与雕刻，有着悠久的历史。所谓"黄岩蜜橘雁荡松，太平（温岭旧名太平县）石工天台钟"，温岭自古产石，石雕的能工巧匠也是远近闻名，据《嘉靖太平县志》载：长屿“产石，堪为桥梁柱础……”，“长屿石仓山有攻石之工”。所有这些条件，使温岭大地盛开了一朵绚丽的建筑之花——石窗。

石窗最多的是用在外墙面的下半部分，偶尔有些内墙面也用石窗，但较少。石窗多单独制作镶嵌，有些地方外墙下半部分常常以整块石板制作，石窗就有在石墙上直接雕刻的。一窗一景，景景不同，给单调的墙面平添了几许生气。

石窗外形以长方形为最多，长方形一般以直式为多。石窗的图案变化多端，有纯几何纹样组成的图案，有吉祥字符组成的图案，有自然纹样组成的图案，也有各种纹样相结合的图案，或朴实大方，或精致华美。每一种图案又各有寓意，并与传统的伦理道德、宗教信仰、生活方式、民俗风情等有着千丝万缕的联系。长屿硐天内的“石文化长廊”搜集了近百面温岭石窗，使温岭石窗艺术得窥一斑。今择其典型者简介之。

“卐”（音万）字窗。“卐”字原本不是汉字，而是古代一种符咒、护符或宗教标志，被认为是太阳或火的象征，在佛教中意为“吉祥之所集”，是佛祖释迦牟尼胸部所现的瑞相。“卐”字很早就流入中国，唐武则天时规定读作万字。“卐”字作为吉祥幸福的象征，为民间所喜闻乐见，石窗雕此图案极为广泛，变化也多。有单“卐”字的，有双“卐”字的，有四“卐”字的，有五“卐”字的，或正交，或斜交。民间有“卐”字不断头的说法，取福德吉祥绵绵不断的意思，所以纹样往往连续不断，极富装饰意味。

“寿”字窗。寿是人们吉祥观念中最重要的主题。据《尚书·洪范》载：“五福：一曰寿，二曰富，三曰康宁，四曰攸好德，五曰考终命。”中国传统观念的“五福”，寿排第一。对寿的重视，也反映在石窗上，“寿”字窗在石窗中占有相当的比例。寿的文字图案，变化最繁，有成百上千种变化，已不是一般的汉字，而是被图案化、艺术化了的汉字，变成了吉祥符。“寿”字窗往往用几何线条组成几何寿字，或在中间做圆形团寿字，周围环以几何线条。

禄、喜等吉祥文字窗。除了“寿”字外，“禄”“喜”等吉祥文字也成为装饰主题。如禄字窗，用几何线条构成一个大楷禄字，工整雄健。

宝瓶窗。宝瓶是佛教八宝之一，是佛说福智圆满，具完无漏之物。又，瓶与“平”谐音，寓“平安”之意，也为民间所喜闻乐用。宝瓶窗通常在中间用曲线或折线勾勒出宝瓶的轮廓，再用几何线条填充成适合纹样。

古钱窗。古钱即圆形方孔的铜钱，意为“外法天，内法地”，起源于战国晚期，秦始皇以此为准统一货币，一直沿用了2000多年，是财富的象征。古钱又称为泉，泉与“全”音同，寓意着完备、圆满，吻合了人们求全求备的心理。古钱窗古钱枚数不一，多连环相套，或排成一行，或上下对称排列。

寿桃窗。“桃”有“仙桃”“寿桃”之称，被认为是长寿延年之物，传说王母娘娘瑶池所植蟠桃，食一枚可以增寿600年。寿桃窗常在中间雕一桃形，也可作两桃上下对称，和几何线条穿插在一起，图案化意味很浓。

狮子衔剑窗。狮乃百兽之王，因其在百兽中的地位，也就成了威武与力量、权势与富贵的象征，被认为可辟邪护福。狮又与“事”谐音，狮子配以钱纹则为“财事”，有财事不断、财源广进之意。剑，与“吉”谐音，有祈求万事吉祥之意。狮子衔剑窗，是温岭石窗中的精品之作，它用简单的线条抽象出狮子的形态，栩栩如生。头部重点突出，占据了画面的大部分空间，圆睁的双目，衔剑的大口，翕张的鼻孔，都用简练的笔法雕出。身躯简化，以起伏变化的线条略加示意。卷曲的狮毛以类似团花的方式进行点缀。狮子的头微微倾斜，动态的美感牢牢地吸引了人们的视线。边角配以古钱、蝙蝠、梅花等吉祥图案，使画面更加丰富多彩。简洁舒朗、繁简得宜、主次分明，粗犷中不失精致的狮子衔剑窗，表现了温岭石雕匠人高超的概括能力与创造能力。

温岭石窗在制作过程中把实用性与艺术性巧妙地结合在一起，平板的墙面有了它，增添了无尽的生气和变化。石窗成了民居中一道灿烂的风景线，一窗一景，景景不同，让人回味无穷。它们凝聚着历史文化的深刻内涵，反映了劳动人民对幸福和美好生活的追求和向往。石窗虽小，也是宝贵的历史文化遗产，值得我们好好珍惜。

# 风土掠影

## 上王大灯——会行走的龙凤塔灯

正月十五元宵节是春节最后的高潮。元宵的高潮则是灿烂的花灯。花灯相传始于西汉，历代相承，在时间的长河里演化，不同民族不同地域有着各自不同的故事，成为民俗文化中最亮丽最温暖的篇章。浙江省温岭市石桥头镇上王村会行走的龙凤塔灯，就谱写了这个篇章中最宏伟、最独特的一笔。

### 历史源流

龙凤塔灯的源起，是民间智慧的一次碰撞与合作。相传旧时石桥头镇一个叫下宅金的地方，有个太公创制了一盏六角形的塔灯，秀伟别致。邻近的上王村太公慕名观灯后，叹息道："可惜，可惜，这么漂亮的灯如果能走动，那该多好？"下宅金太公听后，说："老兄弟做的大灯若能走，我就将这盏灯送给你做陪衬凑成对。"上王太公连忙为自己的一时失言致歉，但下宅金太公真心诚意地预祝上王太公能研制成功。

梦想既然已经发了芽，就无法抗拒它的召唤。上王太公回家后，日夜琢磨，并动员子孙筹措钱物，邀请工匠，终于在这年冬天做成了八角形能走的大灯。下宅金太公获悉，敲锣打鼓地将自己的六角形大灯送到上王。从此民间便有六角为雄、八角为雌的说法。后来，人们在六角形塔灯最高一层的灯面上绘上象征男性的龙，俗称为男灯；在八角形塔灯最高一层的灯面上绘上象征女性的凤，俗称为女灯。

按民间说法，塔灯始于康熙二十年(1681)，距今已有300多年的历史了。每次迎大灯，都要在正月十四至十六连续进行三晚。是时，号炮三声，鸣锣开道。家家户户都在门口张挂起各式小灯，有白鹤灯、蝴蝶灯、白兔灯、榔头灯等，尤以榔头灯最为普遍，以示迎接大灯。在大灯巡游时，一边放爆竹，一边放流星。观者如堵，热闹异常，台州地区各县市都有人慕名而来。民间歌谣形容："上王桥头迎大灯，肖家桥头放流星，下王桥头芥菜剥干筋(意为人们看灯回家剥菜煮夜宵吃，把菜都剥完了，剥得连筋都干巴巴了)，杨家桥头姑娘无处寻。"

"文革"期间，两只大灯灯架被毁坏，"迎大灯"活动遂在岁月里沉默了。2003年元宵节前，上王村里几位老者凭着记忆，一点一滴地复原了大灯的祖传样式，用数月时间，重新制作了两盏龙凤大灯。阔别村民近50年的大灯，重放光芒。

2006年元宵，村民们又集资制作了两盏高达16.38米的巨型塔灯，这比北京朝阳公园2006年春节大型文化灯会中规模最大的一组花灯"和谐中华"(15.8米高)，还要高大。塔灯举世罕匹的丰姿，吸引了中央电视台，并连续播放了有关新闻。

## 形制结构

塔灯既以"塔"名灯，它的形制结构也就处处仿塔，俨然就是一座纸扎的楼阁式塔。中国佛塔"尚奇"，其层数绝大多数为奇数，从一层、三层、五层到十七层不等。灯共九层，亦取佛塔"尚奇"之意。佛塔的平面则多取偶数，平面为正方形、正六边形、正八边形、正十二边形的塔，依次分别象征佛教教义的"四圣谛""六道轮回""八正道""十二因缘"。灯的平面则取其中最为常见的正六边形与正八边形。我国最早建造木塔，为使塔体稳定，在塔的中心部位竖立一个上下贯通的柱子，称为"塔心柱"。为了使灯体稳定，灯的中心亦有一根巨大的钢管上下贯通。楼阁式塔的第一层一般由台基、楼身、檐部三部分组成。从第二层开始，每一层则一般分为四个部分：平座的支承层、平座、楼身、檐部。灯亦如此。其台基单独制作，由巨木构成井字台。竖灯时才把灯移放到灯台上。灯台与第一层灯檐之间裹以红布，就形成了第一层灯身。灯从第二层开始，每一层亦分为四个部分：第一部分每面为梯形，正是斗拱或叠涩等构成的平座支承层的简化。第二部分每一面为长方形，正是平座栏杆的简化。第三部分往内略为缩进，高度较高，正是楼身的象征。第四部分如伞如盖，则是塔檐的象形。灯顶部由上下相连的两个圆球和一层莲花组成，则是宝珠式塔刹的变化。灯的每一个转角缀以彩球，又是塔铃的示意。显然，上王大灯就是佛塔的演绎。它的创制，有着深厚的宗教情结，与民众赏灯祈福的愿望息息相关。

## 制作工艺

上王大灯骨架选用耐火的杠竹扎制，以薄宣纸糊底，再以书法、绘画、凿纸等装饰，简直就是一件巨大的工艺品。灯面上书写着各式对联，洋溢着对大灯的自豪之情，如：欣看村境琼楼绣，灯会台州第一娇；神仙斗法花窗内，六十四人抬鞠腰；庆贺元宵灯会开，精英宿将跃灯台；每盏花灯六丈高，人流似海涌波涛；太空游戏由人愿，王氏迎灯遵祖训……谁说乡间没有锦绣文章呢，字字来自真心，句句都是热情，还有着鲜明的时代感，让人读来不由会心一笑。灯面上的绘画是乡间的漆匠画的，别瞧不起他们，他们也能画得栩栩如生：飞腾的龙，翱翔的凤，眉目生动的八仙，姿态各异的梅兰竹菊，流畅明快的山山水水……五花八门的凿纸更是令人眼花缭乱。凿纸以红、绿为主，色调单纯古朴。形状或方或圆或依物象形，变化多端。而其内容之丰富与有趣，更是让人兴致盎然。寓意吉祥的纹饰自然是其中的主角：莲花鱼池图表示连年有余；鲤鱼跳龙门表示时来运转、前程远大；喜鹊登梅表示喜气临门、好运到来；蝙蝠寓意“福”；鸡寓意“吉”；羊寓意“祥”；葫芦象征“福禄双全”；

蝙蝠与寿组合象征福寿双全；财神象征财源广进……有意思的是，反映村民们衣食住行及日常生活的种种事物也被采撷到纸上：帽子、水壶、牙膏、牙刷、电话、电视机、吹风机、皮箱、笔、吉他、喇叭、汽车、船、瓜果鱼虫……浓郁的生活气息汹涌而来。就连米老鼠、小天使等西方文化的产物，也被村民们与时俱进地运用。天真活泼、质朴丰润、想象丰富、刀随人意的凿纸，正是村民的心灵之象，投射着民间的艺术灵性，让人深深感动，直欲为之浮一大白。为了充分表达祈福迎祥的心愿，村民们还在灯身上贴各种吉语纸条，如：门进百福、五福临门、祥光满室、五谷丰登、年逢大有、风调雨顺、三阳开泰、万象更新、梅开春色、兰室春和等等。一盏灯，就是一本愿望大全，携着幸福铿锵而来。

## 迎灯活动

龙凤塔灯因其体型巨大，制作时不可能直立，所以是横躺着制作的。制作场地在村子的迎灯庙前，为了防止风吹雨打，搭了帐篷遮罩。经过二十余人约两个半月的辛勤劳作，花灯完成了。

选择元宵节前的一个吉日，先把灯从迎灯庙前请到将要立灯之处。是日，锣鼓队开道，鞭炮齐放，七八十个精壮大汉抬着两座花灯出发了。花灯立起来是一座塔，倒下去是一条龙。游走在冬日空旷田野的花灯，便是蛟龙出海了。旷野上搭置了帐篷，花灯就暂时停放在那儿。

正月十四下午 2 时 30 分左右，横躺在篷内的花灯被抬到已安放在田野的灯台旁，众人齐心协力，对准位置，掌握平衡，稳稳地把花灯竖立起来。田野上空，四个氢气球下条幅高悬：“三百多载历史文化遗产重放光彩，五千余年文明古国欣欣向荣”“国富民强风调雨顺闹闹热热庆元宵，社会和谐五谷丰登开开心心过佳节”，一派喜庆气象。晚上 6 时左右，亮灯了，绚丽的灯光明烛夜空，花团锦簇，灿烂辉煌，蔚为壮观，引得观者一阵惊叹。四乡八村的百姓越聚越多，田野里已是黑压压一片。突然人潮一阵涌动，锣鼓声鞭炮声喧闹了起来，原来是迎送塔灯的荷花灯队到了。灯队由锣鼓队开道，两人分扛书写着“风调雨顺”“财源广进”的方牌随后，接着是一匹红色纸马灯，一盏硕大的荷花灯殿后。人们正围着精美的荷花灯看得津津有味，舞龙队又到了，且行且舞，绕灯翻腾，矫健的身姿赢得阵阵喝彩。

但这一切都仅仅是铺垫，高潮在晚7时到来。“一、二、三，起！”随着三声炮响，80余名大汉分成两组，分别扛着两盏塔灯徐徐移动。每盏灯两边各有12人抬杠，四角拉撩风绳（一种斜拉以稳固中心物件用的绳子）维持平衡的12人，还有候补者数人。大灯且走且停，巡游在田野里，人们笑着，闹着，大灯游到哪，哪里就异常热闹。为了助兴添喜，中途还让两名古装的童男童女坐上了灯台。大灯每盏重达1000多千克，扛者非常吃力，但兴起之时，却做起了颠灯的动作，诱出阵阵欢呼。舞龙队唱起了《赞龙调》：“看我龙尾弯又弯，吕布大战虎牢关；看我龙身长又长，义重如山关云长，千里迢迢送皇嫂……”此情此景，人醉了，灯也醉了，醉在这万众同庆的喜悦里。鞭炮、烟花也来凑热闹，震天地响、漫天地亮，燃放沸腾的热情。摄像机、照相机、拍照手机则如饥似渴，要把美好的一切留住。

花灯的制作迎游需耗费巨大的人力、物力、财力，全由民间筹措，组织不易，今得睹丰姿，何其幸，特记之。

# 清明柳俗

少年之时，去学校的路旁，栽着两排柳树。少年心性，爱玩爱美，不免折下柳枝编成柳圈，戴在头上，自以为是天下最美的冠冕。柳花飞时，软软黄黄的可爱，落在头上，粘在衣上，也不去拂它，任它自来自去。

有了这段往事，后来读到“不知细叶谁裁出，二月春风似剪刀”“沾衣欲湿杏花雨，吹面不寒杨柳风”之类句子，便分外亲切。再后来，知道了柳也有节日，清明之时，即为柳节，此际千家万户戴柳插柳，蔚然成风。而这个风俗牵系着的，竟是一段让人惊心动魄、黯然魂销的历史。

2500多年前的一个春天，太阳暖暖地熏出幽幽的花香，风儿婆娑地和柳枝跳着舞，隐居绵山的介子推醉在了春光里。突然前方出现了一股异常明亮的火光，夹杂着阵阵唤他出来的声音。他的心蓦地一沉，明白这是最后一刻的宁静了。往事不由从脑海里一幕幕掠过：随晋国公子重耳流亡；重耳饿昏，自己割腿肉救主；重耳即位为文公，大封功臣，唯独自己被遗忘；背母隐居绵山；文公终于想起自己，派人相请。往事已矣，心在绵山，自己已拒绝出山，不料文公却烧山来逼。大丈夫威武不能屈，死则死矣，只是母亲又如何呢？正犹豫间，母亲已被这阵势惊动，来到面前。母亲望了望儿子，紧紧地握住了儿子的手，点了点头，一切已在不言中。三天三夜的大火终于熄了，寻找介子推的人们发现，介子推母子抱着一棵柳树已被烧死了。为了纪念介子推，这天就被定为清明节，也称为“柳节”。此后每逢清明，家家杨柳插门，杨柳吐青时，介子推便重新活了一遍。

插柳故事，底色是高逸脱俗的，而戴柳风俗，底色却是人间烟火。清明戴柳之俗始于唐代。《燕京岁时记》云："至清明戴柳者，乃唐玄宗三月三日祓禊于渭水之隅，赐群臣柳圈各一，谓戴之可免虿毒。"免去虫毒，可就是功利的追求了。不过这追求，到底也是可爱的。想象一下，清明之时，人们采摘新柳，或簪柳叶于发际，或戴柳圈于头上，或结柳球于鬓畔，青丝白发，皆是春色满头，岂不动人。

戴柳的另一说法，则说黄巢起义时规定，以"清明为期，戴柳为号"，为纪念黄巢起义，就有了清明戴柳之俗。其实清明柳俗在各地有不同的演化与组合，不同的地方有不同的版本。我的家乡浙江台州地区的版本是这样的：据说，黄巢军队以头戴柳枝为标志。其军快到台州时，派人进府城暗访，通知良民门前都插上柳枝，安心在家。坏人不知此事，则纷纷出逃，被义军追杀。待义军转移后，府官返回，看到穷人门前都插着柳枝，就起了疑心，但大家众口一词地说插柳只是为了驱逐百足虫，府官也没有办法。第二天，大家商量后，真的举行了驱百足虫的活动。此后，清明插柳驱虫遂成风俗。这个版本里，避虫毒与纪念黄巢起义便被组合起来，互相渗透，互相交融了。

插柳戴柳的功能，亦多有衍化。除前述外，最主要的一是辟邪，一是祈寿。清明是中国三大鬼节之一，是百鬼出没讨索之时。受佛教影响，人们认为柳可驱鬼，是"鬼怖木"，观音菩萨就以柳枝蘸水济渡众生。柳可辟邪，自然家家插柳戴柳了。柳树又有强大的生命力，俗话说："无心插柳柳成荫"，戴柳也就成了人们希望具有杨柳的勃勃生机，延年益寿的寄托。杭州有谚云"清明不戴柳，红颜成皓首"，天台民谣则说"戴个麦，活一百；戴个花，活百八；戴花插柳活八百"，都是如此。

清明柳俗，于唐以后风盛不衰，明清时乃至民国遗风犹存。例如宋周密《武林旧事》记载："清明前三日为寒食节，都城人家，皆插柳满檐，虽小坊幽曲，亦青青可爱。"各地古志对此亦多有记载。如台州温岭《嘉靖太平县志》曾载："清明，是日插柳于门，人簪一嫩柳，谓能辟邪。"《嘉庆太平县志》又载：“清明……门前插柳，小儿发辫中亦戴柳球。”

时移世易，儿时上学路上的柳树早已不在，连路也变成了高楼大厦。清明柳俗也慢慢淡出了人们的生活，渐行渐远，渐成隔代。怀想之时，不免生出“伤心桥下春波绿，曾是惊鸿照影来”的喟叹。然而惊鸿毕竟曾经照影，也就不辜负了，就让它在自己的天空里飞过吧。而我愿用手中拙笔为之写影留影，也算是一个纪念的凭证吧。

## 四月初八“牛生日”趣谈

中国长期是农耕社会，在农业生产发展过程中，逐渐形成了一些颇具风味的生产习俗。在农业生产中，牛是最重要的助力，辛勤、忠诚，和农人有着最紧密的联系与最亲密的感情。许多的生产习俗也就与牛息息相关，如立春时举行的迎春大礼，就伴有鞭打春牛的活动。最有意思的是，人们还特意给牛设了一个“牛生日”，牛在这一天，享受一年里最高的待遇。

“牛生日”为农历四月初八。相传古代人间遍地野草，无法耕种，生活艰难。佛生慈悲，向玉皇大帝请求，玉帝遂派天牛在四月初八这一天下凡，帮助人们耕种。人们为了感谢天牛，就把四月初八定为牛生日。此日，在温岭、黄岩、临海等台州各地，任劳任怨，一年四季很少休息的耕牛不再犁作，轻轻松松地休息一天，并享受人们的各种礼遇。在这一天里，人们把牛牵到水边，先给牛舒舒服服地洗个澡。牛角、牛头则被扎上彩布花，打扮得漂漂亮亮的，以示庆贺。这一天里，牛也吃得格外好。人们用黄酒、鸡蛋、糯米、乌枣等喂牛，为牛补力，以备春耕。还有一种特别的食品，称为乌饭麻糍。农家到山上，采集乌饭树的嫩枝叶，洗干净，煮成汤汁，用所煮的汤汁将糯米浸泡一夜，然后捞出蒸炊成饭，捣成麻糍，铺上糖、芝麻，再折切成方形，色泽青亮，叫作“乌饭”或“乌饭麻糍”。“乌饭麻糍”清香可口，也是人们爱吃的食品。据说吃了“乌饭麻糍”，蚊蝇不会叮咬。人牛共食“乌饭麻糍”，成为台州旧时四月初八的一道风景。一直到新中国成立初期，还流行过“牛生日”，随着社会的转型，如今已渐渐衰歇了。

四月初八“牛生日”的传说习俗遍及全国各地各族，大体相同，又依地域而各有特色。浙江丽水地区有一种“抢牛馒头”的风俗。传说在四月初八这一天，天上会有三个半牛馒头落下来。为了让牛抢上牛馒头，农家早早就把牛赶到野地上。仫佬族牛生日来历的民间传说最富诗意：相传古代仫佬先民以锄挖地耕种，非常艰辛。有个叫罗英的姑娘在白银山上用动听的歌声解救了一头蹄子夹在石缝中的野牛，把它带回家中，割嫩草给它吃，唱山歌给它听，并教它耕田犁地。野牛好像也通人性，为了感恩，给仫佬人减轻劳动负担，同时，耕牛也得到了人们的敬重。后来罗英被尊为祖神，她救牛的四月初八就作为牛生日。瑶家牛生日传说的基本脉络和他处相同，也是天牛下凡，但在细节上融入了许多本民族的特色。瑶家传说：“盘古开天，鲁班造墙，禾王送禾，牛王耕田。”盘王登殿，赐瑶人以天下群山，任其砍种。然而，瑶山地区穷山恶水，人们辛勤耕种，仍然朝不保夕。有一年，太白金星下凡察访民情，看到瑶家人生活艰难，于是禀告天庭。玉帝就派禾王送禾到人间，牛王下凡来耕田。自从牛王来到人间后，瑶家人就开始耕田插禾，年年风调雨顺，五谷丰登。为了感谢牛王，瑶家人就把牛王下凡的那天（农历四月初八）作为传统节日——牛生日。四月初八这天，瑶家人最爱护牛。这天，牛息耕歇力，任何人都不准鞭打牛，不准斗牛，更不准杀牛，连骂牛亦不准。家家户户都要给牛梳洗干净，并清洁牛栏，铺换新草，用红纸画上或者剪成符贴在牛栏上，驱邪送瘟，保佑牛的健康。这天，牛吃的东西也格外丰盛。清晨，人们就争先把牛放出去，抢吃露水草。上午，用糯米酒糟煮鸡蛋给牛吃。下午，就用苦参熬泥鳅喂牛，使牛健康长寿。到晚上，瑶家人还要选出最好最强壮的牛来聚会，盛装歌舞，一派节日的欢乐气象。

牛是农家之宝，是农耕文化的象征。人们把爱牛敬牛之心带到四月初八“牛生日”里，演绎出别开生面的牛生日传说风俗，让人怀想。

# 五月十三与温岭的关帝信仰

关帝，俗称关公。关公是我国家喻户晓的人物，名羽，字云长，三国时期蜀国刘备的结义兄弟，是历史上一个著名的武将，其事迹由于小说《三国演义》的渲染而天下皆知。关羽死时，在社会上的影响并不大，到唐代才逐渐受到重视，到了宋代，战祸连年，关公的忠君爱国、英勇善战，使其成为朝廷树立偶像崇拜的最佳人选，于是被广建庙宇供奉。以后各朝也不甘落后，对关公的崇拜愈演愈烈，直至封为“关圣大帝”，成了与孔子并驾齐驱的大神。关帝庙遂遍布中国城乡，其数量之多，分布之广，大概可以称最了。温岭亦是如此。关帝庙曾广设于温岭各地，城关、新河、松门、箬横、泽国、石粘、石桥、大闾等地皆是。

城关的关帝庙是最有名的，原在县治西延照门内。关帝庙创立于明朝，由来已久。嘉庆九年(1804)八月间被火烧后，仅留后殿、大门，嘉庆二十年(1815)重建，道光七年(1827)重修。关帝庙的修建由官民共同集资。由于关公是人们心目中的武圣，是战神，修缮之时，官兵捐款尤力，“营中马、步、战、守 ”先是“陆续计捐九年，约共纹银一千余两”，后又“议捐三年共纹银二百两零”。阖邑城乡绅士亦积极捐助银两，使关帝庙焕然一新。关帝庙由大殿、两厢、中殿、彩楼、戏台、后殿等组成，朱油金漆，蔚为壮观。

关公显圣的传说在温岭流传颇多。最著名的一次是嘉靖三十一年壬子(1552)退倭事。这次事件，《嘉庆太平县志》有详细记载：“嘉靖三十一年壬子(1552)，倭寇从西南来，城几陷。忽儒学前樟木上见汉寿亭侯像，旗帜林立，若统兵状。倭望见骇愕罗拜。邑人王庚乘之，用火攻，贼败走。”后民间画家周世隆绘《关公退倭图》（又名《太平抗倭图》《关帝君显神图》）以记其事。此图以丰富的想象，绘声绘色地描画了关公显圣的情况。在学宫一侧，一棵枝叶繁茂的樟树之上，一面写着“关”字的红旗高高飘扬。红旗之下，面如重枣、长身美髯的关公骑在赤兔马上，威风凛凛。身侧两名侍卫，一为俊秀少年，当是关平；一为黑肤壮汉，当是周仓。身前兵士罗立。画面左边房舍间，设有一张香案，红烛高烧，有一群官员跪在案前，遥对着关公方向跪拜礼敬。附近有人奔走，似乎正在传告关公显圣的事迹。其他如康熙癸未年，大旱水涸，城关关帝庙前水池“忽泉涌数尺，晚涸如前，逾月又涌，人甚异之”，又如乾隆四年（1739）间，新河关帝庙“庙门斜而将倾，十月初二夜，忽动震有声，早起视之，桁柱俱整齐. 磉痕至今犹在”等等，不一而足。

每年农历五月十三关帝诞辰时，温岭各地有盛大的庙会民俗活动。如“县城五月十三”。每年的这一天，“少年争赴关庙焚香结义，或舞刀，或角力。《关帝君显神图》悬挂于关庙大殿，观画者焚香礼拜者终日不绝。是日若逢下雨，谓关公磨刀雨，有丰年之兆”。而在箬横，此日则于庙内庆寿做寿戏，一做就是数日数夜。周杏林、林复初搜集整理的《箬横地名和五月十三的传说》对此有详细的描述：晚清到民国时期，箬横街有这样的乡风：凡保界庙做戏，每家每户都要提“包头”到亲戚朋友家去请他们来“望戏”。刚好这个季节农活不忙，又是春夏之交要换单衣，所以各家各户在五月十三到来前都要做几件新衣服，尤其是孩子新衣服必不可少。客人到来后，各家各户都要做“麦饼”或摊“麦油煎”招待客人。在箬横，普遍流传“五月十三皇赦日”的说法，五月十三这一天，男女老少穿新衣，所有农活都不干，就是财主家的长工们也要放假歇一天，每人还能得到主人给的一升“炒豆”和二角到半元的零花钱。中午饭家家户户吃麦饼、麦油煎，吃过中饭上街看戏看热闹，直到夜里。大多数人家还要给孩子们炒“炒豆”，给上几角零花钱，尽量让孩子们都开心。这一天，箬横街上大小店铺开店门，家家户户张灯结彩，街路上挑担卖“水盏”的、变“戏法”的、“打彩”的、“望西洋镜”的到处都有，街路上男女老少穿红着绿，好不热闹。后堂、前堂庙也相互攀比，请戏班子讲派头，你请“黄岩乱弹班”，我请“永嘉京剧团”，两庙摆开了“对台戏”，看戏的人是挨挨挤挤、人山人海。戏台两边的“麻将”“小桩”“六名”“花会”等也是“鸡马喊叫”，热闹非凡。久而久之，过五月十三节，已成为箬横及周边的一种风俗习惯，特别是孩童们，下半年盼过年，上半年盼五月十三。

关帝庙是娱乐场所，也是艺术殿堂。温岭画家王征回忆儿时趣事，有这么一段描述：“关帝庙供奉着关老爷，左首立着个关平，右首站着一个背大刀两眼圆睁的黑脸周仓，周围的墙上画满了各种墨线飘逸的神仙故事壁画。大殿正对面是个小戏台子，其穹隆里的彩绘天顶画精彩极了，这是我的艺术殿堂。”

关帝信仰和关帝庙与温岭的历史文化相结合，与广大百姓的日常生活相结合，与民俗娱乐相结合，颇具温岭特色，为研究温岭传统文化提供了一个重要的切入点。

## 九九重阳糕

民以食为天。元宵汤圆，端午粽子，中秋月饼，就是节日里也少不了吃。滋味滋味，有了这些美食的犒赏慰劳，这日子便分外地有滋有味起来。九月九重阳节，又给生活增添了重阳糕这一味。

农历九月九，月日均是九数。中国古代，以奇数为阳，偶数为阴。九是奇数，属阳，两阳相重，因此九月九又被称为"重阳节"。是日，有各种各样的民俗活动，如登高畅游，饮菊花酒，佩插茱萸，还有就是吃重阳糕了。"依然风雨古重阳，蒸出枣糕满店香"，九月九的糕，已在历史中飘香了两千多年。汉代的时候，它被称为"蓬饵"。"蓬饵"的故事，却有些哀伤惆怅。汉高祖宠妃戚夫人被吕后残害后，她的侍女贾佩兰也被逐出宫。又是一年重阳了，繁华早已散尽，故人早已零落，往事却依然历历在目：九月九，宫中都要佩茱萸，食蓬饵，饮菊花酒，祈求长寿。一念及此，贾佩兰不禁黯然神伤，且学一回旧事吧，也聊作纪念。却不料一传十，十传百，民间很快传开了，传成千年不朽的风俗。

风俗里的重阳糕，常常是隆重出场的，热闹富丽得像《红楼梦》里的王熙凤。也正因为它的上面缀饰着栗子、枣子等物，斑斓如花，又被称为"花糕"。花团锦簇的重阳糕，在宋代达到盛期。周密在《武林旧事》里记载重阳糕，"以糖肉秫面杂糅为之，上缕肉丝鸭饼，缀以榴颗，标以彩旗。又作蛮王狮子于上，又糜栗为屑，合以蜂蜜，印花脱饼，以为果饵"。荤的素的，咸的甜的，怎么好吃就怎么来，让人想一想就流口水。不光好吃，它还好看，是一幅点线面结合的图画。榴颗点点红，肉丝线线白，糕儿面面黄，加上彩色的小旗，栩栩如生的蛮王狮子，不是尤物是什么。东西讲究，卖东西的也讲究。明清北京，卖花糕的小贩还“头戴吉祥字”，像个活广告，远远一望就知道了。

人走过不同的地方，不同的岁月，会改变。重阳糕也是如此，在不同的时空里呈现不同的姿态。制作方法、形象质地皆有所不同，但一般总要用到粉面与糖。至于配料，要枣栗等果子，还是要蜜饯、花瓣、肉类等等，这些枝枝杈杈的细节，就比较随意了。为了与“重九”相对，重阳糕还常常做成九层，层层叠叠，软韧香甜，口齿留芳。

好吃还不算，孩子们喜欢它的原因，还在于它的好玩。好玩的是糕上插的彩旗。就像今天宴后水果拼盘上的彩色小伞是孩子们的爱物一样，重阳糕旗也令人着迷。温岭著名的艺术史学家王伯敏先生在《回忆少时学剪纸》里对此有切身的描述：“九月九，街上卖重阳糕，重阳糕上插‘重阳糕旗’。旗有画的，也有纸剪的，两种我都要。向母亲要了钱，多买几块糕，糕给母亲，我只要旗。拿着旗，好看又好玩，儿童天真，一支小小的剪纸旗儿，足足可以快乐一天。”“重阳糕旗是三角形的，有一条竹签，插在糕上。我买糕，主要是为了那面旗，旗有两种，一种画的，一种纸剪的，各有各的味道。有一年，剪纸的重阳糕旗有十个不同的内容，刻的全是戏曲人物故事，那天生意好，糕卖光了，为了满足买主的要求，变成专卖旗，足见大家对民间美术品的喜爱。那天所卖十个不同内容的重阳糕旗，原来按戏曲的号次剪起来，这十个号次是：‘一扫曰’‘二度梅’‘三雅园’‘四狄村’‘五世同堂’‘六月雪’‘七星灯’‘八杰庙’‘九江口’‘十(拾)玉镯’。这么一来，使人感到格外有趣。所以买的人特别多，我在少时，这十面旗都有收藏。”

重阳糕里还蕴藏着对女儿的一片浓浓深情。“九月九，搬回闺女息息手”，出嫁的女儿，操劳了一年，女儿想娘家，娘家也想女儿，是该回家歇歇，慰劳慰劳，吃吃好吃的重阳糕的时候了。所以重阳节又成了“女儿节”。浙江台州一带旧俗，重阳节娘家要给女儿家送重阳糕，一般是送两个大方糕，九个小方糕，也有送十八个小方糕的，表示“二九相逢”。南京旧俗则是，如果这一天嫁女儿，娘家定会送重阳旗及时令鲜盒，称之为“重阳节盒”。

重阳节里重阳糕，重阳糕里故事多。佳节又重阳，能不忆重阳糕吗？

# 石塘食事

所谓“民以食为天”，食事，的确是生活中最重要的事了。窃以为，好好生活，是从好好吃饭开始的。一场又一场的食事，就宛如一场又一场和生活的恋爱。从食事里焕发出的那种对生活的热情，让凡俗的日子也添了一份别样的光彩。每一个地方，总有每一个地方不同的食事。它仿佛一枚符号，或者一个地标，将故乡与他乡区别开来。曾经沧海难为水，除却巫山不是云。舌上滋味，也便成了最深的乡愁。

吾乡温岭，极好吃，也极善吃，食事之精彩，不一而足。而其中最具风情的，当属石塘食事。石塘濒海，又多闽南移民后裔，在这样的自然环境与文化背景下，产生了别具特色的饮食文化，其食事，有人用十六个字进行了总结，即：一龟一粽、两汤三面、三圆四粉、四羹五酒。

一龟，即糖龟。一粽，即肉粽。

两汤，即黄鱼酸菜汤、鳗鱼酸菜汤。三面，即鱼面、炒豆面、索面。

三圆，即鱼圆、肉圆、漂圆。四粉，即山粉糊、山粉圆、山粉夹、山粉皮。

四羹，即鳗羹、鲳羹、肉羹、蛏羹。五酒，即鳗鱼酒、黄鱼酒、鸡子酒、乌枣酒、糯米酒。

石塘食事之繁华，由此可见一斑，且慢慢道来。

## 一龟一粽

糖龟，是石塘食事不可不提的一笔。它的开场，兆示着某种隆重时刻的来临。

一年之始的春节，是糖龟的一大秀场。从农历十二月初开始，石塘人就开始做糖龟了，为了过年做的预备，大概要二十来天。准备与等待的过程中，年味也日益浓重起来。

糖龟（龟，读音为“jiu”）的制作有一系列的流程。首先，由糯米、早米按一定比例（一般 4 斤糯米配 6 斤早米）配比浸泡后，打成米粉，拌上红糖。此时，锅里的水也烧着，等水烧开，在一片热腾腾的蒸汽中将和好的粉往蒸笼里倒，层层铺撒，直到将蒸笼倒满。不多时，红糖的香味在空气中弥散开来。

待粉炊熟后，将之取出，开始第二道工序，即用石臼捣。捣粉时一般需要两个人配合，一个捣，一个翻。举杵的人要稳、准、狠，翻坯的人要利索、迅速，双方配合默契，才能把糕坯捣匀捣透。糖龟好不好吃，捣是关键的一环。粉捣得好，做成的糖龟才有韧性。石杵重 20 多斤，长时间有力地来回捣，可不是件容易的活。不计力气，不计时间，在当今的快餐时代，就是一种奢侈了。不计较，才有真正的滋味。一计较，就走味了。现在不少粉都用机器做了，符合了市场规律，却失去了原有的韧性和滑腻，真味不在。

捣透后，就是第三道工序了。趁糕坯还热着，切块称量（依糖龟大小有两斤、两斤半、三斤等的不同），放到揉糕板上揉成团。

接下来，就是印花，也就是把一团团糕坯放到糖龟印的模板里，压印成糖龟的样子。为了防止黏模，且使糖龟不易变质并看上去油亮诱人，要先在糖龟印上涂点花生油。

最后，把糖龟从印模中拍打出来，晾硬后保存。一些人将春节前做的糖龟，包上保鲜膜，放在冰箱里，可经年不坏。糖龟软糯香甜，食用时，炊熟或切片后油炸均可。

糖龟，顾名思义，就是其中有龟的形象。早先，糖龟印印模中心的主体，就是一只龟。龟，在闽南文化里具有特别的意义。龟，是长寿的象征，寓意福寿安康。闽南民谣有言“摸龟头盖大楼，摸龟嘴大富贵，摸龟身大翻身，摸龟脚吃不干，摸龟尾吃到有头有尾”，对龟的看重，可见一斑。与龟相关，亦有着许多的民风民俗。

糖龟，仿佛一把钥匙，开启了石塘与闽南渊源的记忆之门。

糖龟之作，一开始就有了浓浓的文化意味。人们又踵事增华，在龟印上雕刻精美的图案和文字，使之更具文化内涵。金鱼，谐音金玉，有着金玉满堂的好意思，是龟印里最受喜爱的一种纹饰。龟印上，一条金鱼摇曳着如裙的大尾巴，游弋在莲叶、菱角、水草之间，煞是可爱。复杂一些的，在印模中间做一银锭状开光，开光内书写“益寿延年”四字，开光外饰以葫芦、犀角、书卷等杂宝，外围一圈回字纹，满满的，都是吉祥。其他的，或饰以鱼虾花卉，或饰以喜鹊登梅，或饰以福禄寿喜，诸如此类，各有千秋。

或许正是糖龟这种骨子里透出的文化味，使其分外地有礼仪感，也就具有了食品、祭品、礼品的多重身份。谢年祭祖时，要用糖龟。农历七月七过“小人节”，也少不了糖龟。春节时，外甥、女儿、女婿来拜岁，都要送一些糖龟作为回礼。娶媳妇时，糖龟也是必备的。而亲戚朋友之间送礼，糖龟也是很好的礼物。

至于肉粽，虽然没有糖龟这样显赫，但在味蕾上的感受，丝毫不逊色于糖龟。对石塘人来说，石塘肉粽之美味，与嘉兴肉粽相比，也是不遑多让的。石塘肉粽在制作和风味上别具渔乡特色，馅料除了猪肉外，还有鳗鲞、鱼面、花生米等，一吃，满口生香。肉粽做得最有名的，是箬山的郑梅菊。郑阿婆如今虽已不再做了，但她的肉粽，依然活在石塘人的怀念里，声名不衰。

## 两汤三面

石塘渔民的日常生活，充盈着鱼的浓郁滋味。鱼是石塘饮食文化最重要的部分。

黄鱼酸菜汤、鳗鱼酸菜汤是石塘人喜食的菜肴。中国的饮食文化博大精深，其中的一大精髓，在于味道的调和。石塘人用鱼肉与酸菜来搭配，是极妙的。酸菜做配料可解鱼腥，除油腻，与新鲜肥美的鱼肉互相生发，又鲜又香又脆又爽口，让人回味无穷。除了好吃之外，两汤还有补虚养身、健脾开胃的功效，其在石塘的广受喜爱，不是没有道理的。

石塘家家户户都做鱼面。刮取黄鱼、鳗鱼等色白质细的鱼肉，剔刺去皮，稍蘸番薯粉用棒敲打成薄片，入锅用文火烙干，切成挂面、细丝面等形状。食用时入汤氽煮，则柔滑鲜美，非常可口。民间或用作调料，也可单独作为菜肴上酒席。近年还有将鱼面打成薄片后，裹以肉馅，做成饺子或馄饨形状的，可蒸可煮，俗称“鱼面馄饨”。

炒豆面也是石塘一绝。豆面，石塘人又称之为“山东面”，而一般温岭人，则称之为“绿豆面”。当然了，此面既非山东过来的，也非绿豆粉制成的。它由番薯淀粉（俗称山粉）制成，色灰绿似绿豆，故有此称。

炒豆面配料多样，有虾干、墨鱼干、鳗鲞、鱼面、肉丝、蛋丝、香菇、白菜等，丰俭随人。炒得好的豆面，筋道爽滑，口感丰富，香气扑鼻，让人垂涎。

石塘人对炒豆面相当看重，无论是待客还是过节，或者是红白喜事办酒，炒豆面都被看作“头碗菜”。因其家常里却又有着一份精致和隆重，无论平日食用，还是放到多大的宴席上，都不会跌份丢人。考验石塘妇女和厨师厨艺，炒豆面是必过的一关。

索面是由精制面粉加适量食盐，经过拌和发酵、抽拉、晒干等纯手工工艺制成的面干。行走在石塘，时不时地会看到一列列索面架，挂着细如银丝、洁白柔软的索面，宛如一道道帘子，挂在石屋前，成为石塘的一道风景线。

索面通常盘成 8 字形，被认为是吉利、高贵、幸福、长寿的象征。尊贵的客人到家，烧点心待客，用的就是索面，而不是平常的米面或年糕。谢媒婚娶、看望病人甚至赔礼道歉，都用索面。尤其是产妇坐月子，更是要吃索面。

煮索面的作料有各类鲜货蔬菜，如鲜虾或虾干、墨鱼干、蛤蜊、芹菜、香菇等等，配以细肉丝、猪肝，地道的，则还必须要有一个水煮蛋。鸡蛋，本地人俗称鸡子。因此，索面又被称作鸡子索面。讲究的鸡子索面一般都会加点姜粉或姜汁，暖胃又滋补。给产妇吃，尤其合适。

## 三圆四粉

说到鱼圆，可说是石塘最大众的食物了。鱼圆，说是圆，其实不圆，而是呈菱形。

将鲜鱼剔骨去皮去内脏，仅留鱼肉，然后切碎、剁糊，在鱼蓉里加入料酒香料稍卤，拌入豆腐、菜泥、葱、姜等，和山粉揉成粉团，放蒸屉里蒸熟，食用时再切成菱形小块，可蒸可煮可炸，可单独食用，也可以加作料翻炒，既可上酒席，也可做佐餐。

肉圆做法和鱼圆类似，不过材料换了猪肉、形状做成圆形而已。

漂圆又称水丸，亦以鱼肉为原料。它与鱼圆最大的不同在于打漂圆不用山粉，纯用鱼肉，用手使劲捏，直到捏成糊状，酌量加入调味佐料，然后搓捏成丸入汤氽熟。做漂圆手艺的高低，关键看丸子能不能“漂”起来。如丸子能漂浮在水面，表示已做好；如丸子沉入水底，说明功夫未到。漂圆现烧现吃最佳。水烧开入锅，等熟透上浮，加入葱花，也可加入备好的高汤提鲜，一碗清爽宜人的漂圆就出来了。尝一口，汤鲜醇可口，丸子紧致软滑，让人齿颊留香。

石塘依海傍山，沿海山地上植物不易栽培，而番薯耐旱耐瘠，容易种植，所以番薯成为石塘最主要的作物。与之相应，被称为山粉的番薯粉也成了石塘食事里的一大主角。石塘人的美食天赋在山粉中被充分开发调动起来，于是有了石糖四粉：山粉糊、山粉圆、山粉夹、山粉皮。

石塘的山粉糊很有本地的精神，是石塘两大食材——海鲜与山粉的一场精彩演出。山粉糊的作料丰美华赡，有鳗干、墨鱼干、蛏肉、蛎肉、萝卜、菜头、芹菜、冬笋、猪肉、豆腐干等等，制作时选取的种类与数量，以个人爱好为准。先把作料切成方块小丁，与豆子或花生仁一起下锅炒好，调好味，加水烧熟，再把事先用水调好的山粉慢慢倒入锅内，一边倒，一边不断搅拌，防止锅底的山粉烧焦，随着倒入的白色山粉液体慢慢变成无色半凝固状，就可以盛到碗里了。吃剩下的山粉糊还可以经过冷却后晾干，改天切成片状，放油里煎炸，吃起来焦脆香酥，别有一番风味。

山粉圆是番薯与山粉的完美结合。先将番薯去皮煮熟，稍冷些加入山粉和成面团，再将花生、芝麻、橘饼、糖等制成馅，加点陈皮末或肥肉口感更好，包好后下到滚开的水中煮沸出锅。

山粉圆和一般的汤圆形状略有不同。汤圆是正圆形，而山粉圆由于面团的韧劲问题不易做成正圆，于是石塘人就顺势做成长圆形，收口处再做出一个小尖嘴，晶莹可爱。用勺子从碗中连汤舀出一只，咬下去，一股甜汁带着清香的味道溢满齿颊，放入了桂花的清汤不但中和了甜腻感，更添一份清韵，而表皮则是软软滑滑，Q 劲十足，真是回味无穷。通常，大年初一的中午，石塘人都要吃上一碗山粉圆，寓意团团圆圆、甜甜蜜蜜。

山粉夹的配料和山粉糊相似，把配料切丁调好味，拌上山粉，用筷子一个一个夹到滚开的水中即可，营养美味。

山粉皮则是由山粉用水调成薄浆，加上新鲜的小虾（或炊皮）、牡蛎肉，放点葱花和调味品，放热锅底摊开烤熟。做好的山粉皮薄薄的，透亮的，看着就诱人，那鲜滑爽嫩的味道，更让人欲罢不能。

## 四羹五酒

石塘人喜欢吃羹，鳗羹、鲳羹、肉羹、蛏羹，一说就是一大串，让人禁不住流口水。

山粉在石塘是个宝，四羹里也少不了它的身影。鳗鱼、鲳鱼、猪肉、蛏肉皆用山粉糊好，下到滚开的水中，加些酸菜、芹菜或小青菜，煮熟即可，好吃又方便。用山粉糊过的肉特别嫩滑，尤其美味。

四羹要做得好，首先食材要新鲜。好品质是好味道的保证。其次，食材的处理手法也要讲究。如鳗鱼肉要顺着刺纹斜切；蛏肉要的是去壳的生蛏肉，而不用熟蛏肉；肉和山粉的比例要拿捏到位，既不能太稀黏不住，也不能太稠让汤烧成糊。此间的分寸，全靠经验的积累，还有人与食物间那一份微妙的心领神会。

海边人好酒，石塘人的海量是有名的。他们喝酒，也喝出许多的花样来。石塘五酒，不但味美，而且滋补。

五酒的烧法大同小异，皆是隔水炖的方法。辅料中黄酒、红糖是必备的，有些则还加上生姜，区别主要在于主料。鳗鱼酒的主角是鳗鱼，黄鱼酒的主角是黄鱼，鸡子酒的主角是鸡蛋，乌枣酒的主角是乌枣，糯米酒的主角是糯米，如此而已。黄酒可活血化瘀、疏通经络，红糖可益气养血、健脾暖胃，生姜可驱寒发汗、助阳暖身，加上各类滋补的主料，家庭日常用来食补，最方便有效不过了。

五酒里比较特殊的是糯米酒。说是糯米酒，不如说糯米饭更恰当。糯米加上鸡蛋、乌枣、红糖、核桃肉、猪肉等配料，浸在黄酒中，放入大锅内，用文火慢慢炖熟，一大锅色香味俱全的糯米酒就出炉了。不同食材的组合，激荡出不同的滋味，在舌尖回转，让人吃得荡气回肠。

石塘食事里，隐藏着石塘人的灵魂，粗犷里有婉约，平实里有精细，有着过日子的实在劲，也有着细腻的水磨功夫。石塘食事里，满满的，都是对生活的心意。饮食有情思，光阴有诗意。石塘食事，教人如何不喜欢？

# 历史人物与温岭地名趣谈

地名，是人们赋予某一特定空间位置上自然或人文地理实体的专有名称。地名，是一个城市的档案馆、纪念册，是一个城市最重要的文化底蕴之一。一个地名，也许关联着一段激荡的历史，标举着一个知名人物，纪念着一个非常的事件，承载着一个古老的故事，蕴含着某种意义。许多看似稀奇古怪的地名，都是有据可考的。只是人们往往“日用而不知”，惘然于其渊源了。

温岭有许多耐人寻味的古地名，有着丰富而深刻的文化内涵，其中一些就与历史人物有关。解读之，历史的脉动隐隐传来。

温岭老城关的人都知道有个尚书坊。但尚书坊之称又因何而来呢？这就关系到温岭历史上一个著名的人物赵大佑。赵大佑(1510—1569)，字世胤，号方崖，明黄岩冠屿(今温岭大溪冠城)人。明嘉靖十四年(1535)进士。为刑部侍郎时，秉公执法，得罪严嵩，被贬官秩。后复起用为南京刑部尚书，改南京兵部尚书。一生清正廉明，“勋业著于官，行谊闻于乡”。善书，有晋人风骨，著有《燕石集》。有明一代，盛行建立坊表，旌表人物。尚书坊就是为兵部尚书赵大佑而建。斯人已去，地名犹存，让人追念。

温岭市区以及新河镇都有继光路。其中的继光，指的就是明代抗倭名将戚继光。明代嘉靖年间，台州倭患频繁，人民陷于水深火热之中。1559年，朝廷委任戚继光为台金严参将，赴浙指挥抗倭。戚继光率部奋勇出击，屡战屡捷，平定了倭乱。人们感念戚继光的丰功伟绩，纷纷为之立碑建祠。而以其名作为地名，就成了最好的纪念方式。

戚继光在温岭留下了深深的印记。石塘镇的“上马石”，也和他有关。相传戚继光抗倭大捷，凯旋班师，途经此地。因戚将军骑的是高头大马，而路旁刚好有一块巨石，戚将军顺势将它当作垫脚石，在此上马，于是此地就被命名为“上马石”。

神童门的来历，则至今还让人津津乐道。相传宋建炎年间，今温岭市城西街道范岙村出了个神童，叫詹会龙。他聪颖过人，五岁时就写了一首咏石夫人的诗：“巍巍独立向江滨，四畔无人水作邻。绿鬓懒梳千载髻，朱颜不改万年春。雪为腻粉凭风敷，霞作胭脂仗日匀。莫道面前无宝镜，一轮明月照夫人。”佳作一时广为流传，脍炙人口。《嘉庆太平县志·杂志》有一段记载，描述了詹会龙朝见宋高宗赵构的机智故事：“詹会龙，范岙人。宋建炎间，与同乳弟桧龙并召见，年甫五岁。时外郡进果，上分赐之，曰：‘一盂果子赐五岁神童。’即对云：‘三尺草茅对万年天子。’上大异之，拟授从事郎，以幼难任职，遣还。未几卒。桧龙长，授通判。敕建坊，其里至今呼‘神童门’。”

潘郎的地名由来，如今已被演绎成一个凄婉的爱情故事，说是当地古时有潘姓小伙和陈姓姑娘相恋，却婚姻不成，双双殉情，后人追思，遂以潘郎名其地。但是，潘郎在历史上确有其人，不是民间故事里的虚幻人物。《嘉庆太平县志·叙水》载其人其事曰：“元元贞初，潘道之才美同安仁，为闽校时，故宋进士黄荀龙赠诗：‘龟岭千岭外，黄岩一月程。潘郎教宁德，光显旧家声。’潘郎盖道之，桥其所建。此处一水三桥（三桥指陈大娘桥、元家桥、潘郎桥），俗凑集，遂以‘元’作‘愿’，云‘陈大娘愿嫁潘郎’，其诞类小姑嫁彭郎、杜十姨嫁伍子胥矣。”潘道之，即潘德老，道之为其字。据《嘉庆太平县志·选举志》载：“潘德老，字道之，号恕斋，陈山人。元贞间，台省荐为宗晦山长，转宁德学谕。”

中国行政区划与地名学会会长、中国地名研究所所长刘保全认为，地名是历史的产物，地名包含了人们灵性对地理实体的感悟和寄托，因而它承载着大量的历史信息。因此，联合国地名标准化大会决议指出：地名是民族文化遗产。地名有重要的文化和历史意义，随意改变地名将造成继承文化和历史传统方面的损失。保护研究地名文化遗产、延续地名历史文脉，已越来越受到重视。不久前，刘保全先生荣获中国文化遗产保护年度十大杰出人物称号，也从侧面反映了社会对地名文化的认识与关注。

在漫漫的时间长河里，地名带着特有的信息，见证了城市的发生发展。在地名这个镜像里，温岭展现了它格外生动的一面。

# 温岭方言“老孺人”闲谈

方言是一个地方文化的载体。一个词、一句话，往往都有其渊源。然而，随着历史的发展，人们常常只知其音不知其义，也就常常只会说而不会写了。对方言做一番历史考察，常常会有许多有意思的发现。

曾经困惑于温岭方言对已婚妇女的称呼。一日恍然，此言应写为“老孺人”。而“老孺人”这个称谓，可说是历史发展演变的结果。

古代中国，等级森严，妇女称谓常随丈夫社会地位的高低而变化。据《礼记·曲礼下》载：“天子之妃曰后，诸侯曰夫人，大夫曰孺人，士曰妇人，庶人曰妻。”后来更发展到“秩官即分九品，命妇亦有七阶”之说。七阶就是：“一品曰夫人，二品亦夫人，三品曰淑人，四品曰恭人，五品曰宜人，六品曰安人，七品曰孺人。”这些名称各有取义，如“夫”，扶也；“淑”，善也；“恭”，敬也；“宜”，当也；“安”，和也；“孺”，雅也。

这些妇女的封号随着时代的变化而有所不同。比如：

夫人——在周代“天子之妃曰后，诸侯曰夫人”。汉代皇帝的妾也称“夫人”。“夫人”作为妇女封号，始于王莽。唐代诸王的母亲或妻子及妃、文武官一品和国公的母亲或妻子为“国夫人”；三品以上官员的母亲或妻子为“郡夫人”。宋政和二年(1112)改变封制，定执政以上官员的妻子封“夫人”。直至明清两代，一品、二品官员之妻皆封“夫人”。清朝并封宗室贝勒至辅国将军之妻为夫人。

淑人——宋凡尚书以上官未至执政者，其母、妻封为淑人，明为三品官员祖母、母、妻封号。清因明制，又增宗室奉国将军之妻为淑人。

令人——宋政和二年（1112），定外命妇封号为九等，即国夫人、郡夫人、淑人、硕人、令人、恭人、宜人、安人、孺人。太中大夫以上官员之妻封令人。

恭人——宋制中散大夫至中大夫之妻封恭人，亦为元六品、明清四品官员之妻的封号。如系赠封母或祖母，则称太恭人。又清制：宗室之奉恩将军妻亦封恭人。

宜人——宋制文官自朝奉大夫以上至朝议大夫，其母、妻封宜人；武官官阶相当者同。元明后，改依其子或夫官品受封，元代七品封宜人，明清五品封宜人。

安人——宋制自朝奉郎以上，其妻封安人。明清时，六品官之妻封安人。如系赠封其母或祖母，则称太安人。

孺人——宋制为通直郎以上官员之母或妻的封号，明清则为七品官母或妻的封号。

命妇封号在流传过程中，渐渐成为对妇人的尊称，非特指命妇。特别是妇女亡故后，为了体现对亡灵的尊重，常在称呼上有私敬之举，这类现象尤以称“孺人”者为突出。对于这种现象，明人邵宝明确指出过：“近世士庶人之妻之卒，多以孺人称于铭志，而江之南尤盛。国典：命妇封号自一品夫人至孺人，凡七。称孺人者，盖取初命之虚名，以崇死者。”

随着以“孺人”称非命妇现象的盛行，“孺人”渐渐成为对已婚妇女的专称。根据成婚时间，“孺人”还有“老孺人”“新孺人”名目。“老孺人”指一般的已结婚的妇女，“新孺人”则特指新娘子。在温州等地的方言里，至今还有称新娘为“新孺人”的。

方言不仅是当地人们的交际工具，还蕴含着许多历史文化信息，是有关社会生活、典章制度、乡风民俗、价值观念等等的沉淀。温岭方言“老孺人”就是其中一例。源于命妇称谓而演变为社会上对一般已婚妇女的统称，至今依然活跃在温岭人的口头，“老孺人”一词，可称是历史的活化石了。

# 名人寻踪

## 戴复古的梅花情缘

戴复古(1167—?),字式之,号石屏,南宋黄岩南塘(今温岭市塘下)人,南宋江湖派代表诗人,在南宋诗坛上"负盛名五十年",清人评之为"晚宋之冠"。古往今来,爱梅者众多,戴复古也与梅花深深结缘。在他写过的有关花的诗篇、诗句中,梅花独领风骚。

戴复古的梅花情缘,在他的血脉里就已蕴藏。他的父亲戴敏就爱梅,种梅花、写梅诗。他的老师陆游,也爱梅,其咏梅诗作在百首以上,一首《卜算子》"驿外断桥边,寂寞开无主。已是黄昏独自愁,更著风和雨。无意苦争春,一任群芳妒。零落成泥碾作尘,只有香如故",千古传唱。整个宋代,也是爱梅成癖。林和靖梅妻鹤子的佳话,便是典例。在这样的渊源与氛围里,戴复古与梅花的情缘,便似注定了。

梅花与诗人的生活息息相关。在长长的旅程中,因为有了"担头颠倒插梅花"(《入闽道中》),诗人觉得萧然的行李也就不俗了。访友之时,诗人也不忘"手把一枝梅"(《章泉二老歌》)。而"心事故园梅"(《淮上回九江》),浓浓的思乡之情,也借着梅花悠悠唱出。江湖浪迹,一生坎坷,梅花又成了诗人的安慰,在"竹叶安能醉我心"时,还有"梅花差可强人意"(《怀雪蓬姚希声使君》);在"穷难与命争"时,犹可"笑共梅花语"(《岁暮书怀寄林玉溪》);在无人知意时,犹有梅花"相对岁寒时"(《得古梅两枝》)。梅花与诗人的亲近,使得在诗人的眼中,岁月的流逝，也以梅花为表征："白发出门来，三见梅花谢"（《怀家》），"去年梅花迎我来，今岁梅花送我去"（《出闽》），"来时飞柳絮，今日见梅花"（《湖上》）。

诗人之痴情于梅花，还因为梅花的际遇品格正是诗人的写照。诗人生在胡马窥江，南宋半壁江山岌岌可危的时代，一则希望以身报国，二则亦怀封建社会读书人功名富贵的美梦，曾投刺干谒，渴望获得施展才华的机会，一举成名，却屡屡碰壁。一首《寄寻梅》，写出诗人渴望被发现、被起用的心情。诗人在诗中殷勤地为寻梅者指路："寄声说与寻梅者，不在山边即水涯。又恐好枝为雪压，或生幽处被云遮。蜂黄涂额半含蕊，鹤膝翘空疏带花。此是寻梅端的处，折来须付与诗家。"然而，诗人"负奇尚气、慷慨不羁"的个性，是与官场格格不入的。诗人在《咏梅投所知》中，借咏梅一吐胸中不平之气："洁白无瑕美不娇，炯如珠玉粲林皋。独开残腊与时背，奄胜众芳其格高。欲启月宫休种桂，如何仙苑却栽桃！不将品质分优劣，痛饮花前读离骚。"梅花在诗中，俨然已是诗人的化身。"独开残腊与时背，奄胜众芳其格高"的梅花与"长篇短章，隐然有江湖廊庙之忧，虽诋时忌，忤达官，弗顾也"的诗人水乳交融，浑然难分。"桃李争春事，梅花笑未休"（《元日二首呈永丰刘叔冶知县》），诗人在追名逐利与保持节操间，断然选择了后者。看破了世态炎凉、官场腐败的诗人，渐觉"平生错做功名梦"（《江山》），归隐之念日趋明朗，"绝似林间隐君子，自从幽处作生涯"（《梅》）的梅花便又自然成了诗人胸怀的最好寄寓物。

梅花耶？诗人耶？既然梅花与诗人心相印、意相通、情相连、语相接，又何必分谁是梅花，谁是诗人呢。缘深若是，夫复何言！

# 温岭名人号“石”多

温岭与石有缘，两个最出名的景点长屿硐天和石塘，前者由千年人工采石而成，后者则是石屋、石街、石巷、石阶组成的“东方巴黎圣母院”。就连温岭的名人，也多有以“石”为号者。比如南宋著名诗人戴复古，号石屏；明国子祭酒谢铎，号方石；明礼部尚书黄绾，号石龙；等等。

戴复古(1167—?)，字式之，宋黄岩南塘(今温岭市塘下乡屏上村)人。江湖派著名诗人，在当时诗坛负盛名五十年。其诗远宗杜甫，近学陆游，诗笔俊爽，精思研刻，自成一家。著有《石屏诗集》《石屏词》等。戴复古与石屏的渊源，是最为邑人所津津乐道的，史籍中多有记载。如清娄应璧《石屏诗传》言：“戴复古，字式之，为今太平人，居南塘石屏山，因自号焉。”《嘉庆太平县志》亦载：“屏山，在县东三十里。〈舆地纪胜〉：东西二石，耸立如屏。有古藤络之，冬寒不凋。西屏因风雨仆为二，独东屏屹然……南塘戴氏世居屏下，故式之号石屏山人。”赢得诗人知己，无语屏山亦千秋，被历代诗人不断地追慕吟咏。宋戴昺《侍屏翁游屏山》云：“携琴入空山，修竹翠相倚。一曲千古心，泠泠寄流水。拂云卧白石，冥搜契玄理。有时采薪人，歌声隔林起。”明徐宗时亦有《石屏晓步》：“童子三春开竹房，石屏山色晓苍苍。云收十里鸥群出，花落千门燕子忙。看水行过苍竹径，吟风吹动绿荷裳。悠然自得风云意，伫立犹疑见鲁狂。”清王士俊诗云：“远眺双屏翠，登山欲住山。寻花从鸟道，漱石傍溪湾。可是神仙地，堪忘儿女颜。茅庵供信宿，日日踏烟还。”诸如此类，不胜枚举。

谢铎(1435—1510),字鸣治,号方山,更号方石,明桃溪(今温岭市大溪镇桃夏)人。天顺八年(1464)进士,官至礼部右侍郎兼国子祭酒,谥文肃。为理学家,“茶陵派”代表诗人。著有《元史本末》《方石史论》《桃溪净稿》等。谢铎家居方山之麓,相传出仕前又曾在方山峭斗洞苦读,对方山方石自是一片深情,更把这片深情注于自己的名号之中,伴随终生。谢铎还取来方山的岩石,制作成棋子和镇石,送给他的挚友李东阳。李作诗两首答谢,赞友人赠送“琼琨”,“裹藏尚带烟云气”,并“亦知此石如此心”;谢铎则次韵唱和,表示“持之赠君众所笑”,但“感君意气相唯阿”,借石比德,与李东阳以石之“磊磊”之气相激励。

黄绾,字宗贤,号久庵,又号石龙。祖父黄孔昭为明洞黄(今温岭市岙环照谷村)人,后迁居黄岩。师事著名学者王阳明。以祖荫补后军都督府都事,有政绩,屡次迁转,官至礼部尚书。平生博览群书,于五经皆有论著,尤善经理世务,为海内所重。著有《石龙集》《久庵文选》等。黄绾亦是爱石之人,取名“石龙”的缘由,《嘉庆太平县志》讲得明白:“洞山,山谷深入,口呀然洞开,故无洞也。一山峙其中,形如金字,下悉黄姓居之,呼‘洞黄’……谷中怪石堆列,或垂若象鼻,或夭矫若龙。久庵尚书尝取石龙为号,并以名书院。”

以上三人,是明确以“石”为号的。而温岭历史名人,虽号中无“石”字,其意却与“石”密切相关的,更是不乏其人。如南宋名臣王居安,号方岩;明南京刑部、兵部尚书赵大佑,号方崖;黄绾之父郎中黄汝修,号方麓;等等。

一方水土养一方人,温岭为多石多山之地,温岭名人与石之间千丝万缕的关系,可说是他们桑梓情深的表征。而石为我传精神,我为石传芳名,温岭名人与石之间的这种互动,互相成全了对方,也为后人留下了一段段佳话。

# 一代儒将张元勋

一走进温岭市新河中学，一座挺拔秀雅的古塔就犹如一支直指苍穹的神笔，映入眼帘。这座塔，就是有名的文笔塔了。

文笔塔，是为弘扬文运而建，那么，建塔者，当为文士了？不然，此塔建造者，却是个地地道道的武将。据《嘉庆太平县志》“锦鸡山”条载：“……山上塔，明张都督东瀛创筑，胡五峰等董成。”

明张都督东瀛，即张元勋。都督，因其爵至中军都督府都督而名。东瀛，为其号。花朝月夕，似水流年，文笔塔已走过了400多个春秋，依然风姿不减。而张元勋的名字，亦已被这个城市深深记取，传说不老。

许多英雄的出身，都被赋予了某种神奇色彩，张元勋也不例外。张元勋生于嘉靖癸巳(1533)四月。传说张元勋的母亲朱夫人怀孕的时候，梦到日光入怀。而朱夫人生育之时，风雨昼晦，有青龙出现在屋角。

而所谓异人异相，张元勋的相貌，也被描述得非同凡响：身长七尺，广额修眉，面如紫烟，髯长一尺六寸，电目钟声，人望而威之，不敢欺以伪。

张元勋幼时，已表现出颖异之姿。7岁时，每每画兵甲车马山谷如行军状，与小孩子们玩游戏，也总是运用阵法，并拿果实来进行赏罚。

17岁，是张元勋生命里悲伤的一年。是年，即1549年，倭寇侵犯台州，张元勋的父亲张恺慷慨忠义，散资聚众，力战阵亡，死时犹尸行七步而倒。元勋悲痛欲绝，低叹曰：“父死国，子死父，男儿生不万户封，死即马革裹尸葬耳！”誓杀万贼以报父仇。

18岁，张元勋承袭了世职海门卫新河所百户，得到知府谭纶的器重，委部兵众，训练有法。《明史·张元勋传》说："元勋起小校，大小百十战，威名镇岭南。"张元勋从基层的军官做起，一直做到正一品的都督，达到生涯的最顶峰，这期间的人生，可说是波澜壮阔了。据《明中军都督府右都督、特进光禄大夫、上柱国东瀛张公墓志铭》及《明史·张元勋传》等，可大致勾勒出张元勋的人生轨迹。

随从戚继光抗倭，是张元勋平步青云的开始。嘉靖四十年，亦即1561年，戚继光取得了一次辉煌的胜利——台州大捷。张元勋在这场战役中崭露头角。长沙之战中，杀敌斩首二级。此后，在戚继光抗倭的几大战役中，几乎都有张元勋的身影。

1562年秋，从征福建，剿倭之陷宁德者，斩首百五级。

1563年，剿倭之陷兴化、陷平海者，亲擒五人，部斩二百六十级。冬，剿倭之陷仙游者，擒斩千五百级。

1564年，剿倭之犯漳浦、王仓坪者，斩首三百七级。在这场战争中，张元勋率领三百士兵伏击阻截敌人，被数以千计的敌人包围在小山上三天三夜。刚好天下大雨，张元勋对士兵们说："现在趁雨突围，可以出敌不意，能有生机，否则大家都要死，你们能安于这样死吗?"大家无不振奋，无不以一当百。张元勋单骑跃马而出，大声疾呼，如空中霹雳，突出重围，敌人望风披靡。张元勋亦因这次的战功，擢升为都指挥，守卫福建北路。

1565年夏，复剿倭之寇福安者，斩首二百三十余级，论功行赏，被赐银钱，并世授海门卫指挥使。

1566年冬，授福建游击将军。此际，张元勋的威名，已是大震南方。

隆庆丁卯年，亦即隆庆元年(1567)，张元勋又赢得了一场漂亮的胜利。是年，巨寇曾一本滋扰广东福建一带，千艘战舰浩浩荡荡进逼海上诸郡，官兵屡战皆败。元勋主动请战，说："贼势正盛，请不要以小小的失败怪罪诸将，不要多议干扰军法，我会破敌制胜的。"六次交锋，大获全胜，擒斩千七百余级，沉敌舰三百余艘。战后，钦赏白金三十两，擢福建南路参将。

1569年春，再歼倭寇，擒斩百二十级，钦赏白金十五两，升禄职一级，都指挥佥事，擢福建副总兵。

隆庆五年(1571)，是张元勋人生又一重要节点。是年春，张元勋擢署都督佥事，代郭成为总兵官，镇守广东。主战场从浙闽转到了广东。

1571年，惠州河源唐亚六、广州从化万尚钦、韶州英德张廷光劫掠郡县，没有人能制住他们。张元勋大举进剿，斩首六百有奇，平定之。

1572年春，倭寇攻破化州、电白诸城，元勋大败之，钦赏白金三十两及一品服、文绮四。

1572年秋，破藤峒等三巢、十寨、十三村诸贼，大获全胜。按照以前的惯例，两粤只有大征或者说大规模出兵才能叙功议赏，而雕剿或者说小规模如雕搏兔的进剿是不叙功的，所以将领们不喜欢雕剿。总督殷正茂与张元勋商议，雕剿也记功。诸军奋勇争战，杀敌两千四百余人，救回被抢的一千三百余人。张元勋一路追敌至藤峒，又生擒贼首丘胜富、诸可行、黄朝富等人。钦赏白金三十两、文绮四。

1572年，奉命大征岭东路积寇。惠州、潮州两地相接，山险木深。此前，贼首蓝一清、赖元爵与同党马祖昌、黄民太、曾廷凤、黄鸣时、曾万璋、李仲山、卓子望、叶景清、曾仕龙等各自据险结寨，连地八百余里，堡垒相望，党数万人，声势浩大，官军不敢诘难。总督殷正茂派兵数道并进征剿，元勋居中节制。贼败，乃凭险自守。元勋追击至南岭，一日一夜急行军，击破李坑，生擒贼首卓子望等。1573年，破乌禽嶂。贼首曾仕龙依高山为险，元勋假装饮酒高会，以奇兵突袭生擒之。先后获大贼首六十一人，次贼首六百余人，破大小巢七百余所，擒斩一万二千有奇。皇帝为之宣布胜利的消息，祭告郊庙，晋升张元勋为署都督同知，世荫百户，并赏白金八十两、大红飞鱼衣世袭、文绮八。

1573年冬，破海贼林道乾、许俊美、林凤等，擒斩三千五百三十余级，获战舰二百八十余艘，钦赏白金三十两、文绮四。

1574年春，又破劲贼诸良宝。诸良宝是潮州海贼林道乾的党羽。他生性狡猾勇悍，筑城为巢，险要而坚固，被招抚后又行反叛，袭杀官军，官军屡屡败北。时张元勋奉命征讨，贼人非常害怕，募集万金献给张元勋乞求招抚。张元勋斥责道："你作乱已久，百姓深受荼毒，罪在不赦。我现在奉命征讨，你又怎么敢逃避诛罚！"于是元勋用其所献金钱交给相关部门馈饷士兵，引兵进攻。诸良宝固垒死守，官兵怎么也攻不下。副将李诚立挑战，还坠马伤足，官兵被反攻杀死二百多人。伤亡很大，双方相持数月。张元勋制造了数百辆可以射击石块并躲避箭枪的战车，大举进攻。战争进行了七天七夜，仍未攻下敌巢。元勋堆积草土填平沟壑，用火烧寨。有飞铳击伤元勋的左腕，元勋反而越战越勇，手刃数名畏缩的士兵，一踊先登，诸将士紧随而入，一鼓破巢，斩首一千余级，其地遂全部平定。皇帝特为嘉奖，升禄职一级，赏白金四十两、文绮六。

1574年秋，潮州魏朝义等四人，各拥众千余作乱。元勋出其不意围攻敌巢，众贼罗列而拜，愿散伙回乡务农。元勋把敌巢全部焚毁。钦赏白金四十两、文绮四。

1574年冬，倭寇攻陷铜鼓石、双鱼城。张元勋派裨将带兵疾驰千百里救援，自己亲自率标兵为应。前锋部队未能克敌制胜，标兵继至，遂大破之。升实受都督同知。赏白金五十两、文绮八。

1577年，大征罗旁积寇告捷。罗旁地区山高林密，延袤千里，旁连四省，是亡命之徒的渊薮。他们依托有利地形，与朝廷官兵巧妙周旋，使之疲于奔命。朝廷下令议征，张元勋认为出兵应当事先制定谋略，因出罗旁山川图及进兵方略，两广总督凌云翼见之大喜。大军兵分十路进击，大获全胜。罗旁平定后，经朝廷批准，设立"一州两县"（即罗定州、东安县和西宁县），增加国赋岁以数万计。皇帝特诏祭告郊庙，晋升元勋为右都督，改荫锦衣世袭，赏白金一百两、锦衣一袭、文绮四。

升为右都督，官至一品，戎马生涯，至此已极。水满则盈，月满则亏，盛极总有衰时，张元勋急流勇退，三次上疏以疾乞休。获准后，广东父老攀辕泣留，又纷纷到两院乞求代为上奏挽留元勋。张元勋宽慰父老们，说："元勋结发从戎，赖主上威灵，获建微功，皆由将士用命，诸大夫协谋，元勋何功之有，乃劳苦父老！"他拿出平民百姓的服饰给父老们看，说："我做好这些已经很久了，之所以还没走，是因为疆场未靖。"元勋报国为民，殚精竭虑，从此退隐，决心已下。父老留之不得，哭声震野，遂画其肖像祭祀之。人们认为，元勋此行，和当年出使西域的定远侯班超年老思乡归里之故事相仿。

作为一个人，文武兼修、书剑并举自然是最理想的状态。因其罕见，格外令人钦敬。张元勋之与众不同，也体现在这一点上。张元勋虽然起家甲胄，但雅好读书。10岁的时候，就开始涉猎书史。当倭寇侵犯新河之时，他曾经向当时的李总督呈诗，众人诵而奇之。15岁时，就中了秀才。元勋所学范围颇广，从《左氏春秋》，到汉唐名家诗，王羲之字，甚至鸣琴投壶，无所不及，有儒将之风。所至折节下儒生，对其热情关怀。

元勋以名将而饶才情的故事，乡里传说颇多。相传有一次皇帝宴请大臣，有些文人欺其为武将，假献殷勤，让他先作诗。元勋即席立就，四座倾服。其诗云："幼习干戈未下帷，今朝御宴苦拈髭。江南风景人同乐，冀北烟尘我独悲。断带接韁牵战马，擘衣抽线补旌旗。貔貅百万临城日，可要诸公一首诗。"此诗写得气宇轩昂，充分展示了一代名将的自尊与自信，令那些重文轻武者再不敢小视武将。

元勋回归故里后，口不言兵，号"逍遥道人"，每天徜徉在山水之间，种竹养鱼，和士大夫交往，潇洒自在。平时为人排解纠纷，救济困急，造塔建庵，造福乡梓。所著有《镇粤疏稿》《□暇堂集》。临终时还手书二绝。

万历庚寅年，亦即万历十八年(1590)七月十六，张元勋因呕血疾发,走完了自己传奇的一生,享年58岁。讣告传出,天子震悼,赐祭赐葬,恩数甚厚。万历癸巳年,亦即万历二十一年(1593)十二月吉日葬于小屿山。

张元勋对社会安定和保障民生做出了不可磨灭的贡献。元勋心中有百姓,百姓心中亦有元勋。俎豆千秋,馨香不绝。平定广东罗旁之乱后,当地百姓就为之立祠祭祀。据《西宁县志》载:“积年蚕食之土宇悉归版图,累世被戮之官民尽偿冤惨……山城如画,行者歌,居者宁,此皆张公之力也。士民永怀恩德,念念不忘……士民感其泽立祠祀焉。”

三罗(罗定、东安、西宁,即今罗定、云安、郁南)百姓对张元勋极其尊崇,在一代又一代的传说与演绎中,元勋完成了由人向神的嬗变,“张公祠”也变成了“张公庙”。昔年张元勋平定罗旁之时,当地一座大墓中曾挖出一块石碑,上面写着:“东海蓬瀛,一凤飞鸣。千百年后,发我兹茔。”东瀛,恰好是张元勋之号,父老们认为,这就是符兆应验了。此后,元勋又“冥冥显灵”“累次护佑”“每遇地方不靖,神必示警保护治安”。张元勋,已被当地百姓视为守护神。

各地张公庙的对联,可谓是对张元勋的一篇篇礼赞。“千古英风留宝帐,三罗俎豆拜将军”“四面有山皆宝峰,一溪绿水尽恩波”“息荡群氛声威百粤,屏维王国绩炳三罗”“擎天掌云柱石奇材灵显赫,顶天立地庙廊大任足担当”“督府竖龙旗赫赫英灵荡倭寇,将军登虎帐堂堂正气镇乾坤”,或直抒胸臆,或寓情于景,拳拳之情,跃然于上。

郁南县连滩镇的张公庙,是各地张公庙中最为有名者。该庙坐西南向东北,前为前殿,中为四角亭,后为正殿,两旁为配殿和回廊,布局均衡对称,平面呈方形。画栋雕梁,华丽堂皇。连滩张公庙香火特别旺盛,是当地一处著名旅游景点,连珠三角和港澳一带,都常有人来拜祭和观光。

张公庙每年都会举办庙会。庙会主要集中在每年的农历正月十五至二十的“庙诞”和农历八月初六的“秋祭”,主要内容有万人朝拜、八音贺诞、醒狮表演、扮饰游行、捐香油、求解签语、吃斋饭、上刀山、唱山歌、演戏、烧炮、做醮、张公巡游等等。场面十分隆重，热闹非常。

张元勋，已深深地融入了当地的传统文化、民间信仰、生活方式与民风民俗中。能有什么样的记忆，比这样的记忆更深刻？能有什么样的赞美，比这样的赞美更真诚？又能有什么样的纪念，比这样的纪念更久长？

水平倭，陆平寇，张元勋以其显赫的战功，演绎了血性男儿为国为民的一生。彪炳史册，留芳民间，人生若此，足矣！

# 花山，诗人的胜地

花山，一个美丽的名字，一个已经被遗忘的美丽的名字，就像诗歌一样美丽却又被遗忘的名字。

花山，是一座诗的山。

花山，在浙江省温岭市南名叫肖泉的村子里。

明永乐二年(1404)，诗人林原缙、王崧、翁晟、邱海、邱镡、何愚、何及、狄景常、程完像九只终于找到了伙伴、找到了家园的鸟一样，快乐地聚到了花山。他们的歌唱惊动了花山的寂静，又复融入了花山的寂静。在寂静的花山，世界离他们很远，心灵和诗歌却离他们很近。他们看不见滚滚红尘，他们看见了青青山峦。他们听不见车水马龙，他们听见了潺潺溪声。他们不种植金钱，他们种植梅花。溪水两旁，万株梅花盛开，搭成梅花洞。他们说："端居离垢氛，颇觉飞兴逸。笑逐香山老，来叩维摩室。"他们说："世虑澹相忘，尘嚣讵能逼。永结逍遥游，何妨效真率。"

花山九老之后，诗的声音在花山沉默了，但是诗的种子已经播下，等到有一片纯洁芬芳的心灵沃土，便会重新生根发芽。这一等就是四百年。清道光年间，冯芳、陈寿璐、李汝皋、杨鹭、林蓝、林傅、章淳七位诗人追踪前人遗响，又结社花山，人称"修古七诗翁"。古社年久荒废，就在溪边另建新梅花庵。诗的火焰重新在花山燃起。"传闻百里聚贤星"，更多的诗人们循着火光而来：黄濬、黄冶、林茂涵……1867 年，寄居温岭的画家蒲华也来了。这时，梅花已经开过了，夕阳已近黄昏，但画家兴致却浓，和朋友们喝了些酒，就有些渴。庵里的僧人却好客，取了清清的泉水，烹出酽酽的雨前茶。于是，蒲华醉了，醉于酒，更醉于人情，醉于满山的诗魂梅魂。庵堂里有雪白雪白的墙壁，正好借来倾诉醉里衷肠："空山春尽忆梅花，呼伴登楼日已斜。一勺清泉消酒渴，顽僧为煮雨前茶。丁卯三月二十三日，同人小饮，戏题二十八字，观者勿以为玷壁也。作英醉墨。"花山的名声，甚至随着诗人黄濬，穿过千山万水，传到林则徐的耳中。林则徐在赠别黄濬时，也不忘寄语："宦味尝来同栗里，吟身归去伴花山。"

诗的道路已在花山铺下，一代人走了，又一代人来了。光绪三十年(1904)，林简、赵兰丞、陈江藻、方乐、林玮黻又在此结补梅诗社。生长在花山的赵兰丞更是深深地爱着这片土地，全力搜求关于花山的事迹，撰写成《花山志》。他明白，这是他对花山最好的回报。在他之后，花山也许在岁月里改变，但保留、定格在他的文字之中的花山，将穿越历史鲜活地存在。

似水流年，许多的人将被忘记，许多的事也将被忘记，那不能忘记的便成为永恒。花山是不会被忘记的。因为诗是不会被忘记的，也许寂寞，但将永恒。

# 桃花颜色亦千秋
## ——温岭群芳漫忆

在中国漫长的历史中，男性的名字占据了绝大多数的篇幅，女性的名字则寥若晨星，还被贞节烈妇占走了许多。女性的才华在男权社会里被遮蔽。但是，再严密的罗网也有缝隙，女性的光辉偶尔也会穿透男性的垄断，留下自己的轨迹。温岭大地上，也曾有这样一些女性，以自己的才华让男性不得不正视她们的存在。

温岭公认的才女最早的大概要算宋代的项氏了。项氏是当时名诗人项诜的姐姐，天资聪颖，史书并通，从小《内则》《女训》《列女传》及唐宋大家的文章，过耳就能成诵，强记之性就连弟弟项诜也自叹不如。项氏的才华，为她赢得了女学士的称号。

古来诗人多爱梅，女诗人亦如此。温岭以咏梅著名的女诗人是元代的盛贞一。盛贞一出身大家，自幼就遍览群书。嫁为人妻不到十年，丈夫就不幸去世，不得不独自挑起了家庭生活的重担。她还亲自教导孩子，口授书句，用手指蘸渍麻水做点画。“竹屋梅花怜晚节，藜羹蔬饭耐清贫。一灯教子丹心苦，半世纫针白发新。”她的《述怀》诗，逼真地描绘了一幅清贫自守的生活图景。女诗人的冰雪情怀与梅花深相契合，于是，梅花成了女诗人的化身，她以“冰溪瘦骨绝尘埃”的梅花自比，以极大的热情歌咏梅花，先后写下梅花诗百首。

要说最富传奇色彩的温岭才女，恐怕要算元末的范秋蟾了。范秋蟾美丽而多才，能诗善辩，琴棋书画无所不精，尤其擅长音律，嫁给塘下戴氏为妻。元末，群雄争霸，方国珍占据了庆元、温、台三郡，张士诚就派了十几个善于写诗的妓女到方国珍处窥探情况。当时，塘下戴氏与方国珍为姻亲，方国珍就把这批妓女送到塘下，与范秋蟾比试才艺。范秋蟾毫不畏惧，应对自如，临别，又作新词十章，配以管弦相送，妓女们为之深深折服。范秋蟾虽为弱女子，却颇具英雄气概。文如其人，其诗也颇有慷慨之气。一首“江头沙碛正交舟，江上人怀百战忧。力屈杲卿生骂贼，功成诸葛死封侯。波涛汹涌鲸横海，天地寥寥鹤怨秋。若使临危图苟免，读书端为丈夫羞”，豪气不让须眉。

范秋蟾之后，又有长屿李与珂妻陆氏，镜川叶元泰妻何氏，戚学标孙女戚桂裳，冯芳之妹冯梅素等，皆以才名。她们的命运大多比较坎坷，不是守寡，就是早逝，因此留下的诗篇，多是身世之叹的闺怨之作。如镜川叶元泰妻何氏，就是寡妇。在《拜月》诗中，她写道：“清霄皓月影娟娟，独拜庭阶思悄然。自叹此生形影只，唯余素魄共相怜。”内心的寂寞凄凉可见一斑。又如冯梅素，才十八岁尚未婚配就不幸病逝，在《别花词》绝笔中，“薄命残花薄命人，聊将别恨诉花神；喘丝断续言难尽，未必花神听得真”，“阿母教儿且放心，病寥仍向鬓边簪；不知儿亦花相似，零落东风无处寻”等语，令人读之泪下。

到了光绪年间，温岭出现了被誉为“一双仙子凌风立”的姐妹诗人：屈茝纕（字云珊）和屈蕙纕（字逸珊）。屈氏姐妹合著有诗集《同根草》，妹妹屈蕙纕另著有《含青阁诗草》《词草》。一般来说，闺秀们的诗多围绕闺阁生活而作，题材比较狭窄，风格比较单一。屈氏姐妹的诗，则比较丰富。既有清新雅致的写景之笔，如“橹声惊破眠鸥梦，灯影遥分卖酒家”（茝纕《春江夜泛》），“波光云影两模糊，对面青山似有无”（蕙纕《泽国归舟作》）；也有细腻婉约的抒情之句，如“焦桐三尺空遗恨，难向人间寄赏音”（茝纕《续惜花词》）；深沉壮烈的咏史之作，也是不乏，如“中兴失计在偏安，未造金瓯再奠难。残局已甘丞相误，半碑何苦党人刊……”（茝纕《读宋史书后》）；甚至还有直面民生的忧时

之文："催租日日来，胥吏发狼虎。为歌踏车行，应识民辛苦。"（蕙纕《桔槔》）

在女性缺乏独立人格而成为附庸的男权社会里，有些女性的才华依然无法被男性完全消解。她们以智慧的火焰向世界证明了自身的价值，女性的价值。她们证明了：桃花颜色亦千秋。

# 蒲华在温岭

蒲华，一个在书画界响当当的名字。人们都知道他是浙江嘉兴人，也知道他是晚清海上画派一位杰出的画家，却少有人知道他曾在浙江温岭生活过。

蒲华(1832—1911)，原名成，字作英，号胥山野史、种竹道人。海上画派先驱者之一，与虚谷、任伯年、吴昌硕合称为“海上四大家”。诗书画三绝。诗才敏捷，曾与人结“鸳湖诗社”，唱和联句，有《芙蓉庵燹余草》诗集行世。

1863 年秋，蒲华爱妻病故，悲痛不已，孑身出游。1864 年赴浙江台州，十多年间，先后在太平(今温岭)县属、新河(温岭属)粮厅和海门(今椒江)海防同知府当幕僚。

蒲华一生萍踪浪迹，然自同治甲子(1864)游幕台州后，即以台州为基地，居此三十年，时出游于甬、杭、嘉、沪一带。纵观蒲华一生，结缘最深的地方当推台州。台州温岭、临海、黄岩等地多有蒲华事迹流传。

蒲华与温岭有缘，这有缘的证据之一便是花山梅花庵里的诗壁。题壁高 1.12 米，宽 0.4 米。草书。共计五行，前三行为一首七绝诗，后两行为落款。诗云：“空山春尽忆梅花，呼伴登楼日已斜。一勺清泉消酒渴，顽僧为煮雨前茶。”款为：“丁卯三月二十三日，同人小饮，戏题二十八字，观者勿以为玷壁也。作英醉墨。”(丁卯年应是同治六年，即 1867 年)蒲华的这段故事，在邑人赵兰丞的著作《花山志》里有一段简单的记载：“蒲华，号作英，秀水人，同治甲子以游幕来台。工书，善画竹木花卉，诗品清奇，尝与邑文士游此，题诗新庵壁上，笔法清矫，至今尚存云。"花山在今太平街道肖泉村，因梅而闻名，更因诗而闻名。从明以降，数百年间，一代又一代诗人结社于此，成为诗人渊薮。花山山明水秀，文采风流，喜游、善诗、擅书的蒲华怎能不前往一游，且留下一段诗书因缘呢？追慕前人往事，我也曾到花山寻访，可惜楼破壁残，字迹已被岁月蚀去，令人惆怅不已。然诗壁虽湮，佳话长存，也算一个慰藉了。

与蒲华同往花山的当地友人，多不可考。但王东曦应是其中一个。王东曦，号燮友，温岭南城人。光绪六年(1880)投效新疆，十五年(1889)署哈密巡检，赏戴蓝翎。1867 年曾陪蒲华游花山。1903 年，花山故事后三十多年，王东曦和蒲华题壁韵曰：

步上梅山日已斜，梅花不见见桃花。
相思三十年前事，曾共先生此品茶。

从史书中钩沉，可知蒲华与乡人林梅臣交好。林梅臣，名和，字则中，梅臣为其号，博学多才，品格高尚，颇有名望。在《光绪太平续志正补》中，载有蒲华的三首诗，其中两首都与林梅臣有关。其中一首为《乙丑重九偕林梅臣先生登灵泉山录尘郢正》："红日三竿辟晓寒，一尊携上碧云峦，岂堪吹帽无诗作，几欲题糕下笔难。野菊尽多行处艳，禅房虽小憩来安，漫从松罅摩山顶，煮茗焚香把竹看。"乙丑重九当是同治四年(1865)，蒲华来温岭不久的重阳节。想象当时情景，蒲华独在异乡为异客，又逢佳节倍思亲，定是感到一些凄清吧，于是善解人意的林梅臣便热诚地邀请蒲华登灵泉山，诗酒唱和，解其乡愁。在浓浓的友情里，蒲华也会有"朋友多处便是乡"的感动吧。另一首是《偕友宴林梅臣征士和于海上大觉寺》："酒肠谁似谪仙宽，诗梦惺忪剑胆寒，杨柳离愁侵晓际，莲花香影隔云端。蝉啼野树僧开阁，鸿爪江天客染翰，应惜沈腰吟到瘦，多君努力劝加餐。"这又是一首与友朋宴饮吟游之作。

或游花山，或登灵泉山，或访大觉寺，蒲华在温岭的日子，是颇不寂寞且富有山水情趣的。蒲华还曾到温岭的南嵩岩游玩，有其水墨山水《松岩图》为证。《松岩图》有题款曰："松岩，岩在台州太平县城外二十里，雁宕山之门户也。循丁步入岩罅如城阙，登后山有僧人楼阁，相传贾秋壑读书处，故岩上有'仙关'二大字，乃秋壑所摩崖，书字有二王法。作英记。"南嵩岩，在温岭大溪镇部渎境内，雁荡余脉，亦称崧岩，"崧"作"松"，山谷秀丽，神秘清幽，其中龙甥门为最引人入胜的景点。蒲华所描述的，即龙甥门风景。自部渎入二里许，一路险峭，众穴分奇，境极幽胜。始进，壁上有"仙关"两大字。行复数步，见两岩对峙如门。石门之内为石坛，其下为小潭，潭上有石矴步可供行走。蒲华所言"循丁步入岩罅如城阙"，即是此景写照。再进约一公里，有嵩岩讲寺，始建于宋，由于高僧辈出，香火历来十分旺盛。蒲华所说"登后山有僧人楼阁"，当指嵩岩讲寺。至于贾秋壑，即南宋权相贾似道，台州天台人，专权误国。说他曾在此读书，并题"仙关"两字，无所载，恐为传言耳。

蒲华的另一位好友是个和尚。和尚叫竹斋，是新河三官堂的住持。三官堂与新河粮厅相邻，且背靠五龙山，清幽宜人，蒲华在幕时常游憩其间，与竹斋结识。蒲华辞幕后，一身贫病，无处落脚，便居于三官堂。竹斋热诚相待，资其食宿，替其医病，情谊深厚。后蒲华离开台州，定居上海，竹斋特意前去探望，因为相违三十多年，见面几不相识，一经忆及，便失声高呼，执手引之入室。蒲华视竹斋如至亲，留之月余，待若上宾，凡看戏游览，访友赴宴，无不携之同往。临别时，蒲华不但送足路费，还以书画相赠，依依惜别。竹斋归来悬书画于堂，远近争相来观，"九月九游三官堂看蒲华(画)"竟成一时风尚。

三官堂给予蒲华的，不仅是一份友情，一处居所，而且也许更是一种艺术上的成长。传说蒲华进三官堂后，看到壁上挂着梅、兰、竹、菊四幅画屏，笔墨酣畅，风神潇洒，栩栩如生，甚至引得蜜蜂、蝴蝶飞舞不去，惊叹不已，遂问小沙弥出自何人之手。小沙弥答曰林蓝，蒲华伏地便拜，从此闭门不出，天天对着画屏临摹，画艺大进。林蓝（1814—1847），字璧人，号琴池主人，花山修梅吟社诗人，天姿英发，琴棋书画无所不精，可惜早逝。时人称林蓝“兴酣泼墨，满纸烟云，甚为艺林所珍重”，兰竹画得特别好。蒲华亦以墨竹享誉画坛，究其笔墨渊源，受到林蓝的影响，应该是可信的，不能徒以传说视之。

蒲华一生萍踪漂泊，温岭只是他生命里的一个驿站。但这个驿站是热情的，它以明秀的山水给他滋养，以诚挚的情谊给他温暖，以丰厚的人文给他启迪，并将他深深地藏在记忆里。

# 一双仙子凌风立

封建社会的中国，所谓“女子无才便是德”，女子是男子的陪衬，是第二性，是“柴米油盐酱醋茶”的家庭主妇，是被排斥在文化之外的他者。在这种道德规范下的女子，绝少有受教育的机会，也绝少有发展才华的机会，更绝少有传名的机会。所以中国历史上的女诗人、女词人，特别是留名于世的女诗人、女词人实在是罕见。但是清末民初的浙江温岭，却出了一对被誉为“一双仙子凌风立”的姐妹诗人：屈茝纕和屈蕙纕。

屈氏姐妹，姐屈茝纕，字云珊；妹屈蕙纕，字逸珊。清光绪间温岭县城人。姐妹俩自幼勤奋好学，读书习诗，工于吟咏。姐妹于闺中唱和，编成诗集《同根草》。婚后唱和，又编成《含青阁诗草》。杭州吴灏推为清朝女词人百家之一，选姐妹词 12 首，汇刊行世。

一般说来，闺秀们的诗多围绕闺阁生活而作，题材比较狭窄，风格比较单一。屈氏姐妹的诗，相对来说则要多样些。既有清新雅致的写景之笔，如“橹声惊破眠鸥梦，灯影遥分卖酒家”（茝纕《春江夜泛》），“波光云影两模糊，对面青山似有无”（蕙纕《泽国归舟作》）；也有细腻婉约的抒情之句，如“焦桐三尺空遗恨，难向人间寄赏音”（茝纕《续惜花词》）；还有深沉慷慨的咏史之作，如“中兴失计在偏安，未造金瓯再奠难。残局已甘丞相误，丰碑何苦党人刊……”（茝纕《读宋史书后》）；亦有直面民生的忧时之文，如“催租日日来，胥吏如狼虎。为歌踏车行，应识民辛苦”（蕙纕《桔槔》）。

女诗人卓异的才情，也使其有缘参加一些文人活动，如1872年，屈蕙纕的丈夫王咏霓请蒲华为其族叔王子颂画《湖山寻梦图》，遍征海内名宿题诗，屈蕙纕作为其中唯一的女词人为之题《高阳台》一阕：

> 浣月亭空，樵云阁倚，几回共泛吟船。岸柳垂青，分明张绪当年。琴樽泥醉流连处，悄寻思、梦影堪怜。似南华、蕉鹿成阴，栩蝶成烟。　　水光山色还依旧，只鬓丝禅榻，老去樊川。画里相寻，乡心夜夜湖边。天涯重话联床雨，莫羡它、沙上鸥眠。认巾峰，塔外斜阳，林外啼鹃。

这些活动，对女诗人展示才华、传扬声名无疑是有利的。但这一切，却不能掩盖其婚姻生活的不幸。姐妹俩的遭遇非常相似，她们的父亲不顾女儿的反对，把茝纕许配给临海的葛咏裳为继室，把蕙纕许配给黄岩的王咏霓为继室。葛咏裳，光绪六年(1880)进士，官兵部主事，著有《辄囊丛稿》。王咏霓，光绪六年(1880)进士，授刑部主事，后为安徽凤阳知府、安徽大学堂总教习。工诗文，擅篆刻，著有《函雅堂集》等。葛、王也都算风雅之士，但是官宦之家，婢妾争宠，幸福是奢侈的。她们的痛苦从诗中丝丝缕缕地渗透出来。“怪底怕调琴，夜色愔愔，却怜尘世少知音！回首几多惆怅事，雨旧云今”(茝纕《浪淘沙》)，如夜色般黑沉沉的调子里，说的是内心的孤寂与抑郁，是欲诉心事无人听的悲凉。“故里梅花君念否？受霜欺雪压凭谁护？又何处，达情愫？”(蕙纕《金缕曲·寄外》)，说的是丈夫宦游后，婢妾们嫉贤妒能，“霜欺雪压”，生活苦不堪言，却无人怜护的凄惨。

男权社会中，女性是被遮蔽的一群。此际有关女性创作的资料，留存下来的凤毛麟角，亦鲜有研究者。愿以此文，为吾乡邦前贤女子张目。

# 石塘书家郑殿魁

清末民国时期，温岭书坛出现了一大批书法名手，如林莩友、毛济美、张之乐、郑殿魁等。他们活跃于一方一时，为温岭书坛注入了不竭的生机。

郑殿魁之名，今人所知已不多了，但当时，确是名动一时。许多地方名门、寺庙、店铺等，都纷纷请他题写匾额、对联、店招等，至今遗墨仍存。

关于郑殿魁的情况，张直生先生《温岭书画印人录》中有一段记载："郑殿魁，又名德巽，字秀峰，号风道人。温岭市石塘人。清宣统二年秀才。早年接受维新思想，倡导新学，在石塘创办澄海义学。毕生致力桑梓教育事业，作教育人才，成绩卓著。业余醉心书法艺术，学王右军（王羲之）、欧阳率更（欧阳询）、赵松雪（赵孟頫），寒暑无间，深得赵书风规。精行楷书，兼擅画兰。书风秀润俊爽，潇洒飘逸，当时墨迹流传甚广。"

郑殿魁的名字，取得甚有气势。在中国科举制度中，最高级别的考试为殿试，而"魁"又有首选、第一之意，"殿魁"于是成为对古代殿试第一名"状元"的别称。金殿大试，一举夺魁，成为无数望子成龙父母的梦想。由郑殿魁的名字，可以想见其父母对他寄望之深。郑殿魁确实是优秀的，只是身逢没落王朝，科举制度废除的时代，"殿魁"也只能是一场春梦了。郑殿魁取字秀峰，估计和家乡石塘的地理有关。石塘多山，狮子山、麒麟山、雷公山等等，怪石攒簇，秀峰叠翠，风光秀丽。以"秀峰"取字，也很自然，就像宋代诗人戴复古以家乡的"石屏"为其号一样。

至于他的号“风道人”，根据取号的规律，号通常跟名相关联，笔者揣测，这很可能跟文昌帝君的传说有关。文昌帝君又叫梓潼星君、梓潼帝君，是掌管士人功名禄位之神，中国古代士子的守护神。据传梓潼帝君姓张名亚子，蜀地张亚子梓潼神庙最为灵验，“士大夫过之，得风送雨，必至宰相；进士过之，得风而必全殿魁”。据传王安石幼年时曾过张亚子祠堂，风雨大作，以后他果然位至丞相。既然“风”与“殿魁”有如此灵应的关系，郑殿魁取号“风道人”，也就在情理之中。

郑殿魁的书法，可在石塘镇里箬村的陈和隆旧宅见到。陈和隆旧宅前幢有一宽大的阳台，阳台围以石栏板，栏板上有题刻。其中阳台中间的石栏板上就刻着“戊辰新秋 小嫏嬛 风道人潜题”，戊辰新秋当是1928年。“嫏嬛”又写作琅嬛或瑯嬛，是传说中的仙境名。元伊世珍《琅嬛记》卷上：“共至一处，大石中忽然有门，引华（张华）入数步，则别是天地，宫室嵯峨。引入一室中，陈书满架……华问地名，对曰‘瑯嬛福地也’。”陈和隆旧宅靠海而建，层楼杰阁，花木扶疏，风帆点点，海鸟翔集，洵为乐境。郑殿魁以“小嫏嬛”三个厚重遒劲的巨窠大字，极赞陈和隆旧宅。

石塘捕屿的禹王庙里，还有一副郑殿魁的石刻楹联。上联为“旧事样翻新看当年忠孝节廉洵足兴歌起舞”，旁落款字，款字有所模糊，但可见“民国十五年”字样。下联为“盛时声多难听此日管弦丝竹何殊饮蜡吹豳”，旁落款字“塘山郑殿魁书”。民国十五年，即1926年。此联当写于1926年。郑殿魁落款，常写“塘山郑殿魁书”，或“郑殿魁书于塘山”等。此联对仗工稳，以行楷书写，庄重中不失妩媚。

郑殿魁的书法墨迹，多散落于民间，《温岭历代书画集》选录了郑殿魁的诗稿手迹。诗稿手迹为行书，行笔潇洒，开合有度，婉转多姿。诗稿中多题兰画兰之作，如《为侣松上人画丛棘兰》《折枝兰》《为娄真人画兰》《题兰》等，可见郑殿魁是个爱兰之人，也擅长画兰。从诗稿中，也可窥得郑殿魁的交游情况，他为侣松上人画丛棘兰，又为娄真人画兰，可见他和道士有比较多的交往，这也从一个侧面反映了他在思想上对道家的倾向。郑殿魁给自己取号为“风道人”，也当与他的这种思想情感有关。

前辈身影已经远去，其人其事渐渐微茫，恐成绝响。苦心搜求，撰成此文，心香一瓣，聊敬前人。

# 刻纸盘上度春秋

走进温岭民间剪纸艺术家郭献忠的房间，便被一面墙吸引住了。这面墙上，挂满了一框框剪纸作品，仿佛无声的语言，诉说着他的剪纸人生。

剪纸在郭献忠的家乡渔村箬山有着丰厚的生存土壤，烙印着民俗的体温。正月里扛台阁所用的台阁，七月七"小人节"所用的彩亭彩轿，超度亡灵做道场所用的行头，都需要剪纸的装饰。小小少年，在剪纸的海洋里耳濡目染，一颗心便渐渐被吸引过去了。每一个人都有表达自己的愿望，郭献忠却是一个不善交际也不善言辞的人。剪纸出现在郭献忠面前，便仿佛是一件神赐的礼物，给了他一个敞开心灵、尽情倾诉的广阔空间。他欣然接受了这份礼物，并用一生的心血来珍惜。他在总结自己为什么学剪纸的原因时，说了三点理由，一就是欢喜，二就是想表达，三则是学剪纸方便又省钱。

兴趣是最好的老师。郭献忠先是模仿别人的剪纸，后是利用照片或描画等移植成剪纸形式。移植的剪纸，脱不开原来的模式，即使脱开一点，仍迈不出脚步，不像剪纸。他后来就到生活中寻找素材，常常带速写本画生活中的人，画渔区中的船和屋、山和水，连老屋里的石窗格也不放过。然后，就像一只辛勤的蜜蜂，用生活的花酿出剪纸的蜜。小青年崭露头角，先是剪纸被各级报刊录用，后来频频获奖，荣誉也接踵而至。1983 年，他的剪纸作品《网鱼》《织网》《满载而归》参加了山东、安徽、江苏、上海、浙江、山西、云南、新疆剪纸联展，从此便一发不可收，几乎每年都有奖项斩获。1991 年,《船》获首届中国民间剪纸绘画艺术展优秀作品奖。1992 年,《七月七》被选入"中国民间艺术展"送往瑞典展出。2000 年参加了在中国美术馆举办的中国剪纸世纪回顾展并获奖。2003 年,中国企业文化促进会、中国少数民族美术促进会、中国工艺美术学会等授予他"新中国剪纸艺术家"荣誉称号。现在,郭献忠是中国民间剪纸研究会会员、浙江省民间剪纸研究会副会长、浙江省民间艺术研究会理事,出版了《郭献忠剪纸集》《剪刻心花》《剪纸情缘》三本作品集。他的个人简介被选入《中国民间名人录》《中国当代文化艺术人才传略》《中国当代剪纸家》等。

郭献忠是海边出生、海边成长的大海之子,他的创作就以充满浓郁海洋气息的海洋题材剪纸著名。看他的剪纸,浙东南沿海的万千风情便扑面而来。扛台阁、七月七"小人节"、大奏鼓、箬山天后宫、渔村老屋、穿拢裤的渔民、梳髻的渔家女、各式各样的船、千姿百态的海螺、出海、网鱼、船归、织网、补网、晒鱼干等等渔家生活的场景与事物仿佛一个个动人的音符,合奏出渔乡的交响。

"似与不似之间"是艺术追求的崇高境界,也是郭献忠对自己剪纸的要求,他希望自己的作品能"剪其形,得其神"。想象为他的追求插上了翅膀。渔网中间可以盛开莲花,撒上铜钱,让连年有余、勤劳致富的愿望看得见、摸得着;渔船可以由密密挤挤的鱼组织构成;连渔女的发辫也可以打成鱼形。寂静的夜晚,想象如蝴蝶飞舞,带领他接近美。当想象随着手的动作在纸上慢慢呈现它的形状,有时让他自己也觉得不可思议,给他的感受如同初生婴儿让父母感到的神奇与欢喜。

在学习传统剪纸中摸索前行,在探求现代剪纸中艰难跋涉,郭献忠慢慢悟到剪纸应有自己的面孔:简洁、纯朴、稚拙、有趣,与其他画类要拉开距离。他在自己的作品中不断践行着这种理念。描述箬山传统民间舞蹈大奏鼓的《大奏鼓》以击鼓者为中心,两边各安排两组人物,人物两两相望,在结构上形成对称,简洁有序。但人物的姿态却各异,在细节上多有变化，又使画面活泼，富于张力。男扮女装的“渔婆”所穿的服饰本来有不少装饰图案，但刻上去必然显得繁乱琐碎，于是就加以简化，只在裤腿上刻鱼，使人物舞蹈动作更突出、更鲜明。《渔村老屋》删繁就简，房屋以块面结构，只以错落有致的屋顶轮廓线给人以强烈的视觉冲击。《晒鱼干》则以图案化、几何化的形式勾勒出满匾的鱼，稚拙明快。

剪纸之路是充满艰辛的。正如郭献忠自己所说的：“说来容易，做起来难，往往受到种种思潮冲击和迷惑，常走回头路或进入误区。这样忽左忽右，进进退退，反反复复，或在原地踏步，或在歧途彷徨。”但郭献忠却是个牛脾气，索性硬剪，结果失败了一次又一次。可他不甘心失败，屡败屡战。一幅作品要放上好多天，时时拿出来琢磨，不断地修改，直到满意为止。他说：一幅作品自己都不满意，如何叫别人满意？鲁迅都讲作文至少要改三遍才拿出来，剪纸也是一样的。他的创作态度非常严谨。为了追求艺术的丰富与多样，许多同一内容的剪纸都刻了不同的版本，力图找到尽可能多的表现方法和表现形式，以达到最佳效果。为了追求鲜活的艺术，他还时常到各地去采风，为创作汲取营养。用剪纸为雁荡山写真时，他就曾七上雁荡。为了看到一个景点，常不顾年老体衰，山路险长。

几十年来，郭献忠把别人吃酒、吸烟、打牌、闲聊的工夫全花在剪纸上。即使现在到了耳聋眼花、体力不支的地步，仍无怨无悔。在他七十岁以后，身体特别虚弱，还终日关在屋里剪剪刻刻，不肯休息。心疼他的老伴非常不满，威胁他再剪纸，她就要去剥虾。此话何解？原来老伴早些年为了家庭生计，起早贪黑剥虾赚钱。剥虾在冰水中操作，给她埋下了不少病痛。郭献忠心疼老伴，也不准她去。两位相濡以沫的老人常因“剥虾”与“剪纸”斗嘴，互不相让。

心灵手巧的郭献忠不但擅长剪纸，还擅长制作各种小工艺品。泥、竹、木、布、铜皮、毛线，甚至泡沫、蛋壳、火柴盒、废瓶废罐等等，都在他的手下变成飞禽走兽、肖像风景、生活用具等等。郭献忠乐此不疲，虽说艺术是一条寂寞的道路，但他也借此战胜了生命中的种种障碍，战胜了孤独痛苦。诚如他在《剪刻心花》的后记中自述的："人活在世上，在工作中、家庭里、社会间，常碰到这样那样的不平和委屈。心里郁闷又无处申诉时，也是剪纸和手工。把一门心思都投进去，甚至忘了吃饭睡觉。这小小的剪纸与不起眼的工艺品，不但排遣了我内心的烦恼与痛苦，还饱含着我的心血与汗水。所以别人觉得一文不值的剪纸、小泥玩、小竹刻、小木雕、小布贴等，我却把它们看作心肝宝贝。在我烦躁不安或痛苦时，就在它们之中徘徊，会感到一丝欣慰；在我孤苦无助时，它们陪伴着我，和我对话，劝我不要郁郁寡欢。在我心目中，它们都是活动着的人。只有它们才理解我，给我安慰和温暖，并为我诉说岁月的艰辛与做人的无奈。在它们中间，我不知度过了多少无人知晓的日日夜夜，我常常梦见自己插着'剪纸'与'手工'的翅膀，飞上白云蓝天，在明净的天宇中遨游、欢笑。是它们化解了我人生的愁苦与多难。我在'第20集'剪纸册的扉页上写着：剪刀下面消烦恼，刻纸盘上度春秋。"

日积月累的三千多张剪纸，为郭献忠的生命结绳记事，记山山水水，记风风雨雨，记行程心程。我抚摸着一张张剪纸，仿佛抚摸着郭献忠生命中一个一个的结。一个结一个结过去，慢慢结成生命的圆。也许对于一个艺术家，这已足够。

# 冯洪钱与《兽医本草》

2002年9月，科学技术文献出版社出版了一部164.4万字的巨著《兽医本草拾遗》。它的著者是权威单位吗？不是。是知名教授吗？不是。它的著者只是浙江省温岭市科委一名普通的而且已年逾七旬的退休干部冯洪钱先生。

《兽医本草拾遗》是冯洪钱先生600多万字的"兽医本草四部曲"中最后的一部。其他三部分别为1984年出版的《民间兽医本草》(正编)，1989年出版的《民间兽医本草》(续编)，1999年出版的《兽医本草补遗》。"兽医本草四部曲"介绍了数千种常用中草药，载有上万条单方、偏方、验方、秘方和畜禽疾病的治疗方法，陆续出版后，得到了国内外专家的高度评价，赞其为"汇古今兽医本草之大成，集民间兽医经验之精华"。日本兽医针灸学会会长亀谷勉教授也认为："冯君的《民间兽医本草》对中国乃至日本的兽医师来说可与《本草纲目》媲美，这并不是言过其实，这是兽医中药的最高学术教科书。"四部曲填补了我国和世界没有兽医本草纲目的空白，冯先生亦被誉为"中国当代李时珍"。

冯先生自幼就对兽医感兴趣。他出生在浙江省义乌市赤岸镇一户贫苦农民家庭，7岁时就开始做小牧童。有一年村中有户人家死了牛，舍不得扔，吃了死牛肉，结果染病身亡，就连吃了死牛肉的狗、猪也难逃一劫。这幕惨象在小洪钱的心里打下了深深的烙印，使他萌发了做兽医的愿望。

新中国成立初，冯洪钱以第一名的成绩考取了金华农校，同时还考取了金华中学、义乌中学等。面对抉择，他不顾家人的反对，毅然选择到金华农校读畜牧兽医专业。1954年，冯洪钱农校毕业后，被分配到温岭新河区农技站工作。1956年1月，周恩来总理亲自批转国务院《关于加强民间兽医工作的指示》："应该进一步整理与发扬中兽医学，对于中兽医的验方和草药，农业科研机关应该抓紧搜集、整理和研究。"冯洪钱得知此事，激动不已，下定决心不辜负周总理的嘱托，编著一本内容丰富翔实且适用的兽医本草。

编书的道路是漫长而艰苦的。要编书，就要认识常见的中草药。冯洪钱于是向新河的领导建议建立一个种植中草药的"百草园"，得到了大力支持。政府专门拨出一亩土地作为"百草园"，又建造了5间平房，并为他配备了4个助手。但冯洪钱深知一个人的经验是有限的，要编书就必须深入民间采访学习。他先从收集温岭民间兽医验方做起，继而扩展到浙江、华东乃至全国。他一方面"行万里路"，走遍大江南北，寻访民间兽医，问教于农民、牧民、渔民、猎人等，并亲自上庐山、黄山、井冈山等地采药。一次在庐山采药时，不慎滑倒伤了腰，在南昌的医院里住了半个月，病情稍好，就马上赶到井冈山采药去了。另一方面，他又如饥似渴地"读万卷书"，跑过北京、上海、杭州、昆明等10多个省市级大型图书馆，查阅了上千本书籍杂志。他不抽烟，不喝酒，有了钱就用来买书、收集资料。为了筹措资金，他甚至卖掉了义乌老宅。功夫不负有心人，他所搜集到的兽医中草药方面的资料，竟比北京图书馆、上海图书馆、南京图书馆等图书馆还多。

一片痴心忙著书的冯洪钱，甚至为此误了母亲的丧期，又差点丢了女儿。省农业厅的一位领导曾告诉他，嵊县（今嵊州市）郭传泰、兰溪胡永财是很有经验的兽医，应该去学习一下。可因为种种原因，冯洪钱一直没机会去。1967年，他回义乌老家为母亲治丧，经过嵊县时，需要等车半天，于是乘机去找郭传泰。不料一谈就忘了时间，结果误了班车，等到赶回老家，母亲已经安葬了。他后悔不已，在母亲坟前号啕痛哭，至今仍感内疚。

在奔丧完回金华的路上，他带着原来寄养在母亲身边的 6 岁女儿，又到兰溪找胡永财老兽医。当时兰溪下大雨，街上发大水，他背着女儿被淋得落汤鸡似的。胡永财被冯洪钱的诚心所感动，把过去秘而不传的经验与药方一一介绍给他。冯洪钱把这些记在一本小学生作业簿上，高高兴兴地背着女儿乘火车回金华。谁知火车刚开动不久，他就发现作业簿丢了，急得不得了。一位邻座的旅客见他着急的样子，答应代他照管女儿，并把她带到金华火车站附近的红卫旅馆 24 号房间等候。冯洪钱就趁火车减速之际冒险跳下火车，直奔兰溪火车站寻找作业簿，终于在垃圾桶里找到了他的“宝贝”，可是此时已无回金华的班车。在一位火车站老职工的帮助下，他搭上了一辆运木货车，回到金华已是深夜两点。幸好那个好心的旅客还在，女儿安然无恙。那旅客吃惊地问冯洪钱：“什么东西这么重要，比女儿都重要？万一我是坏人，金华四通八达，带着你女儿一跑，你能到哪里去找？”忆起此事，冯先生又是一阵内疚。

编书难，出书的路也是风风雨雨。冯洪钱曾给一家出版社去信，介绍自己的计划，但出版社却回信说：“有关权威单位早就计划编写这样一部书，由于种种原因至今没有完成。我们认为您个人的知识、个人的力量、个人的资料是不可能完成此作的。当然如果能够完成，我们也是欢迎的。”回信泼了冯洪钱一盆冷水，但并没有动摇他写书的决心。“文革”时，他受到迫害，环境极其恶劣，但他依然偷偷地做试验，写书稿。成稿后，他把书稿多次寄给各家出版社，但均遭到退稿，不是说“不懂草药，无法审查”，就是说“书稿很有价值，但是我社任务紧张，无法支持出版”，其间书稿还被一家出版社丢失而只能重新再写。直到 1984 年，整整孕育了近 30 年的《民间兽医本草》(正编)才被科学技术文献出版社慧眼识金，正式出版。此后，冯先生笔耕不辍，奋斗不息，又陆续出版了另外三部“兽医本草”。

冯先生为写书不遗余力，晚上及节假日的休息时间都被他用来工作。过度的劳累，使他患上了一身疾病，肺气肿、肺心病、糖尿病、脊椎压迫等病症缠绕着他，但他并不屈服，完成周总理遗愿的信念支持着他。他还来了个全家总动员，发动妻子、女儿、女婿帮他做卡片、画插图、抄书稿、改文字。是啊，军功章里，也有他家人的一半。

有付出，就有回报。在他的家里，摆满了各种荣誉证书与奖状。他曾获得“全国五一劳动奖章”“全国优秀科技工作者”“浙江省劳动模范”“台州地区拔尖技术人才”“台州地区科技进步一等奖”等各种荣誉。

宝剑锋从磨砺出，梅花香自苦寒来。坚持就是胜利，冯洪钱先生的一生就是对此最好的写照。

# 后　记

乡土历史文化，是一个城市的精神之源。一个城市，要打造自己的特色，历史的继承和文化的延续，是不可或缺的。否则，就如漂流之浮萍，缺乏勃发的根基。一个城市，以特定地域为经，以历史文化为纬，才能真正确立自己的坐标。一个城市，也只有对本地的历史文化资源进行深入的挖掘、推介和宣传，才能真正建立自己的文化自信和自豪。

进入文化部门工作，是与乡土历史文化结缘的开始。对乡土历史文化的研究，前辈们虽有诸多努力，但总体上来说，仍是相对薄弱的。由于历史语境的转换，乡土历史文化的研究，成为一项颇具难度的工作。它不但在人文积累和历史素养上对研究者提出了相当高的要求，也要求研究者具有耐得住寂寞的精神。一个问题的提出与解决，甚至需要研究者十数年乃至更多时间的沉潜与探索。

流连在地方文献的殿堂里，游走在故土故园的大地上，款款回望，细细端详，乡土历史文化，渐渐向我展示它多彩的风景。与此同时，我也感到了一种深深的乡愁。随着西方现代文明的冲击，城市化进程的加快，乡土观念日益淡薄，乡土历史日益模糊，乡土文化日益衰弱。乡土，已经变得异常脆弱。我们，正在丧失我们的家园。有人说，每个人的故乡都在沦陷，每个人的故乡都在死亡。这是一种怎样的忧伤？

乡土历史文化的传承面临着前所未有的危机，吾乡吾土，当以文记之，为之存照。拂去历史的尘埃，探掘文化的矿藏，触摸传统的根脉，捡拾岁月流转中的吉光片羽，是一种挑战，也是一种超越。沉浸其中，使人进入一种纯粹的精神世界，让人安详朗润。每有所得，每有会心，那种行到水穷处，坐看云起时的豁然，让人心生欢喜。

从书写的角度看，质文兼备是我对自己的要求。乡土历史文化的文章，不可浮华矫情，当有扎实的学术根底，以严谨的态度书之，否则就是空中楼阁。当然，乡土历史文化也不能被写成表情木然的教科书，当有可爱可亲的面孔，文采焕发，性灵飞扬，才能让人喜闻乐见。在质与文之间上下求索，力求找到最佳的结合点，这条道路，是艰辛的，其中甘苦，唯有自知。

对于乡土历史文化的探寻，是没有止境的，也没有任何捷径可以走，只能一步一个脚印地向前摸索。本书收集了我十多年来撰写的相关文章，大多已发表在各级报刊杂志，少量尚未发表。雪泥鸿爪，心香一脉，谨以此书，献给吾乡吾土。